BLOCKWECHSEL

Harrisburg Railers #1

RJ SCOTT

V.L. LOCEY

Übersetzung

XENIA MELZER

Love Lane Books

Blockwechsel (Harrisburg Railers #1)

Harrisburg Railers #1

Copyright 2017 RJ Scott, Copyright 2017 V. L. Locey

Cover Design: Meredith Russell

Lektorat: Rebecca Hill

Veröffentlicht von Love Lane Books Limited

ISBN 9781785646317

Alle Rechte vorbehalten

Widmung

Für meinen großen Bruder, der zugestimmt hat, die Fragen zweier übereifriger MM Autorinnen über seine Heimat, die Stadt Harrisburg, zu beantworten und dafür, dass er im Verlauf der Jahre ein verdammt cooler älterer Bruder war. *umarm* ~V. L. Locey

Für Vicki, die mir die Freude am Schreiben zurückgegeben hat, als ich dachte, ich würde sie vielleicht verlieren. Und für meine Familie, die meine Liebe zum Hockey unterstützt, ebenso wie meine Obsession mit einem gewissen Team, alles mit langen Seufzern und einem sanften Tätscheln auf den Kopf. ~RJ Scott

Mit tiefstem Dank für Meredith für ihr wunderschönes Cover, Rebecca, dass sie uns gut aussehen lässt, Rachel, die uns sortiert und unsere Armee an Proofern für ihre harte Arbeit.

Glossar

Da viele LeserInnen wohl keine eingefleischten Hockey-Fans sind, habe ich hier eine kleine Sammlung der Hockey-Begriffe, die in diesem Buch vorkommen. Eventuelle Fehler oder Ungenauigkeiten bitte ich zu entschuldigen.

Original Six: Bezieht sich auf die ersten sechs Teams, die in der NHL gespielt haben.

Expansions-Team: Teams, die während mehrerer *Expansions* (Erweiterungen) der NHL beigetreten sind.

Junior-Liga/Minor: So viel wie die 2. Und 3. Liga im Fußball.

Five-Hole: Bereich zwischen den Beinen des Goalies.

Goalie: Torhüter

Saucer: Spezieller Schuss, bei dem sich der Puck wie eine fliegende Untertasse (flying saucer) bewegt.

Toe-drag: Trick, bei dem der Puck mit dem offenen Ende des Schlägers verdeckt und so vom Gegner ferngehalten wird.

Deke: Täuschungsmanöver

Neutrale Zone: Bereich zwischen den beiden Linien, die die Mitte des Eises markieren.

Penalty-Schießen: Vergleichbar dem Elfmeterschießen im Fußball. Findet statt, wenn es nach einer Verlängerung immer noch unentschieden zwischen zwei Mannschaften steht.

Face-off: Eine Art Einwurf des Pucks nach einem Foul oder einer Spielunterbrechung. Findet zwischen zwei Spielern statt. Ist auch der Anstoß zu Beginn des Spiels in der Mitte der Eisfläche.

Lines/Block: Angriffsteams, zu denen ein *Center* und zwei *Flügelspieler/Stürmer* gehören. Sie bilden eine Einheit, die während eines

Spiels untereinander ausgetauscht werden, da das Spiel sehr anstrengend ist. In der Regel ist ein Block eine Minute auf dem Eis.

Expansion Draft: Wird von der Liga durchgeführt, wenn ein neues Team im Zuge einer *Expansion* Mitglied wird. Spieler aus anderen Teams werden dafür rekrutiert.

Forecheck: Defensivspiel in der Offensivzone (also vor dem gegnerischen Tor), mit dem Ziel, Druck auf die gegnerische Mannschaft auszuüben.

Roughing: Zu hartes Vorgehen während des Spiels. Führt zu Penaltys (Strafen).

Tape-to-Tape: Pass von Schläger zu Schläger.

Shutout: Spiel, bei dem ein Goalie ohne Gegentor bleibt. Sehr wichtig, weil dies auch in den Statistiken auftaucht.

BLOCKWECHSEL

HARRISBURG RAILERS 1

RJ SCOTT &
V.L. LOCEY

Love Lane Books

Kapitel Eins

„Ten, ehrlich, ich denke, du solltest noch einmal mit deinem Agenten reden."

Ich schaute in die drei Gesichter, die mich auf meinem Laptop-Monitor anstarrten. Der, der jetzt redete, war Brady, mein ältester Bruder. Brady spielt für Boston. Er ist ihr Kapitän. Er hat eine wunderschöne blonde Frau namens Lisa, die Anwaltsgehilfin ist, zweijährige Zwillinge namens Gwendolyn und Amelia und ein Haus, für das man Google Maps braucht, um sich nicht zu verirren. Brady ist einunddreißig und einer der besten Verteidiger in der Liga. Er ist auch die penetranteste und herrschsüchtigste Person, die je gelebt hat.

„Ich werde nicht noch einmal mit meinem Agenten reden, Brady. Es ist abgeschlossen und mir ist es wirklich irgendwie recht", erklärte ich Mr. Streber und knackte eine weitere Erdnuss auf. Der Berg leerer Hüllen neben mir auf dem Sofa war beeindruckend.

„Wenn er glücklich ist, Brady, denke ich sollten wir

ihn unterstützen, anstatt zu versuchen, es ihm schlecht zu reden."

Gesicht Nummer zwei und momentaner Redner war mein Bruder Jamie oder James, wie meine Mutter ihn immer nannte. Jamie ist der Mittlere der Rowe-Brüder und spielt im linken Flügel. Jamie ist auch mit einer Lisa verheiratet – ich nenne sie die Brünette Lisa und Bradys Frau Blonde Lisa. Natürlich nicht vor ihnen, aber wie sonst soll ich sie unterscheiden? Brünette Lisa ist eine atemberaubend aussehende Zahnhygienikerin, die ihr erstes Kind in drei Monaten erwartet. Sie sind seit vier Jahren verheiratet. Jamies Rolle in der Rowe-Trio Dynamik ist Mr. Verhandler.

„Man kann jetzt ohnehin nicht mehr viel machen. Sein Vertrag war nur über drei Jahre und Harrisburg hat ihn übernommen." Und das war Sprecher drei, mein Dad, Bruce Rowe. Vater der berühmten Rowe-Brüder aus South Carolina. Dad ist Bezirksleiter für mehrere Happy Marts in Myrtle Beach und den umliegenden Gegenden und hat mehr über Hockey vergessen, als wir drei Spieler je wissen werden. Wenn man meinen Dad ansieht, kann man uns alle in ungefähr dreißig Jahren sehen. Die schwarzen Haare immer noch dicht und wellig, grün-blaue Augen und ein Lächeln, von dem Mom sagt, dass es ihn immer noch in Schwierigkeiten bringt.

„Im Ernst, Dad, er macht in seiner Karriere einen Schritt zurück", fing Brady wieder an.

Ich kaute und hörte zu. Das ist meine Rolle in der Familie. Tennant, der kleine Bruder, bekommt eine Predigt von den älteren Rowe-Jungs, weil er offensichtlich keine Ahnung hat, was er mit seinem Leben anfangen soll. Er *ist* schließlich der Jüngste. Mom verwöhnt ihn immer. Schaut ihn euch nur an, wie er da in einem kleinen Apartment in Dallas sitzt, kein tolles Haus hat, ohne ein sexy Model mit Doppel-D Brüsten an seinem Arm und jetzt wird er in ein Team wechseln, das es letztes Jahr nicht einmal in die Play-offs geschafft hat.

„Von einem etablierten Team wie Dallas zu diesem neuen Expansionsteam in Pennsylvania zu gehen ist ein Schlag ins Gesicht. Sein Agent hätte einen Aufstand machen sollen. Das Mindeste, was er hätte tun sollen, ist, ihn bei einem Original Six Team unter Vertrag zu bekommen."

„Oh, es geht also wieder los, es ist an der Zeit, auf jene von uns herabzusehen, die nicht für Boston oder New York oder Montreal spielen", schnappte Jamie.

Dad und ich schnauften theatralisch. Ich knackte eine weitere Schale und Dad nahm einen Schluck von seinem Kaffee. Das hier würde eine Weile dauern.

„Jamie, fang nicht wieder mit diesem Scheiß an. Ich habe nie gesagt, dass etwas falsch daran ist, für ein Expansionsteam zu spielen", sagte Brady, als hätte er es auswendig gelernt.

„Genau, als ob du nicht seit fünfzehn Minuten dasitzen und Ten erklären würdest, was für einen beschissenen Deal er gerade bekommen hat, weil er an ein Expansionsteam verkauft worden ist. Warst das nicht du, der all das in deinem weinerlichen Bostoner Akzent gesagt hat? Geh aus dem Weg, Boof." Jamie zog seine rote Katze von der Tastatur seines Laptops.

Brady stürzte sich darauf wie der Teufel auf eine arme Seele. „Erstens habe ich *keinen* Bostoner Akzent." Hatte er wohl. „Aber wenn ich einen hätte, wäre ich stolz darauf, auch wenn er weinerlich wäre. Zweitens, ich sage nicht, dass Expansionsteams sich im Laufe der Jahre nicht gut entwickelt haben, aber…"

Meine Mutter setzte sich mit ihrer eigenen Tasse Kaffee neben meinen Vater. Sie lächelte mich an. Ich wusste, dass es für mich war, weil es ihr spezielles ‚Tennant ist mein Baby' Lächeln war. Mom war das genaue Gegenteil der Rowe Männer: hell, blond, zierlich. Sie unterrichtete immer noch Musik an der High-School, auf die alle drei Rowe Brüder gegangen waren. Es war Mom, die Hockey zwar über alles geliebt, aber dennoch darauf bestanden hatte, dass ihre Jungs lernten, ein Instrument zu spielen, damit sie noch etwas anderes konnten, als Pucks zu verschießen und Leute zu Boden zu schubsen.

„Aber nichts. Wer hat den Stanley Cup letztes Jahr gewonnen? Ja, genau, ein Expansionsteam. Blas. Mir. Einen."

„*James!*"

„Tut mir leid, Mom, ich habe dich nicht gesehen. Boof war im Weg."

„Ich bin mir sicher, dass Tennant weiß, was am besten zu ihm passt", sagte meine Mutter.

„Ich fühle mich deswegen wirklich nicht schlecht", sagte ich erneut, während ich darüber nachdachte, mich aus dem Skype-Gruppenanruf zurückzuziehen und den Bildschirm schwarz werden zu lassen. Meine Brüder und mein Vater würden für mindestens fünf Minuten nicht einmal bemerken, dass ich weg war.

Das Gespräch über mich und meine ruinierte Karriere ging weiter, während meine Mutter und ich uns Grimassen schnitten. Als Brady die Zwillinge baden musste, erinnerte Jamie sich daran, dass er das Katzenklo noch zu säubern hatte. Dad küsste Mom auf die Wange und tappte dann davon, um einen alten Western mit James Coburn anzusehen.

„Nun, jetzt wo die Besserwisser weg sind, warum reden wir nicht?" Mom zog den Laptop über den Küchentisch und beugte sich näher zum Monitor. „Wie fühlst du dich wirklich wegen dieses Verkaufs, Tennant?"

Ich schluckte den Mundvoll Erdnuss. „Es ist wirklich in Ordnung." Ihre dünnen Augenbrauen zogen sich zusammen. „Nein, wirklich, es ist mir recht. Ich denke, das könnte meine Chance sein, aus dem riesigen Schatten zu treten, den Tate Collins auf jeden Center des Teams wirft."

„Ich dachte, du magst Tate."

Ich nahm einen Schluck Schokoladenmilch und schaute von dem Laptop auf meinen Oberschenkeln auf die Stadt Dallas, die sich unter meinem Apartment ausbreitete. Tate Collins *war* Dallas Hockey. Ihr kennt diesen Song darüber, dass die Sterne in der Nacht groß und hell sind? Nun, kein Stern leuchtete heller als Tate Collins im Herzen von Texas. Er war das Gesicht des Hockey, der beste Center der Liga und drei Jahre in Folge der beste Torjäger. Auf gar keinen Fall würde ich jemals bemerkt werden – oder eine Chance auf den ersten Block haben – solange Tate im Team war. Und das war nichts gegen Tate. Tate war ein guter Kerl. Freundlich, bescheiden, großzügig, alles, was ein Hockeyspieler sein sollte. Aber für jene, die in seinem Schatten standen, wurde die Dunkelheit manchmal deprimierend. Ich wusste ganz sicher, dass ich in einem anderen Team im ersten Block spielen konnte. Ganz sicher dem ersten Block in einem Team im zweiten Jahr wie den Railers. Das war nicht mein Ego, das da redete, es war das Selbstbewusstsein. Ich kannte meine Fähigkeiten und die gehörten nicht in den zweiten Block.

„Das tue ich, aber ich bin es leid, ständig jemandes Schatten zu sein"

„Das ist der Fluch, der Jüngste zu sein, Liebling." Mom schenkte mir ein trauriges kleines Lächeln. „Wie wird Chris sich fühlen, wenn du Dallas verlässt?"

Der Halbliterkarton Milch glitt von meiner Unterlippe. „Chris?" Ich hustete und beeilte mich, mein Kinn mit dem Handrücken abzuwischen. Auf gar keinen Fall. Auf gar keinen Fall konnte sie von Chris wissen. Er und ich waren superdiskret gewesen.

„Ja, Christine, diese lebhafte Rothaarige, die du im Sommer mit zum Texas Athlete of the Year Award mitgenommen hast?" Mom warf mir einen Blick zu, der besagte, dass sie sich Sorgen um mein Gehirn machte. „Sie hat wochenlang darüber getweetet."

„Oh, Christine, genau." Sicher, jetzt wusste ich, wen sie meinte. Eines von mehreren Dates, die als Ablenkung dienten. Ja, *diese* Chris, nicht Chris, der Barista mit dem Bart und dem Man Bun, mit dem ich mich zwei

Wochen lang heimlich getroffen hatte. „Das ist irgendwie eingeschlafen."

„Oh, das ist schade. Sie war hübsch. Irgendetwas in Aussicht?"

„Nein, nicht wirklich."

Dallas schimmerte in der Hitze, obwohl es Nacht war. Der Texas Athlete of the Year Award. Ich erinnerte mich gut daran. Ich war zum zweiten Mal in Folge hinter Tate beim Hellster Stern auf dem Eis Award gelandet.

„Das ist wahrscheinlich auch besser so. Du wirst bald umziehen. Ich bin mir sicher, dass es in Harrisburg viele nette Mädchen gibt."

„Ganz bestimmt."

Ugh, das war so beschissen. Zu lügen war beschissen. Das einzige Kind auf beiden Seiten der Familie zu sein, das schwul war, war beschissen. Männer in mein Apartment schmuggeln zu müssen, war beschissen. Ich schaffte ein schwaches Grinsen für sie.

„Du wirst die richtige Person treffen, Tennant."

Mein Dad rief nach ihr. Sie verdrehte die Augen und ich schnaubte.

„Ich schwöre, dieser Mann kann seine Brille nie finden. Um wie viel willst du wetten, dass sie sich auf seinem Kopf befindet?"

Ich kicherte.

„Ich mache besser Schluss und lasse dich ausruhen. Du wirst ein paar hektische Wochen haben, mit Packen und Umzug. Wir lieben dich, Tennant."

„Ich liebe dich auch, Mom."

Ich schloss den Deckel meines Dell, legte meine Hände darauf und starrte auf die Stadt, die ich hinter mir lassen würde. Ich würde Dallas vermissen. Es war eine verdammt großartige Stadt mit unglaublichen Fans. Ich war mir nicht sicher, ob ich Chris allzu sehr vermissen würde. Den Chris mit der Gesichtsbehaarung meine ich. Wir hatten uns ein paar Mal heftig einen heruntergeholt, aber das war es auch schon. Er war niedlich, aber uns fehlte dieser Funke, von dem man so viel hört. Wahrscheinlich wären wir weiter gegangen, wenn ich bleiben würde, einfach weil ich des Masturbierens müde war und das ist ein armseliger Grund, mit jemandem zu schlafen.

Ich nahm an, dass in den Norden verkauft worden zu sein gerade einen weiteren Haken in der ‚Das könnte alles in allem eine gute Sache sein' Spalte bekommen hatte. Ich hatte ein paar Sorgen, wie eine Wohnung zu finden, wie die Jungs und die Coaches sein würden und ob Frank Sinatra oder irgendein anderer großer Name je irgendwelche Lieder über Harrisburg gesungen hatte. Man weiß, dass eine Stadt es geschafft hat, wenn es einen berühmten Song über sie gibt. Orte wie New York, Dallas, San Francisco, Chicago... sie alle hatten Songs. Zur Hölle, sogar Allentown hatte einen Song. Ein Song bedeutete, dass man ein richtig toller Ort zum Leben war, oder? Eine schnelle Google Suche informierte mich darüber, dass ein Kerl namens Josh Ritter tatsächlich ein Lied über die Stadt gesungen hatte, in die ich ziehen würde. Ich nahm an, alles war gut.

SEPTEMBER. Mann… wo war der Sommer hin? Ach ja, er war von meiner Suche nach einer neuen Bleibe, Packen, einem Besuch bei meiner Familie und sicherzustellen, dass meine Adresse bei der Post geändert worden war, verschluckt worden.

Das erste, was ich bemerkte, als ich die Grenze nach Pennsylvania mit dem Rest meiner persönlichen Besitztümer im hinteren Teil meines Jeep Wranglers überquerte, war das Fehlen von Palmen. Nein, im Ernst. Ich hatte logischerweise gewusst, dass es keine Palmen geben würde, aber tatsächlich keine zu sehen war aufrüttelnd gewesen. Es gab jede Menge anderer Bäume, aber nichts mit Palmwedeln. Was bedeutete, dass der Winter hier ein Teil des Lebens war. Das war nicht cool. Ein Strandjunge wie ich und Temperaturen unter vier Grad gingen nicht gut zusammen – überhaupt nicht. Ich setzte in Gedanken einen Haken unter ‚Das ist vielleicht *doch* keine gute Sache‘.

Zum Glück war meine Tante Immobilienmaklerin und hatte mir ein superschönes Apartment in der Innenstadt besorgt, an der Front Street mit Blick auf den Susquehanna River von der Dachveranda aus. Das Gebäude war massiv, Ziegelbauweise und mit „Anmut und Charme" gefüllt, um meine Tante zu zitieren. Ich hatte eine Zweizimmerwohnung für denselben Preis bekommen wie meine Einzimmerwohnung in Dallas gekostet hatte. Insgesamt war ich glücklich mit der Wohnung und hatte Pläne, das zweite Schlafzimmer in ein Fitnessstudio umzuwandeln. Meine Möbel waren einen Tag nach mir angekommen und sie sahen dämlich aus. Das Western-Motiv hatte in Big D funktioniert.

Hier in Harrisburg wirkte es bescheuert. Ich hatte die alten Sachen innerhalb einer Woche verkauft und arbeitete jetzt daran, die großen, leeren Räume mit Möbeln zu füllen, die besagten, dass ich ein erfolgreicher Städter war. Bis jetzt hatte ich einen Sessel und ein Bett. Oh, und den Fernseher und meine PS4. Zumindest waren die essenziellen Dinge abgedeckt.

Ich betrat die Küche, schaltete das Licht an, machte mir dann Frühstück, das aus einem Proteinshake und einem Pilz-Käse-Omelett bestand. Mom und Dad waren über das Wochenende hier gewesen und sie hatte die Gefriertruhe und jedes Regal im Kühlschrank mit gutem Essen, auch bekannt als gesundes Essen, gefüllt. Das Sixpack hatte einen finsteren Blick bekommen, aber sie hatte mir nicht erzählt, wie dick es macht oder wie dämlich ich mich mit zwei Bier intus aufführte. Dieses Mal. Als ob ich nicht wüsste, dass ich überhaupt keinen Alkohol vertrug.

Während ich aß, schaute ich mir die Apps für die lokalen Nachrichten an. Jede einzelne hatte etwas über die Railers zu sagen. Die meisten drehten sich um den Streitpunkt, dass der Staat keine drei professionellen Hockey-Teams unterstützen konnte. Was vielleicht stimmte – das würde die Zeit zeigen. Hockey wurde immer beliebter, aber es hatte noch einen langen Weg vor sich, um hier in den Staaten Football, Baseball oder Basketball einzuholen. Es gab ein paar Artikel über mich und die Hoffnungen, die die Sportjournalisten für die Offensive des Teams hegten, jetzt, wo sie einen hervorragenden Centerspieler hatten. Tore waren letzte Saison ein Problem gewesen, ebenso wie eine schwache

Defensive. Es würde Zeit brauchen, ein gutes Team aufzubauen, der Expansion Draft konnte dem Team nicht bei allem helfen. Der Alarm auf meinem Handy ging los, als ich meinen schmutzigen Teller in die Spülmaschine stellte. Mein Magen verkrampfte sich.

Das Trainingscamp für die erfahrenen Jungs wie mich fing heute an. Die Anfänger im Team hatten schon gestern antreten müssen. Heute würde es um die medizinischen Untersuchungen gehen, Fitnesstests und die Medien. Die Presse würde an mir kleben wie Schokolade an einem Müsliriegel. Was irgendwie cool war. Es würde sich wahrscheinlich gut anfühlen, etwas von dem Scheinwerferlicht zu bekommen, das sonst immer auf Tate gerichtet gewesen war. Zur Hölle, sogar als ich aufgewachsen war, hatte ich von Lehrern und Coaches immer nur gehört, „Oh, du bist Bradys/Jamies kleiner Bruder! Ich hoffe, du bist auch nur ein halb so guter Schüler/Spieler wie er/sie ist/sind!". Das hier war meine Zeit und ich würde im Scheinwerferlicht baden, bis ich einen Sonnenbrand hatte.

Eine kurze Dusche und ich war auf dem Weg zu dem Trainingsgebäude draußen in Rutherford, das ungefähr zwanzig Minuten von meiner Wohnung entfernt lag. Glass Animals lieferten die Auf-dem-Weg-zur-Arbeit Musik. Als ich auf den Parkplatz der East River Arena fuhr, der Heimat des Harrisburg Railers Hockeyteams und die Pressefahrzeuge sah, die überall herumstanden, wurde ich von nervöser Aufregung erfüllt. Ich schlüpfte unbemerkt hinein, die Gruppe Reporter erhaschte nur einen kurzen Blick auf mich, als ich eine Treppe hinunter joggte, um mir das Eis anzusehen. Ich schloss meine Augen, inhalierte den Geruch von Hockey in meine Lungen und lächelte. Das war mit nichts zu vergleichen. Die kalte Luft, der Klang von Kufen auf dem Eis, das Grunzen und die Schreie, der Aufprall von Mann gegen Glass und Bande und das Aufblitzen des Torlichts. Es war so gut wie Sex. Das Eis sah perfekt aus. Schade, dass wir Veteranen vor morgen nicht drauf sein würden.

„Tennant! Hey, willkommen in Harrisburg! Was denkst du, wirst du ins Team einbringen?"

Ich schaute über die Schulter meiner brandneuen Railers Kapuzenjacke auf den schlanken Typen, der die Betonstufen nach unten eilte. Er hatte wilde braune Haare und große, runde Augen. Er streckte seine Hand aus, schüttelte sie mir und warf dann einen Blick auf das Handy in seiner Hand.

„Bob Riggs", sagte er. „Ich habe eine Online-Seite, die sich nur mit Hockey in der Gegend von Harrisburg beschäftigt. Von den Profis bis zu den Kindern."

„Nett. Du kannst gerne aufnehmen."

Ich lehnte mich gegen das Glas, verschränkte meine Arme vor meinem Brustkorb und fing an, Fragen zu beantworten. Innerhalb von fünf Minuten hatten sich ungefähr zwanzig Leute auf der Höhe des Eises um mich versammelt. Ich tat mein Bestes, jede Frage zu beantworten, die mir gestellt wurde. Ich erzählte ihnen, wie sehr ich mich freute, hier zu sein, wie ich hoffte, dass ich dem Team und der Stadt etwas Positives geben konnte und wie toll es war, dass Profi-Hockey expandierte. Es war eine Art spontanes Meet-and-Greet, so wie ich es am liebsten mochte. Ich kam in dieser Art

Umgebung viel besser zurecht als mit den strikt regulierten Medien-Tag Dingern, die immer von den Teams organisiert wurden. Die fühlten sich immer so gestellt und steif an. Ich wollte gerade auf die Frage eines korpulenten Typen in einem Trainingsanzug antworten, der keine Haare auf seinem Kopf, aber dafür eine große Menge davon in seinen Ohren hatte. Als jemand hinter mir gegen das Glas schlug.

Ich zuckte zusammen und wirbelte herum, mein Blick begegnete und verlor sich dann in den schönsten blauen Augen, die ich je gesehen hatte. Zudem waren es vertraute Augen, jetzt wo der Schock langsam nachließ. Sie gehörten Jared Madsen oder „Mads", wie er in unserer Familie genannt wurde. Ich hatte ihn seit Jahren nicht mehr gesehen. Er sah so anders aus und doch wie immer, wenn das irgendeinen Sinn ergab. Er war jetzt unglaublich heiß. War er immer schon so gewesen? Ich war wahrscheinlich zehn oder vielleicht zwölf gewesen, als ich ihn das letzte Mal gesehen hatte. Damals hatte ich Männer überhaupt nicht wahrgenommen oder wie sehr ich mich ein paar Jahre später zu ihnen hingezogen fühlen würde. Hatten seine Haare immer diese Schattierung von goldenem Weizen gehabt, waren seine Augen immer schon so durchdringend gewesen, seine Schultern so breit…?

Kapitel Zwei

MADS

TEN STARRTE mich direkt mit einem Blick des Wiedererkennens und sogar dem Hauch eines Lächelns an. Er war atemberaubend – das konnte man nicht leugnen. Von seinen gemeißelten Wangenknochen bis zu seinen grünen Augen, war er nur einen Schritt von hübsch entfernt. Meine Reaktion auf ihn war instinktiv. Er war genau die Art Mann, den ich mir gerne anschaute.

Tennant Rowe. Auf der einen Seite ein Star-Center und Teamspieler mit exzellentem Gespür für Hockey und auf der anderen wunderschön, sexy und das Futter für Millionen Fan-Fantasien.

Ich muss mich auf Hockey konzentrieren. Ich bin neun Jahre älter als er und er ist ein Freund der Familie. Ich entschied mich, das zu wiederholen, bis ich die Bewunderung, die sich in meine Gedanken geschlichen hatte, beruhigen konnte. Darum konzentrierte ich mich auf Hockey.

Sogar mit elf oder zwölf, wie alt er auch gewesen sein mochte, als wir uns das letzte Mal begegnet waren, war offensichtlich gewesen, dass Tennant die Rowe Hockey-Gene besaß – sogar das Potenzial, besser als seine Brüder zu sein. Nicht, dass Brady oder Jamie ihn je hatten besser sein lassen. Die brüderliche Liebe ging nicht so weit, dass sie Ten Tore gegen sich hätten schießen lassen oder zur Hölle, auch nur eine zusätzliche Kartoffel zum Abendessen gegönnt hätten. Ihr Konkurrenzdenken hätte ein schwächeres Kind gebremst, aber nicht Ten – er war daran gewachsen.

„Was weißt du über Tennant Rowe?", hatte der Chef-Coach Mike Benning mich vor dem Handel gefragt. „Du hast mit Brady gespielt, richtig?"

Ich hatte mich in diesem Moment beinahe so gefühlt, als ob meine Meinung eine Rolle spielen würde, als ob die Tatsache, dass ich Tens Bruder Brady kannte, bedeutete, der Coach würde tatsächlich zuhören, wenn ich sprach. Nicht dass er nicht zuhörte, versteht mich nicht falsch – er war ein guter Kerl unter der strengen, eisigen Fassade. Er war nur wirklich auf die Stürmer fokussiert. Das war eines der Dinge, die das Team verbockte, nicht dass ich das jetzt schon laut aussprach. Ich musste zuerst das Camp überstehen, einen Kern Verteidiger finden, die ich formen konnte. Dann würde ich zu Coach Benning genau das sagen, was ich dachte und es wäre mir egal, ob es ihm gefiel oder nicht.

Dann würde es zu spät sein, um mich loszuwerden.

Also, ja, er hatte recht. Ich hatte mit Brady in der Junior-Liga gespielt, war mit ihm in der Verteidigung gewesen und wir waren gut gewesen. Mehr als gut. Er wurde am Ende in der ersten Runde von Boston verpflichtet und schaffte es dann so schnell zum

Kapitän, dass sogar ich überrascht war. Andererseits war er schon immer ein penetranter Bastard gewesen, der sich holte, was er wollte. Ich? Mein Aufstieg war nicht so schnell vonstatten gegangen, aber ich war bei den Buffalo Sabres aufgefallen, hatte meinen Teil dazu beigetragen, uns ins Finale des Stanley Cups zu bringen. Nur dass meine Karriere vorbei war und Bradys Stern immer noch leuchtete. So war das Leben.

„Du kannst Tennant nicht nach seinem Bruder beurteilen", hatte ich gesagt und es auch so gemeint. Brady war ein Verteidiger, groß und hässlich in den Ecken, mit einem Funken, der ihn zum Besten machte. Ja, er war Kapitän, ja, er konnte auch etwas im Angriff, aber er war kein Stürmer wie Ten, der über die sechs wichtigsten Attribute verfügte, wie Geschwindigkeit und ein Gefühl für den Puck.

Ten starrte immer noch und das hieß wohl, dass ich zurückstarrte. Ich schaffte ein kleines Winken und er tat es mir nach, dann fragte einer der Reporter ihn etwas und er wurde von mir abgelenkt. Das war in Ordnung, es war ja nicht so, als ob wir uns irgendetwas zu sagen hätten, abgesehen von dieser kleinen Anerkennung, dass wir uns kannten. Ich hatte ihn über Google gesucht, als Coach mich gefragt hatte, hatte die üblichen NHL Fotos gesehen. Eines war mir besonders aufgefallen. Ten in den Farben von Dallas, den Schläger hinter seinem Hals, lächelnd, die Lippen ein wenig schmollend, die Augen leuchtend. Er war ganz gewiss zu einem sexy Mann herangewachsen, aber wenn man die vielen Fotos von ihm und verschiedenen weiblichen Models in Betracht zog, war er die falsche Art sexy für mich.

Außerdem, lasst uns den Tatsachen ins Gesicht blicken, Brady würde mich umbringen, wenn ich seinem kleinen Bruder irgendwie zu nahe kam. Schließlich hatte er mich bei diesem Dreier in Montreal erwischt und sich mir, einer Brünetten mit großen Brüsten und diesem wie ein Panzer gebautem Typen gegenübergesehen, die beide… Nun ja, Brady hatte geschworen, dass er Bleiche für die Augen brauchte und seitdem hatte seine Meinung von mir mich im Bereich der Hure platziert.

Was größtenteils akkurat war, zumindest bis zum fünften Spiel in Runde drei, als ich eine Auseinandersetzung mit der Bande hatte, die mich aus einem Playoff-Spiel und dann ganz aus dem Profi-Hockey genommen hatte. Nichts beendete das Herumhuren schneller, als wenn der eigene Körper einen verriet.

Ich riss mich aus den Gedanken über Ten und seine Brüder, als Coach Benning zu mir herüberfuhr.

„Und?", fragte er leise.

„Und was?"

„Sieht der Junge für dich gut aus?"

„Wer?"

„Tennant Rowe", sagte er mit einem Hauch Ungeduld, als wäre ich dämlich.

Ich könnte Gedichte über den schlanken Körper in der offensichtlich brandneuen Railers Kapuzenjacke rezitieren oder über die Art, wie diese grünen Augen in den hellen Lichtern des Stadions funkelten. Zur Hölle, ich könnte sogar darüber reden, wie breit sein Rücken gewirkt hatte, als er gegen das Glas gepresst war, bevor er sich umgedreht hatte. Aber davon wollte Coach nichts hören, er wollte eine sofortige Einschätzung von Talent.

Es gab so viel, das ich in diesem Moment sagen wollte. Etwas in der Art, dass die Railers sich glücklich schätzen konnten, jemanden mit seinen Statistiken zu haben, dass der Junge jetzt ein Mann war, der das Potenzial hatte, das Team in ein gutes Jahr zu führen. Vielleicht sogar in die Play-offs. Ich wollte unbedingt sagen, dass der Coach es nicht vergeigen sollte. Ich sagte kein Wort. Mein Schulterzucken war die Art, wie ich angefangen hatte, mit dem Mann zu reden, der einen guten Spieler nicht von einem schlechten unterscheiden konnte.

Benning murmelte etwas, das eindeutig so klang, als würde es die Worte „Arschloch" und „Fuck" enthalten. Daran hatte ich mich inzwischen gewöhnt. Wir hatten das, was das Team gerne als eine interessante Beziehung bezeichnete. Ich bezeichnete es als beschissenes Durcheinander, aber ich wusste, dass es nicht nur an ihm lag.

Ein Wirbel aus Fluchen und Lachen und die zehn Neulinge, die ich an diesem Tag dabeihatte, waren auf dem Eis. Ich musterte sie, als sie sich dehnten und langsam im Kreis fuhren, um sich aufzuwärmen. Wir hatten sechs Positionen im Team, von denen vier bereits von einigen der besten Defensivspieler besetzt waren, die ich seit langer Zeit gesehen hatte. Was Positionen für zwei von den zehn bot, die zum Training hier waren. Ich hatte bereits ein Auge auf Travis MacAllister geworfen. Er hatte das letzte Jahr in dem Team der Minor-Liga gespielt, das die Railers versorgte, hatte sich vielversprechend gezeigt, war ein paar Mal aufgerufen, aber nicht für das Spiel genommen worden. Mac, wie er genannt wurde, stand so kurz davor, es ins Team zu schaffen und er wusste es, der arrogante Hurensohn. Das gefiel mir bei einem Verteidiger – das Vertrauen in seine Fähigkeiten, dass er jeden in die Bande schubsen und mit einem Lächeln davonfahren konnte.

Ich ließ ihn mit dem neuen Jungen spielen – dem eifriges, ich beherrsche die Welt Selbstbewusstsein aus jeder Pore tropfte. Er war ein ein Meter neunzig großer Schwede, mit einem albernen Lächeln voller großer Zähne und wirkte auf den ersten Blick harmlos, aber Arvid „Arvy" Ulfsson war alles andere als harmlos. Er hatte Potenzial hinter diesem Lächeln und verbrachte eine Menge Zeit am Netz, rauflustig und unermüdlich. Seine Schwäche war sein verzweifeltes Bedürfnis, beim Angriff dabei zu sein und er musste seine Position mit seinem Ziel festigen, ehe er kreativ wurde und versuchte, Schüsse auf das Netz abzugeben.

Der Rest war eine Mischung aus Typen, die glänzten und anderen, die das nicht taten. Sie alle verdienten einen Platz im Minor-Team, aber ob sie als Teil der Railers eine gute Figur machen würden, stand auf einem anderen Blatt.

Ich ließ Arvy und Mac beim drei gegen zwei zusammenspielen, wechselte sie aus, konzentrierte mich wirklich sehr auf die Arbeit an den Flanken, auf die Checks, die sie machten, auf jene, die sie nicht machten… oder zumindest so sehr, wie ich das konnte, während Ten dasaß und zusah.

Ich frage mich, was Ten denkt? Macht er sich innerlich

Notizen, wie ich? Er war damit aufgewachsen, gegen seine Brüder zu üben, die beide selbst NHL-Stars waren. Schaute er sich das Getümmel an und dachte er, dass die Verteidigung besser sein könnte? Beurteilte er Arvy und Mac? *Beurteilte er mich? Warum kümmert mich das?*

Am Ende des Trainings hatte ich im Geiste fünf der Jungs von der Liste gestrichen. Ihnen zu sagen, dass ihnen keine Verträge angeboten werden würden war hart, aber sie mussten das lernen, richtig? Die NHL war das leuchtende Ziel, der Stanley Cup, die Original Six, einhundert Jahre Geschichte. Nicht jedem wurde in seinem ersten Jahr ein Platz am Tisch garantiert. Einer von ihnen, ein riesenhafter, massiger Kerl, schien etwas sagen zu wollen, aber ich wich nicht zurück, wie es die beste Art Verteidiger tun würde und er zog sich mit einem reumütigen Grinsen zurück. Ich konnte keinem der Jungs einen Vorwurf für ihre Enttäuschung machen – Verteidiger waren von Natur aus penetrant und übermäßig selbstbewusst und man konnte nicht von ihnen erwarten, dass sie das abstellten, sobald das Training vorbei war.

Am Ende der ersten Einheit hatte ich noch fünf übrig und das unangenehme Gefühl, dass Ten jeder meiner Bewegungen folgte. Ich entschuldigte es damit, dass ich ihn kannte, ein Freund der Familie war, jemand, gegen den er früher als Teenager geschossen hatte, bei den seltenen Gelegenheiten, wenn ich im Rowe-Haus gewesen und wir zusammen spontan Hockey gespielt hatten. Als ich lässig eine Runde fuhr, um zum Goalie-Coach zu gelangen, schaute ich zu den Sitzen auf, wo Ten und die anderen gesessen hatten, aber dort war nur leerer Raum. Sie waren gegangen und für eine Sekunde war ich enttäuscht. Ich hatte irgendwie gehofft, danach noch kurz mit ihm reden zu können. Worüber, wusste ich nicht.

Das Letzte, was man machte, war, Tennant Rowe zu fragen, wie es seinen Brüdern ging oder einen Kommentar über den neuesten Brady/Jamie Erfolg abzugeben. Nicht, dass er nicht stolz war, dessen war ich mir sicher – sie standen sich als Familie sehr nahe, eine, die ich als Einzelkind mit einer abwesenden Mutter beneidet hatte, aber dennoch... Ten hatte eine lange Zeit damit verbracht, sich selbst einen Namen zu machen.

Ich wusste das, weil ich ihm gefolgt war. Nicht wie ein Stalker oder mit einem Google-Alarm oder irgendetwas in der Art. Ich hatte ein Ohr für die Informationen aus Dallas, die Erwähnung von Ten, oft als Zusatz zu dem, was der großartige Tate Collins, der Heiland der NHL, machte. Ich hatte Bilder des dürren Ten gesehen, als er heranwuchs, dabei die zweite Linie der Dallas mit einem Nachdruck verteidigte, der ihm in den letzten drei Jahren einen Durchschnitt von neunundachtzig Punkten einbrachte. Ich hatte Interviews nach Spielen gesehen, bei denen Reporter Ten Fragen über seine Brüder stellen wollten. Bei so etwas lächelte er immer und beantwortete sie, so gut er konnte, aber jeder, der ihn kannte, konnte die Frustration in seinem Gesichtsausdruck sehen.

„Du siehst dir Arvy und Mac an?" Alain Gagnon, hervorragender Goalie-Coach, ein Veteran mit zwanzigjähriger Erfahrung, unterbrach meinen Gedankengang. *Arvy. Mac. Arbeit.*

„Ja."

Gagnon schnaubte. „Mac ist eine sichere Bank. Arvy bringt seine Checks nicht zu Ende und will mehr Tore erzielen."

„An einem Defensivspieler, der beides machen will, ist nichts verkehrt", gab ich zurück. Ich wollte sarkastisch klingen, aber tatsächlich war es schön, die Bestätigung, dass etwas mit Arvy nicht ganz in Ordnung war, von jemandem zu bekommen, den ich respektierte.

„Er ist gut, hat Potenzial. Du wirst also mit ihm arbeiten", sagte Gagnon und fuhr davon.

Das machte er oft. Einfach wegzufahren. Goalies sind schlichtweg seltsam, wenn ihr mich fragt – auf lustige, mit ihren Posten redende Art seltsam. Andererseits, wenn man die Art Mann ist, der glücklich ist, stillzustehen, während ein Puck mit hundertsechzig Stundenkilometern auf einen zurast, hat man seltsam schon lange hinter sich gelassen. Die Railers suchten in diesem Jahr nicht nach neuen Goalies – die beiden, die wir hatten, waren der Grund, warum wir auf der Rangliste nicht ganz unten gelandet waren. Tatsächlich waren sie und ein paar unserer spritzigeren Stürmer diejenigen, die uns im ersten Jahr nach der Expansion auf nur acht Punkte an einen Platz in den Play-offs gespielt hatten.

„Mein Büro", rief Coach und ich glitt langsam auf die Tür zu.

Ein Teil von mir wollte das Eis nicht verlassen. Das hier war mein Heim. Ich fühlte mich auf dem Eis gut.

Alles war weich und glatt und kalt, nicht gezackt und ruiniert wie mein Leben draußen. Und ja, mir ist klar, dass das dramatisch klingt, aber das Eis war und wird immer, mein sicherer Hafen sein. Bei diesem ersten, holprigen Schritt, wenn die Kufe auf den Gummi des Gangs trifft, spürt man das gesamte Gewicht seines Körpers auf dieser winzigen Klinge und für eine sehr kurze Sekunde ist alles falsch. Ich wusste nicht, ob andere auch so empfanden – ich hatte sie nie gefragt, da ich in der Regel darauf beschränkt war, wild zu sein und die Jungs, die ich deckte, blöd anzureden. Ich konnte es mir richtig vorstellen – gegen einen hervorragenden Center antreten, ihn gegen die Bande zu checken und ihn dann fragen, was für Gefühle er für das Eis hegte.

Würde nicht passieren.

Das Treffen war kürzer als gewöhnlich, dem Himmel sei Dank – Benning konnte reden, bis er blau im Gesicht wurde und der Rest des Raumes den Willen verlor, wach zu bleiben. Er plapperte nur über die Dynamik im Team, Druckpunkte, Angriff, Verteidigung, Xs und Os. Ich war mehr „Lasst uns zu Mittag essen, weil das Frühstück ein Chaos war und ich nicht mehr als einen Bissen von einem kalten Pop-Tart geschafft habe." Anscheinend war das Treffen kurz, weil er ein sehr wichtiges, offizielles Meeting mit dem neuen Stürmer, Tennant Rowe, hatte, dem leuchtenden Stern, Teil der Rowe-Dynastie und so weiter und so fort. Während er das sagte, schaute er mich die ganze Zeit über an, und ich glaube, er versuchte wahrscheinlich ohne Worte zu sagen, dass obwohl ich Ten kannte, er derjenige war, der das Sagen hatte. Wer wusste das schon.

Ich teile mir ein Büro mit Gagnon, aber das ist in Ordnung, weil er nie da ist. Wahrscheinlich unterwegs, um die Art seltsame Dinge zu tun, die Goalies so machen. Das bedeutete, dass ich eine Chance hatte, in Ruhe zu essen, mir einen Kaffee zu holen und durch meine Emails zu scrollen. Die von Brady war zu erwarten gewesen. Nicht, dass wir uns oft schreiben – kaum noch seit dem Unfall, der meine Karriere mit brutaler Endgültigkeit beendet hat. Ich legte meine Hand auf meinen Brustkorb, eine Angewohnheit, die ich hatte, wenn ich an mein Herz dachte. Ein Aufprall auf die Bande, ein normales Gehirnerschütterungsprotokoll und dann war ich im Medizinbereich zusammengebrochen.

Der Anfang vom Ende.

Brady wer einer der Ersten gewesen, die ich ausgeschlossen hatte. Der Arsch hatte am längsten von all meinen Freunden versucht, mich zu kontaktieren, aber am Ende hatte auch er aufgegeben.

Als ob ich Freunde wollte, die immer noch Hockey spielten, während der Zustand meines Herzens mir nicht einmal gestattete, in einer Bierliga zu spielen.

Hey, Mads, fing die Email an und ich musste zugeben, dass mir gefiel, dass sie nicht formell war. Ich war Mads gewesen, seit ich mit vier Jahren mit dem Hockey angefangen hatte. Wie sich herausstellte, bedeutete den Nachnamen Madsen zu haben *und* als Mad Enforcer bezeichnet zu werden, dass mein Spitzname ein guter war.

Die Email erkundigte sich nach mir, hoffte, dass es mir gut ging und dass mir meine neue Rolle bei den

Railers gefiel und sagte, wie wütend er war, dass Boston mich nicht als Coach angestellt hatte. Woher er die Idee hatte, dass ich jemals Coach in Boston sein wollte, wusste ich nicht. Wir beide zusammen hätte mich nur zu sehr daran erinnert, wie sehr alles den Bach runtergegangen war.

Ja. Ich bin schon wieder dramatisch.

Ich las den Rest. Einige Neuigkeiten über die Zwillinge und die Tatsache, dass er bald ein Onkel sein würde. Für einen Moment zog sich mein Brustkorb zusammen. Ten war zu jung, um Vater zu sein und ich musste es wissen – ich war gerade mal fünfzehn gewesen, als ich geholfen hatte, ein Kind zu machen. Warum ich sofort dachte, es wäre Ten, der es getan hatte, weiß ich nicht, weil da ja auch noch Jamie war, der mittlere Bruder.

Und dann kam die Email auf den Punkt. *Du weißt ja, dass ihr Ten bekommt – kannst du für mich auf ihn aufpassen? Das Team ist nicht das, was ich für ihn wollte, aber er ist entschlossen.*

Dann kam der übliche „wir müssen in Kontakt bleiben" Mist. Aber ich hatte das Gefühl, dass die Railers mit einem Satz als wertlos abgetan worden waren. Mir war gesagt worden, dass Ten besser war als wir und ich war zur Rolle des Aufpassers degradiert worden. Irgendwie klumpte das alles zusammen und ich fühlte mich beschissen.

Ich tippte eine Antwort, die ganz aus blumigen Adjektiven bestand, zog Bradys Abstammung infrage und erklärte ihm in definitiven Worten, dass er seine

Plattitüden dorthin schieben sollte, wo die Sonne nicht schien.

Dann löschte ich das alles und schickte ein Einfaches *Er ist erwachsen – er kann auf sich selbst aufpassen.* Ich zögerte, wie ich unterschreiben sollte. Mads war der richtige Weg, aber irgendwie implizierte das eine persönliche Verbindung, mit der ich nicht glücklich war. Aber Brady hatte mich nie Jared genannt, darum schrieb ich schließlich Mads und drückte auf Senden.

Die ganze Sache brachte mich so aus dem Gleichgewicht, wie ich mich mit meinen Schlittschuhen auf dem Gummi fühlte und ich schloss das Email-Fenster, entschied, dass später eine gute Zeit wäre, um mich um die Emails von Rykers Schule, der Bank und den Änderungen der Millionen Zeitpläne zu kümmern, die ein Hockey-Team beherrschten.

Mit dem Kaffee in der Hand und ruhelos, verließ ich mein Büro, kam an den Umkleiden vorbei, der Küche, den Fitnessräumen und jedem Ort, wo ich jemandem begegnen könnte und reden müsste. So stand ich schließlich im hinteren Flur bei dem Haufen Kisten, die wir verwendeten, wenn wir auswärts spielten. Unglücklicherweise war schon jemand da, saß auf einer Kiste, im Schneidersitz, starrte dabei an die Wand. Tennant. Ich hielt an und wich zurück, aber er hatte mich gehört oder gesehen oder hatte wirklich dieses unheimliche zweite Gesicht, von dem ein paar der Experten redeten.

„Mads", sagte er und beugte sich vor, aus den Schatten heraus, sodass ich einen guten Blick auf ihn bekam. Die dunkelblaue Kapuzenjacke mit dem Railers

Logo vorne in der Mitte stand ihm gut. Das war alles, was ich denken konnte.

„Ten", sagte ich auf Autopilot.

„Dieser Typ, neunundzwanzig. Ulfsson oder so? Er bringt seine Checks nicht zu Ende. Will den Puck und ein Tor machen. Das ist nicht gut."

Ich schaute Ten an, um zu sehen, ob er mich aufzog, aber in seinem Gesicht und seinen wunderschönen grünen Augen stand nichts, das davon zeugte, dass diese Aussage etwas anderes war als ein Verkünden von Fakten.

„Angekommen", sagte ich.

„Das hast du schon gewusst", stellte Ten fest und entknotete seine Beine, streckte sie, eines nach dem anderen, vor sich aus.

„Habe ich."

Wunderbar, das war entweder das tiefsinnigste Gespräch, das ich je mit einer anderen Person gehabt hatte oder einfach nur dämlich.

„Brady lässt dich grüßen", meinte Ten und dieses Mal ging das Strecken so weit, dass er seine Arme über seinen Kopf hob und ja, da war er, dieser Streifen Haut, fester Bauch und ja, ich schaute. Verklagt mich, Ten hatte den klassischen Körper eines Eishockeyspielers, nur Muskeln und Ebenen und Stärke. Ein Mann konnte einen Blick riskieren.

Und dann hob ich die Augen und Ten grinste. Grinste mich offen an. Was bedeutete das? War es, weil er wusste, dass er gut aussah und er die Tatsache zu schätzen wusste, dass jemand geschaut hatte? Oder war es, weil Brady Ten von diesem Dreier-Vorfall erzählt hatte und er hoffte, mich zu reizen? Wie es auch war, Ten war ein Bastard, der glücklich darüber war, all seine Vorzüge herzuzeigen und ich durfte mich nicht dafür interessieren. Ich sollte einfach in die Offensive gehen und ihm sein Grinsen vom Gesicht wischen, ihm erklären, dass ich ja bi sein mochte, mich aber nicht würde verarschen lassen. Aber was, wenn es bei diesem Grinsen um etwas anderes ging, wie einem Familienwitz, dessen Gegenstand ich war?

Also sagte ich nichts. Ich wechselte das Thema und verbuchte den Grund für das Grinsen unter sinnlos.

„Wunderbar. Er hat mir eine Email geschrieben", sagte ich, bezog mich wieder auf Brady, weil ich das Lächeln nicht erwidern oder auf irgendetwas reagieren würde, das Ten mit diesem Grinsen implizierte.

Bei dieser Bemerkung veränderte sich Tens Gesichtsausdruck. Von selbstbewusst und glücklich zu vorsichtig. „Sag nichts", fing er mit einem schweren Seufzen an. „Großer Bruder wollte dich warnen, dass ich mich bei den Angriffen mehr anstrengen muss oder dass mein Forecheck nicht so schnell ist, wie wir es brauchen oder, zur Hölle, dass ich vielleicht für den Face-off nicht an der richtigen Stelle stehe."

„Nein", antwortete ich, weil die Worte, die Ten aussprach, mit Hohn gefüllt waren und mir nicht gefiel, dass er irgendetwas davon sagte. „Dein Bruder ist stolz auf dich."

Alle Anspannung wich aus Ten und er sank sichtlich in sich zusammen. „Ja, ich weiß, dass er das ist. Ich bin stolz auf ihn *und* Jamie." Er sah mich direkt an. „Denk nicht für eine Minute, dass wir keine große, *glückliche Familie sind.*"

Autsch. Etwas wirklich Hartes lag unter diesen Worten und ich wollte in Ordnung bringen, was immer den glücklichen, scherzenden Ten weggenommen und diesen verschlossenen Mann vor mir zurückgelassen hatte.

„Er wollte sich mal auf ein Bier treffen", log ich. Denn egal was ich meinem Sohn darüber erzähle, dass Lügen keine gute Sache ist, manchmal ist zu lügen genau das, was passieren muss.

„Oh." Ten sah überrascht aus. Dann lächelte er wieder, dieses Mal weniger ein selbstbewusstes Grinsen, sondern eher voller Zuneigung. „Wie geht es Ryker?"

„Siebzehn, voller Hormone, ein ziemlich guter linker Flügel." So fasste ich Ryker in der Öffentlichkeit zusammen. Aber Ryker war viel mehr als mein launischer siebzehnjähriger Sohn, der einen fiesen Schlagschuss draufhatte. Er war mein Leben und der Grund, warum ich jeden Tag aufstand.

Als ich im Büro des Arztes gesessen und Worten gelauscht hatte, die wenig Bedeutung für mich hatten, hatte ich ihn unterbrochen und ihn die eine Sache gefragt, die jeder Hockeyspieler fragen würde. Würde ich wieder spielen?

Nur meinen Sohn in meinem Leben zu haben, hatte mich davon abgehalten, mich in Tabletten und Alkohol zu verlieren, nachdem der Arzt den Kopf geschüttelt und den letzten Nagel in meinen Hockey-Sarg geschlagen hatte.

Sie werden nicht wieder professionelles Hockey spielen können.

Also ja, Ryker war mehr, als ich ihn hier beschrieben hatte, aber ich war nicht bereit, das mit irgendjemandem zu teilen, vor allem nicht mit Ten, den ich nicht mehr wirklich gut kannte.

„Ich habe mich auf Facebook mit ihm befreundet", verkündete Ten.

Ich war nicht mit Ryker auf Facebook befreundet. Ich musste mit ihm darüber reden, weil ich das sein sollte, oder? Steht das nicht irgendwie ganz oben auf der Liste elterlicher Verantwortung oder so? An diesem Wochenende würde er bei mir sein und ich fügte Facebook zu meiner geistigen Liste an Dingen, über die wir sprechen mussten, hinzu.

„Gut", antwortete ich schließlich. Wahrscheinlich mit einer zu großen Lücke, als dass es sozial akzeptabel war. Was auch immer ich falsch gemacht hatte, reichte aus, dass Ten von der Kiste kletterte und sich aufrichtete. Er hielt mir die Hand hin.

„Mir wird es hier gefallen", sagte er.

Ich nahm seine Hand. Es war jetzt die Hand eines Mannes. Nicht derselbe Griff, den er als Kind gehabt hatte. Ich schüttelte sie fest und er hatte dasselbe Lächeln. Sollte ich ihn jetzt umarmen? War es das, was ein „Bro" tun würde? Er zog sich zurück und schlüpfte an mir vorbei.

„Bis später", sagte er.

Und ich konnte nur denken, dass Ten sich gut verwachsen hatte.

Kapitel Drei

Ich schickte Brady eine Textnachricht, sobald ich um die Ecke war, ließ Mr. Jared „Verführerische Blaue Augen" Madsen hinter mir. Sie war kurz und auf den Punkt.

Halt dich, verdammt noch mal, aus meinem Leben heraus.

Ich drückte Senden.

Ich meine es ernst. Keine Emails mehr an Mads. NIE WIEDER. Über irgendetwas, das mich betrifft.

Ich schaute auf, tanzte um einen Typen herum, von dem ich annahm, dass er ein Equipment-Manager war, weil ihm Schlittschuhe von beiden Schultern baumelten, dann schickte ich den dritten Text los, um sicherzustellen, dass mein älterer Bruder wirklich verstand. Manchmal tat er das nicht. Eigentlich tat er das nie.

Im Ernst. Hör auf. Ich sage es sonst Mom.

Ich hielt inne, starrte auf die Nachricht, löschte dann den Teil über Mom. Das war mein Ass im Ärmel. Ich wollte es nicht zu früh ausspielen.

Im Ernst. Nie wieder. Das ist mein Leben. Hör auf, es kontrollieren zu wollen. Du Arsch.

Da. Das klang gut. Sollte ich ihm den lächelnden Haufen Scheiße als Emoji schicken, nur um ganz klar zu machen, was er war? Gehen und Textnachrichten schreiben. Wahrscheinlich gefährlich. Schön, eindeutig gefährlich. Ein Fußball prallte an meinem Schädel ab. Ich ließ das Handy fallen und jaulte.

Eine Stimme durchbrach meinen Schmerz. „Hüpfende große Bälle", verkündete sie.

Ich ging in die Hocke, um mein Handy aufzuheben, stand dann auf. Mein Blick wanderte nach oben und nach oben und nach oben, um das Gesicht des Mannes zu erreichen, der den Ball von den Betonwänden hatte abprallen lassen. Der Ton seiner Worte, mit heftigem Akzent, ließ eine Entschuldigung durchklingen.

„Schon gut", sagte ich sofort. „Meine Mutter sagt immer, dass Textnachrichten schreiben und dabei gehen mich umbringen wird." Ich schob mein Handy ein und streckte meine Hand aus. „Tennant Rowe."

Der Riese nahm meine Hand und schüttelte sie. „Stanislav Lyamin. Stan."

„Genau. Ich habe mir deine Aufnahmen angesehen."

Der Mann war *gigantisch*. Es war, als würde man Groot die Hand schütteln. Er war leicht zwei Meter zehn groß und wog wahrscheinlich hundertfünfundzwanzig Kilo, wenn nicht mehr. Seine Haare waren dunkel und nahe an seinem Kopf geschoren. Er hatte stürmische graue Augen und eine lange, aristokratische Nase. Die Railers hatten ihn für ein Butterbrot von der KHL bekommen. Stan hatte jede Menge Größe und Biss. Er füllte das Netz aus, es mangelte ihm aber an Schnelligkeit und Beweglichkeit. Sobald sie ihn ein wenig abgebaut hatten, würde er sich schneller bewegen und das Netz versiegeln.

„Du magst Fußball, huh?", fragte ich.

„Dummer Hase."

Ich starrte den großen Mann dümmlich an. „In Ordnung. Ich wollte gerade Essen gehen, wenn du also…"

„Big Mac."

Stan rieb sich den Bauch und folgte mir dann ein paar Schritte lang. Ich hielt an und schaute zu ihm auf. Scheiße, aber der Mann war einschüchternd. Ich war froh, dass ich mich ihm nicht stellen musste.

„Ja, genau, Essen, also… ich werde jetzt essen gehen." Ich deutete in Richtung des nächsten Ausgangs und lächelte breit, wich vor dem breiten Torhüter zurück. „Es war schön, dich kennenzulernen."

„Ich bin ein Pepper."

„Kumpel, willst du damit sagen, dass du zu einem Mickey D fahren willst oder so?" Ich sah mich nach jemandem – irgendjemandem – um, der mich retten konnte, aber es waren nur ich und der Russe in Shorts und Sneakern.

„Sie sind *großartig*!"

„Stan, du hast dir *viel* zu viel amerikanisches Fernsehen reingezogen", kicherte ich.

Zwanzig Minuten später schoben wir uns Burger und Pommes in den Mund, während wir alle möglichen seltsamen Blicke auf uns zogen. Es musste Stan sein, der all das Starren auslöste. Er fiel schon auf, aber er war lustig. Seine grauen Augen kamen nie zur Ruhe. Wirklich nie. Sie huschten ständig herum. Ich fragte mich, ob er einfach nur Verfolgungsübungen machte, während er aß. Ich hatte ein Video von dem Goalie in D. C. gesehen, der dasselbe in Vorbereitung auf ein Spiel machte. Obwohl, da wir uns nicht bereit machten zu spielen, versuchte er vielleicht nur, alles, was Amerika war, in sich aufzunehmen.

„Lippen-schmatzend gut", verkündete er, nachdem er seinen vierten Burger verputzt hatte. Ich begnügte mich mit einem und ein paar Pommes. Leere Kalorien. Standen nicht auf meinem gesunden Essensplan, aber Mann, war das Fett lecker.

„Da hast du recht. In Ordnung, so sieht es aus. Ich bin neu in dieser Stadt. Ich kenne niemanden hier." Ich lehnte mich zurück und nahm einen Schluck von meinem Milchshake. Mann, ich würde morgen bis Chicago laufen müssen, um diese Mahlzeit abzuarbeiten. „Nun, ich kenne Mads, aber er ist irgendwie diese komische Sache, klar?"

Stans graue Augen landeten auf mir und blieben dort kleben. Mein Blick wanderte über die Speisekarte über dem Kopf des Kassierers.

„Seltsam wie in, er ist so viel attraktiver, als ich mich an ihn erinnere."

Ich driftete ein wenig ab, die Preise verschwammen, als ich ein Bild des Defensiv-Coaches der Railers vor mein geistiges Auge holte. Verdammt, aber er war heiß. Diese himmelblauen Augen und dieser Mund… Er roch auch gut. Sein Rasierwasser war scharf, irgendwie nautisch. Ein Kind ein paar Stühle von uns entfernt schrie, riss mich aus der Erinnerung an seiner Hand in meiner. Mads hatte einen starken Griff.

„Scheiße, äh, ja, ich kenne also hier niemanden, abgesehen von Mads und seinem Griff." Stan musterte mich und ich suchte nach einer Gemeinsamkeit, über die wir reden konnten, bei der es nicht um Hockey ging. Mein Handy piepte, um mich wissen zu lassen, dass ich eine Nachricht von meinem Pokémon Spiel hatte. „Spielst du Spiele auf deinem Handy?" Ich schüttelte meines. „Pokémon?"

Er kaute und starrte. Ich öffnete mein aktuelles Spiel und wedelte damit unter seiner Nase. Er zuckte mit den Schultern und dann leuchteten seine Augen auf. „Pikachu", verkündete er. Es schien, als wäre Pokémon etwas Grenzübergreifendes.

„Gut, nun, ich denke, wir sollten im Team unsere eigene Akademie für Pokémon Trainer anfangen." Ich zeigte ihm erneut den Bildschirm.

Er nickte, während er die Hälfte einer Super-Size Cola tramk. Ich scherze nicht. Ein tiefes Einsaugen und die Hälfte der Flüssigkeit war weg. Es war unglaublich.

„Es wird uns verbinden, richtig?"

Stan lächelte.

„Cool! Dann bist du also dabei?"

Eine Lady lief an uns vorbei, jagte einem mit Ketchup verschmierten Kleinkind hinterher. Stan lächelte weiter, als er den ersten von fünf winzigen Apfelkuchen öffnete, die auf seinem Tablett gestapelt waren.

„Wir sollten einen Teamnamen haben. Ich meine

etwas anderes als Railers, obwohl das wahrscheinlich auch funktionieren würde."

„Taumelnde Minions."

„Ja, klar. Hey! Weißt du, was wir jetzt machen könnten?"

Stan nahm einen Bissen von seinem Kuchen und schüttelte seinen kurz geschorenen Kopf.

„Ich will einen Tattooladen suchen und mir mein Lieblings-Pokémon tätowieren lassen. Hast du Tattoos?" Ich deutete auf meinen Arm, dann seinen.

Er runzelte die Stirn und zog dann den Ärmel seines Jerseys zurück, entblößte ziemlich verdammt schönes Kyrillisch. Ich fragte mich, was es bedeutete, nahm aber an, dass ich von Stan keine großartige Erklärung bekommen würde.

Ich hielt meine Hand für ein High Five in die Höhe und bekam eines, das mir beinahe die Schulter auskugelte. Das Leben in Harrisburg fing an, Spaß zu machen. Ich hatte ein neues Team zu bezaubern, einen großen Kumpel, mit dem ich gut reden konnte und war insgeheim in den Freund meines älteren Bruders verknallt. An diesem Abend hatte ich auch ein brandneues Tattoo auf meinem Nacken und eine Kette von Textnachrichten von Brady. In jeder einzelnen behandelte er mich von oben herab, darum war jede Antwort von mir das lächelnde Scheißhaufen-Emoji. Endlich schickte Brady mir die letzte Nachricht für diesen Abend.

Werd endlich erwachsen.

Ich trug am folgenden Morgen ein Grinsen den ganzen Weg bis nach Rutherford und dem

Trainingsgebäude mit mir. Stan traf sich mit mir am Spielereingang, duckte sich, bis er beinahe in der Mitte gefaltet war, um durch den Türrahmen zu kommen. Wir schlugen unsere Fingerknöchel aneinander.

„Wie ist die Tinte?", erkundigte ich mich, deutete auf den Bizeps, auf dem sich ein neues Tattoo von Pikachu befand. Ich weiß nicht, warum er sich entschieden hatte, sich das stechen zu lassen, aber er war so aufgeregt gewesen. Obwohl ich erklärt hatte, dass dies nichts war, was das Team haben musste, um als ‚Team' angesehen zu werden.

„Po-Kee-Mon ist toll." Sein Gesicht teilte sich zu einem Grinsen.

Ich warf den Kopf zurück und lachte. „Da hast du recht", gab ich zurück und schlug ihm auf seinen breiten Rücken.

Wir betraten die Umkleide und ich nahm mir eine Sekunde, um sie mir genau anzusehen. Das Railers-Logo stach auf dem dunkelblauen Teppich in der Mitte des halbrunden Raumes hervor. Alle achteten darauf, nicht darauf zu treten. Das zu tun war ein Sakrileg und würde das schrecklichste Juju auf das Team herabbeschwören.

Ich musterte das Logo kritisch. Die altmodische Dampflok fuhr in Grau auf dem dunkelblauen Hintergrund, ein Echo der Zeiten, als Harrisburg das Zentrum für die Produktion von Eisenbahnschienen gewesen war. Ich fand, dass es ziemlich geil war, besser als irgendein Tier oder Vogel. Der Raum war voller Spieler, die meisten von ihnen zogen sich gerade ihre

Anzüge aus und bereiteten sich auf unseren ersten Tag als Team vor.

„Hey, Tennant, ich bin gestern nicht dazu gekommen, mich vorzustellen. Der Medientag war dieses Jahr mehr als irre, dann hat meine Frau darauf bestanden, dass ich zum Elternabend für die Kinder gehe, weil ich von jetzt an nicht mehr viel Zeit haben werde. Connor Hurleigh, Kapitän der Railers."

Ich schüttelte dem älteren Mann die Hand. Connor war Mitte dreißig und immer ein ziemlich guter Center gewesen. War er so gut wie ich? Das würden wir sehen, weil er im ersten Block spielte und ich diese Position unbedingt für mich wollte. Er war letztes Jahr durch die Expansionsauswahl ins Team gekommen und wegen seines Alters und seiner Erfahrung auf dem Eis hatte das Team ihn gewählt, um das „C" auf seinem Oberteil zu tragen. Gerüchten zufolge war er ein guter Kapitän, wenn auch nicht der Lauteste in der Umkleide. Er war ein Typ, der mit gutem Beispiel führte.

„Das war ganz sicher irre", sagte ich, ließ dann seine große Hand los. Er war ein normal aussehender Mann. Braune Haare und braune Augen. Eine fiese Narbe auf seinem Kinn von einer Schlittschuhkufe, als er noch für Arizona spielte. „Ich hoffe, dass ich in der Lage sein werde, einen wirklichen Beitrag für das Team zu leisten."

„Das wollen wir hören."

Connor ging weiter, um mit einigen der älteren Spieler zu reden. Stan war in eine Ecke gewandert, wo er jetzt stand und die Betonziegel anstarrte. Niemand berührte oder störte ihn. Es war Goalie-Scheiß. Sich fokussieren oder so etwas. Zur Hölle, vielleicht fingen so alle russischen Torhüter an, sich mental vorzubereiten. Was wusste ich schon? Ich stürzte mich in ein Kennenlernen mit dem restlichen Team, suchte mir die Jungs unter dreißig heraus und lud sie ein, sich dem Pokémon Spaß anzuschließen. Als ich mich setzte, um meine Schuhe auszuziehen, hatte ich zehn Männer zu unserer Aufstellung hinzugefügt. Stan befand sich immer noch in der Ecke und zog sein komisches Goalie-Ding durch. Zu wissen, dass es Zeit war, sich aufs Eis zu begeben und dieses Team zu meinem zu machen, befeuerte mich. Ich zog mich schnell um und tapte gerade meine Socken, damit meine Schienbeinschoner besser hielten, als ich innehielt und zur Tür der Umkleide schaute.

Das wird jetzt dämlich klingen, aber ich konnte spüren, wie die Coaches die Umkleide betraten, lange bevor sie kamen. Es war, als ob Fäden statischer Elektrizität von Mads ausgingen, bevor er den Raum betrat und an meinen Armen nach oben liefen, die Haare in meinem empfindlichen Nacken aufstellten. Sein Blick huschte zu mir. Ich schaute ihn an. Er wandte sich schnell ab. Ich saß da, halb nackt, mein brandneuer Railers Trainings-Sweater über die Bank neben mir drapiert, starrte sein Profil an, während Coach Benning uns die übliche Rede über Teamwork, Hingabe, Pflichtbewusstsein und so weiter hielt.

Wir bekamen eine kurze Videopräsentation, gefolgt von den Coaches, die sich aufteilten, um mit den Männern zu reden, die unter ihnen sein würden. Goalie-Coaches mit den Goalies, Verteidiger-Coach mit den Verteidigern, und wir Stürmer durften zuhören, wie Associate Coach Colin Pike uns erklärte, was die Organisation in der kommenden Saison von uns erwartete. Als ob man uns das sagen musste? Jeder Hockey-Spieler hat ein Ziel und das ist, den Cup über seinen Kopf zu stemmen. Alles, was wir machen, von dem Moment an, wenn wir zum ersten Mal als Kinder diese winzigen Schlittschuhe binden, ist darauf ausgerichtet, dieses Ziel zu erreichen. Wir alle träumen denselben Traum. Klar, ich verstand, warum die Coaches uns die Motivationsreden hielten, aber ich brauchte sie nicht. Und wenn irgendjemand in diesem Team nicht dieses Ziel als seine oberste Priorität hatte, musste sein Arsch zur ECHL geschickt werden oder so etwas in der Art. Ich war damit fertig, immer Zweiter zu sein.

Wir wurden für dieses erste Training auf dem Eis in vier Gruppen aufgeteilt. Der erste Teil der Tests bestand darin, drei Minuten durchgehend in voller Geschwindigkeit von Torlinie zu Torlinie zu sprinten. Kein Anhalten. Wir trugen unter unseren Sweatern auf der Haut Kästchen, um den Herzschlag, die Atemfrequenz, Körpertemperatur, Beschleunigung und Verlangsamung zu messen. Das wurde alles gemacht, um zu sehen, wo wir uns verbessern konnten. Ich war Teil der zweiten Gruppe. Coach Madsen und Coach Pike hatten das Kommando. Der Head Coach las die Informationen, die auf seinen Laptop auf dem Tisch des Zeitmessers übertragen wurden.

„Auf mein Kommando", schrie Mads, seine Stimme hallte von den stählernen Tragbalken der Trainings-

Fläche wider. Ich beugte mich leicht vor, Schläger auf
dem Eis und richtete meinen Blick auf das andere Ende
der Fläche. Das scharfe Trillern einer Pfeife erklang und
zu viert preschten wir los. Der Trick war, sich einen
guten Vorsprung herauszuarbeiten, bevor man müde
wurde, weil drei Minuten auf dem Eis tödlich sind. Die
typische TOI, Zeit auf dem Eis, beträgt für Stürmer
fünfundvierzig bis sechzig Sekunden. Verteidiger können
länger durchhalten, aber das ist bei jedem Spieler
anders und hängt von der Situation ab. Darum schickt
ein gutes Team vier solide Blöcke, einen nach dem
anderen. Das gibt uns Zeit, zu Atem zu kommen und
etwas zu trinken.

Ich kam als Erster bei der Torlinie an, verspritzte Eis
und wirbelte herum. Beide Coaches auf dem Eis schrien
den fahrenden Männern aufmunternde Worte zu.
Viermal vor und zurück und wir waren alle fertig, die
Beine und Lungen brannten. Mads und Pike schrien uns
weiter an, drängten uns weiterzumachen. Als der Pfiff
zum Aufhören endlich kam, fühlten meine
Oberschenkel und Waden sich wie Pudding an. Ich
saugte Luft an wie ein Hoover und Schweiß lief mir in
die Augen und zwischen meine Poritze, aber ich hatte
die drei anderen in meiner Gruppe hinter mir gelassen,
einer von ihnen war unser Kapitän.

„Gut gemacht", sagte Mads, als ich an ihm
vorbeikam.

Ich nickte ihm zu, weil sprechen noch nicht möglich
war. Ich spürte seinen Blick auf mir, als ich die Bande
vor der Heim-Bank erreichte und legte die obere Hälfte
meines Körpers darüber.

„Das… war beschissen", keuchte ich den Jungs zu, die darauf warteten, dass sie an die Reihe kamen.

Zehn Minuten später waren die vier von uns mit den schnellsten Zeiten zurück für weitere drei Minuten in der Hölle. Hurra. Hockey zu spielen macht so viel Spaß. Es war knapp, aber ich schob mich an Troy Hanson vorbei, den linken Flügel des ersten Blocks. Er war kleiner als ich und leichter, aber ich schaffte es, ihn mit vollen zwei zehntel Sekunden abzuhängen. Dann, nachdem wir wieder zu Atem gekommen waren, kamen noch mehr Tests. Vierzig Meter Sprints vor und zurück, Slalom-Pylonen-Tests und eine weitere Runde Ausdauertraining. Als meine Kufen auf Gummi trafen, war ich fertig. Es war nicht ein kleiner Hauch Energie übrig, von dem ich aus meinem Innersten zehren konnte.

Ich wollte unbedingt eine Schokoladenmilch. Ich wankte den Flur vor der Umkleide der Railers entlang und bog um eine Ecke, sah Mads, der versuchte, einen Dollarschein in die Kaffeemaschine zu bekommen. Er schaute über seine Schulter. Unsere Blicke trafen sich und verweilten. Die Maschine spuckte seinen Dollar wieder aus und er fluchte, als er sich vorbeugte, um ihn aufzuheben.

„Brauchst du einen kleinen Muntermacher?", fragte ich, während ich zu dem Automaten mit den kalten Getränken tappte.

„Etwas in der Art." Er drehte den Schein herum und versuchte es erneut.

„Hast du einen Dollar, den ich mir leihen kann?"

Mads sah mich an, als ob ich ihn gebeten hätte, mir eine Niere zu leihen.

Ich klopfte über die Rückseite meiner verschwitzten Hockey-Hose. „Habe keine Geldbörse dabei."

„Oh, klar. Hier, nimm den hier. Vielleicht mag der Automat ihn lieber."

„Danke."

Ich nahm den zerknitterten Schein und versuchte, ihn an der Seite des Getränkeautomaten zu glätten. Mads suchte in seiner Geldbörse und zog einen weniger mitgenommenen Schein heraus.

„Also, wie fandest du die Läufe?", fragte ich, um ein Gespräch anzufangen. Neben ihm zu stehen, während sein Ellbogen gegen meinen stieß und nicht zu reden, kam mir seltsam und peinlich vor.

„Du weißt, dass ich das nicht mit dir besprechen kann", gab er zurück, lächelte dann, als der Automat seinen Schein einsaugte.

Mann, dieses Lächeln... es veränderte ihn. Die feinen Linien um seine Augen und seinen Mund vertieften sich ein wenig. Es ließ ihn reifer und zehnmal heißer aussehen. Mein Körper kribbelte, ein Rausch an Verlangen entzündete sich in meinem Bauch und breitete sich aus wie einer dieser kontrollierten Brände, die die Forstaufsichtsbehörde legt. Wenn ich ihn jetzt auf flirtende Weise berühren würde, würden diese kontrollierten Flammen brüllend zum Leben erwachen und mich verschlingen, als wäre ich getrocknetes Reisig. Mads warf mir einen Blick zu, als das drückende Schweigen andauerte.

„Oh, ja, uh, nein, das war es nicht, wonach ich gefragt habe", stammelte ich, während mein erschöpfter Körper genügend Energie zusammenkratzte, um meine Wangen zu erhitzen und meinen Schwanz ein wenig zu füllen.

„Nun, gut. Du hast dich gut geschlagen, aber das hast du bereits gewusst." Er klopfte mir spielerisch auf meinen verschwitzten Nacken.

Ich zuckte zusammen und zischte.

„Hast du dich bei den Tests verletzt?"

„Nein, es ist nur ein neues Tattoo."

„Oh, dann hast du also ein neues." Er starrte mich komisch an.

„Ja. Stan und ich sind letzte Nacht losgezogen und haben sie uns stechen lassen. Es ist mein Lieblingspokémon. Willst du es sehen?" Ich drehte mich um und ließ mein Kinn auf meinem Brustkorb ruhen.

„Es ist ein Pony", sagte er. „Mit Flossen und Rubinen in seiner Mähne und dem Schweif", bemerkte Mads so trocken, dass es ein Wunder war, dass sein Kommentar nicht wie Talkumpuder davonblies.

„Nein, es ist nicht *nur* ein Pony." Ich wirbelte herum. Sein Gesichtsausdruck sagte mir, dass er mein Tattoo amüsant fand. „Das ist Ampharos, die höchste Verwandlungsstufe von Mareep. Dieses ‚Pony' kann deinen Hintern in der Luft zerreißen. Ich trainiere schon seit Ewigkeiten so eine Kreatur."

„Und das machst du in deiner Freizeit? Cartoon-Tiere ausbilden?"

Wow, er klang genau wie der große Bruder, auf den ich im Moment wütend war.

„Nur zu deiner Information – Pokémon ist in den

Colleges ein großes Ding. Ich mache auch Fantasy-Hockey, spiele Videospiele, schaue mir RWBY und *Doctor Who* an und lese Comics. Oh, und ich masturbiere."

Ich hob eine Braue an. Mein Karton Schokoladenmilch fiel auf den Boden des Automaten. Mads stand da und starrte mich an, als ob ich in einer fremden Sprache gesprochen hätte. Ich bezweifelte, dass er wusste, dass RWBY ein sehr beliebter Anime war, aber er musste wissen, wer Doctor Who war, oder? Die Rufe und das Gelächter aus der Umkleide rollten an uns vorbei.

„Ich muss gehen." Er drehte sich auf dem Absatz und schritt von dannen, ließ seinen Becher Kaffee zurück.

„Hey, wenn du denkst, Ryker würde sein Pokémon gerne mit mir und den Jungs zusammen trainieren, sag ihm, dass er sich über Snapchat oder Instagram bei mir melden soll." Ich lief hinter ihm her, so gut das mit Schlittschuhen ging, während ich den Becher heißen Kaffees trug. „Oder noch besser, ich könnte dir meine Handynummer geben und du könntest sie an ihn weitergeben."

Er hielt wie aus dem Nichts heraus an. Beinahe wäre es zu einem Auffahrunfall gekommen. Als er sich umdrehte, hielt ich ihm seinen Becher Kaffee hin und schenkte ihm mein freundlichstes Lächeln.

„Mein Sohn Ryker?"

Ich schnaubte. „Nein, Captain Picards Stellvertreter. Natürlich dein Sohn Ryker."

„Deine Handynummer?"

War er immer so langsam? Ich konnte mich nicht erinnern, dass er so schwer von Begriff gewesen war. Hatte er einen Schlag auf den Kopf erhalten, von dem ich nichts wusste?

„Ja, das ist eine Abfolge von Zahlen, die man wählt und sie verbinden dich mit -"

„Ich bin mit dem Konzept einer Telefonnummer vertraut, Rowe."

Autsch. Nachnamen. „Sicher, ja, natürlich bist du das. Also, uh, willst du meine Nummer… um sie Ryker zu geben?"

Er nahm seinen Kaffee und achtete darauf, dass unsere Finger sich auf gar keine Weise berührten. Was wahrscheinlich zum Besten war, weil die Dinge für eine Sekunde wirklich knackend heiß geworden waren. Sich mit Mads einzulassen wäre aus vielen Gründen schlecht. Mir fiel in diesem Moment keiner ein, aber ich war mir sicher, dass es viele gab. Seine blauen Augen waren ein klein wenig dunkler geworden.

„Also, was sagst du? Willst du meine Nummer oder nicht?"

Kapitel Vier

MADS

ICH NAHM SEINE NUMMER. Ich wollte eine Notiz im Notizblock meines Handys eingeben, aber Ten schnalzte mit der Zunge und nahm es mir ab, ging dann mit einer Hand die Optionen durch. Die ganze Zeit über konnte ich nicht aufhören, seinen gesenkten Kopf anzusehen und als er mir das Handy zurückgab, war ich enttäuscht, dass ich nicht länger starren konnte, ohne bemerkt zu werden. Seine dunklen Haare besaßen diesen faszinierenden Wirbel, der bedeutete, dass er den Schnitt, den er trug, richtig gut zur Geltung brachte. Ich selbst hielt meine blonden Haare kurz – nichts Außergewöhnliches für mich. Ich wettete, dass Ten morgens eine lange Zeit im Bad verbrachte.

Denk nicht darüber nach.

„Sag ihm, dass du sie hast, in Ordnung?", sagte Ten zu mir.

Ich nickte, riss mich selbst aus dem Beginn einer interessanten Fantasie. Was gut war, weil mir der

Gedanke an einen Ständer in einem öffentlichen Flur nicht gefiel.

„Gut", meinte er und ließ mich stehen.

Ich hatte das Gefühl, als sollte ich mich bei ihm bedanken oder ihm versichern, dass ich Ryker die Information weitergeben würde. Ich tat nichts davon. Für mich war es das Beste, wenn ich mich von Ten fernhielt.

Und so lief es die meiste Zeit ab. Wenn ich sah, dass er zu einem ruhigen Ort ging, mied ich ihn. Wenn ich einen Stürmer brauchte, der mit meinen Jungs arbeitete, wählte ich jemand anderen als Ten und Ten sprach mich nie darauf an. Warum sollte er? Ich war ein Coach. Er musste tun, was ich sagte. Die Sache war nur die, ich konnte den Blick nicht von seinen fliegenden Haaren wenden und dem Leuchten dieses dämlichen Tattoos. Tatsächlich war jede meiner Reaktionen auf Ten keine gute Sache.

Es war der Morgen meines Check-up Tages, das alle zwei Monate stattfindende Stechen-und-Pieken, das meine Krankenversicherung am Laufen hielt und die Railers glücklich machte.

Ich hatte diesen Scheiß von meinem Vater geerbt, genau wie seine blauen Augen und meine blonden Haare von meiner Mutter. Als ich über das Brugada Syndrom recherchiert hatte, hatte ich sofort gesehen, dass ich nicht einmal in den Kriterienkatalog passte. Das Brugada Syndrom betrifft eher asiatische Männer, ist aber nicht auf sie beschränkt und ich hatte vor dem dramatischen Zusammenbruch während eines Spiels keine Symptome gezeigt. Dennoch, wenn ein weißer

Typ in den späten Zwanzigern diese Sache in sich trug, dann war das ich. Ich machte keine halben Sachen und wie es schien, war sogar mein Herz etwas Besonderes.

Es hatte dafür gesorgt, dass ich nicht mehr spielen konnte. Tot. Fertig. Aber es reichte nicht aus, um mich vom Leben abzuhalten oder davon, Coach zu sein.

„Wie fühlst du dich?", fragte Doc und ich gab ihm all die üblichen Antworten – dass es mir gut ging, dass ich positiv gestimmt war und dass ich nicht mehr dachte, dass Hockey zu verlieren vielleicht ein ausreichender Grund war, um mir das Leben zu nehmen.

Ein Jahr Therapie und das Wissen, dass ich für meinen Sohn leben musste, hatten das vollkommen unmöglich gemacht.

„Ich habe den jungen Ryker auf YouTube gesehen", sagte Doc mit einem Grinsen. Er war in den Sechzigern, ein Experte für Herzleiden und schaute YouTube – das sollte man sich mal vorstellen. „Er hat einen fiesen Schlagschuss drauf."

„Das hat er."

„Du musst stolz sein."

„Das bin ich."

Und das war ich. So verdammt stolz. Nach dem Erteilen des grünen Lichts und noch etwas mehr Plauderei über Hockey, Ryker und einem Rezept für Medikamente ging ich. Sobald die kalte Luft mich traf, atmete ich tief ein, stellte mir vor, wie das Eis in mir gefror, wie es das tat, wenn ich aufs Eis trat.

Ich war mit diesem nicht perfekten/perfekten Leben noch nicht fertig. Ich war mit nichts davon fertig.

„COACH MADSEN?" Ich drehte mich beim Klang meines Namens auf den Kufen und erkannte Deidra aus dem Büro. Sie sah immer so klein aus, aber mit einem Meter sechzig in einem Raum voller Männer über einen Meter achtzig, die auf Schlittschuhen standen, würde jeder klein wirken. Sie schien auch stets nervös zu sein, wann immer wir uns trafen. Offensichtlich eilte mein Ruf mir voraus, aber was für ein Ruf das war, wusste ich nicht. „Es ist jemand hier."

„Wer?"

„Casey Everett", sagte sie und starrte mich an.

Casey? Was machte sie hier?

„Gib mir fünf", sagte ich zu Gagnon, der nickte und mich davonwinkte.

War etwas mit Ryker passiert? Ich schnürte meine Schlittschuhe in Rekordzeit auf und schlüpfte in Laufschuhe, joggte durch den Flur und zu meinem Büro. Als ich dort ankam, war Ryker in meiner überaktiven Fantasie in einen Unfall verwickelt gewesen und ich hatte mir sogar schon vorgestellt, wie ich losfuhr, um ihn zu holen.

Aber es war nicht Casey, die ich zuerst sah. Es war Ryker selbst. Und er sah nicht aus, als wäre er körperlich verletzt, aber Mann, mein Sohn sah definitiv wie ein stereotypischer Teenager aus – mürrisch, griesgrämig, seine Schultern nach vorne gebeugt. Und Casey hatte eine steinerne Miene, ihre Augen waren rot, weil sie eindeutig geweint hatte. Ich zog sie in eine schnelle Umarmung, schloss dann die Tür hinter mir.

„Was ist los?", fing ich an. Niemand sagte etwas. „Warum ist Ryker nicht in der Schule?"

Er ging auf die Shattuck-St. Mary's in Minnesota – namhaft, teuer und bei allem, was Hockey betraf, für Großartiges bestimmt. Und warum sollte er nicht? Sein Großvater war der respektierte Jimmy Everett, linker Flügel und zweiter Kapitän für die Red Wings, bis er aufhörte. Und sein Dad? Nun, ich war sein Dad und bis zu diesem Schlag und den daraus resultierenden Neuigkeiten, war ich ein verdammt guter Hockeyspieler gewesen. Ryker hatte Hockey in seinem Blut.

„Sag es ihm, Ryker", schnappte Casey, eindeutig am Ende ihrer Geduld.

Ryker sah zu mir auf, Trotz in seinen blauen Augen, die meinen so ähnlich waren. „Großvater hat gesagt…"

Jeder Satz, der mit den Worten „Großvater hat gesagt" anfing, führte zu Ärger. Jimmy Everett, oder Ev, wie er von tausenden bewundernden Fans genannt wurde, machte nichts lieber, als seiner Tochter und seinem Enkel allen möglichen Scheiß zu erzählen. Es hatte am ersten Tag angefangen. Im wahrsten Sinne des Wortes an dem Morgen nach der Nacht oder ein paar Morgen später, als sie ihm gesagt hatte, dass sie mit fünfzehn ihr Baby behalten würde. Er hätte mich beinahe umgebracht, als er herausfand, dass ich es gewesen war, der sie geschwängert hatte. Er hatte es herausgefunden, weil ich es ihm gesagt hatte. Ich war neben ihr gestanden, hatte so viel Angst gehabt, wie jedes Kind sie empfinden konnte und ich hatte Verantwortung für das übernommen, was ich getan hatte.

Ja, ich habe immer noch die Narbe von dem Schlag, den er mir versetzt hat. Sie ist verblasst, aber sie befindet sich direkt unter meinem Kinn, wo ich auf meinem Weg zu Boden gegen seinen Schreibtisch geknallt bin.

Ich mache ihm dafür keinen Vorwurf. Ich war dumm, ich hatte mich nicht bremsen können, aber ich war verantwortungsbewusst, klar, und ich hielt zu ihr. Mir war nicht gestattet, ins Haus zu kommen, aber ich schlich mich ins Krankenhaus und hielt Ryker für ein paar Sekunden, als er nur wenige Stunden alt war. Nur diese winzige Berührung reichte aus, dass ich ihn für den Rest meines Lebens in meinem kaputten Herzen trug.

Nicht, dass Ev darüber glücklich gewesen wäre. Er zwang mich, alles ihm zu überschreiben, das Leben meines Kindes und ich hatte es getan. Weil Casey mich angesehen und geweint hatte, wie sie es jetzt tat und ich hatte nachgegeben. Sie wollte mich nicht im Leben des Babys, ich war kein angemessener Vater, ich war ein Kind. Darum hatte ich mich im Hockey vergraben, war in der dritten Runde von den Sabres genommen worden und ich hatte Geld für mein Kind verdient.

Ev, der Arsch, war immer da gewesen, hatte es immer besser gewusst und sogar als Casey und ich zu einer privaten Abmachung gekommen waren, um das Sorgerecht für Ryker zu teilen, hatte er hochpreisige Anwälte besorgt, um alles zu überprüfen. Auch nur das kleinste Schlupfloch in der Abmachung und ich wusste, ich würde meinen kleinen Jungen nie wiedersehen.

Ja, es war eine beschissene Situation, aber Ryker gehörte mir und Casey.

„Großvater sagt, dass ich nicht in der Schule bleiben muss, wenn ich das nicht möchte und er hat recht."

Casey wischte sich die Augen und sah mich an, als ob ich das Problem lösen könnte. „Casey, willst du uns Cokes holen?" Ich nahm ein paar Dollar von meinem Schreibtisch und reichte sie ihr und sie nahm sie mit einem zittrigen Lächeln des Dankes. Sobald sie weg war, ging ich in den Vater-Modus.

„Du wirst die Schule nicht verlassen."

„Ich kann und ich werde", sagte Ryker und der Trotz war so verdammt klar. „Du hast keinerlei Schulbildung."

„Und sieh mich jetzt an", schnappte ich. „Denkst du, ich wollte ein Coach sein? Was, wenn ich etwas anderes tun wollte?"

Rykers Augen wurden schmal. „Du bist ein Millionär, Jared, und du liebst diesen Job."

Da hatte er mich erwischt. Ich liebte diesen Job wirklich, so sehr man eine Karriere lieben konnte, die nicht Hockey zu spielen war, wenn Hockey alles war, was man je hatte machen wollen. Und ja, ich hatte Geld auf der hohen Kante. Ich war keiner dieser Spieler, die irgendwelche angeberischen Sachen hatten – schließlich musste ich ein Kind unterstützen. Richtig?

„Mein Name ist Dad, nicht Jared und das ist nicht der Punkt. Dein Großvater ist nicht für dich verantwortlich und du wirst in die Schule gehen. Bildung ist wichtig."

„Ich könnte mit zweiundzwanzig Millionär sein", fing Ryker an und ich schnitt ihm das Wort ab.

„Wenn du nicht verletzt wirst, wenn du die Auswahl

schaffst, wenn du von einem guten Team genommen wirst. Das sind alles Unwägbarkeiten, aber eine Ausbildung ist wichtig."

„Ich bleibe nicht hier sitzen und höre mir das an", schnappte Ryker und stand auf. Mit einem Mal war er direkt vor mir und nicht mehr der griesgrämige Teenager, als der er erschien. Genau hier war das Blut, das er von mir geerbt hatte, der Verteidiger, derjenige, der vor keinem Kampf zurückschreckte. Zur Hölle, seine Fäuste waren an seinen Seiten geballt.

„Willst du mich schlagen?", fragte ich. Weil er ganz sicher so aussah. „Du kannst mich schlagen, so viel du willst, aber du wirst mich respektieren, du wirst deine Mom nicht zum Weinen bringen und du *wirst* die SSM bis zum Ende durchziehen."

Er starrte mich mit Feuer in seinen Augen an und ich sah zu, wartete. Etwas, das ich in dem letzten Satz gesagt hatte, hatte seine Wut besänftigt und ich wusste, was es gewesen war. Es war ganz sicher nicht der Text über Respekt mir gegenüber gewesen. Zur Hölle, ich hatte sehr wenig getan, um mir seinen Respekt zu verdienen, außer, dass ich für ein paar Dad-Sachen da gewesen war. Es war der Teil über seine Mom gewesen. Mehr als ich und ganz sicher mehr als sein sich einmischender Großvater.

„Ich wollte sie nicht zum Weinen bringen", brachte Ryker hervor, seine Fäuste entspannten sich, seine Augen glänzten. „Aber Großvater hat gesagt…" Er hielt wieder inne.

In Ordnung, damit konnte ich jetzt umgehen.

„Mach einen Kompromiss. Mach wenigstens bis zur Auswahl-Eignung weiter."

„Ich könnte jetzt spielen", sagte Ryker, ein Hauch Feindseligkeit kehrte in seine Stimme zurück.

Ich ließ nicht locker. „Und du wirst als Spieler gereifter sein, mehr Muskelmasse aufbauen, deine Fähigkeiten perfektioniert haben, das Hockey-Programm an der SSM ist unglaublich gut und du wirst am Ende ein besserer Denker sein. Strategien, Blickwinkel, diese Art Dinge – du könntest eines Tages Kapitän werden."

„Großvater sagt, dass ich Instinkt habe und Fähigkeiten, die man in der Schule nicht lernen kann." Die Worte kamen gestelzt und unsicher heraus und klangen genau wie die Art Scheiß, die Ev erzählen würde.

„In Ordnung." Ich setzte mich, ein Trick, den ich von Coach Benning gelernt hatte. Er hatte erklärt, dass sich alles um Psychologie drehte und darum, die Konfrontationslevel zu senken und ich stimmte zu. Ryker hielt für einen Moment inne, setzte sich dann mir gegenüber hin.

„Noch ein Jahr", bot Ryker an.

Das war gut, wir hatten das Verhandlungsstadium erreicht.

„Kein Deal. Auswahljahr und dann ist es deine Entscheidung, ob du es sein lässt und aufs College gehst oder ob du die Chance früh ergreifst, in ein Team zu kommen."

Ryker sah mich direkt an. Er war ein gut aussehender

Junge, ein zukünftiger heller Stern und für einen Moment lächelte er mich an und da war der alte Ryker, das Kind, das sich mit mir gebalgt hatte. Ich hatte so viele erste Male mit ihm verpasst – den ersten Schritt, das erste Mal auf Kufen, den ersten Tag in der Schule – aber ich war entschlossen, bei seiner Karriere mitzureden. Ich wollte nicht, dass er die Kontrolle verlor, sich jung verletzte. Selbstsüchtig wollte ich für ihn die Karriere, die ich verloren hatte. Er konnte die besten Teile von mir haben, meine Augen, meine Haare, aber Gott sei Dank hatte er nicht meine dämlichen Herzprobleme.

„In Ordnung", sagte er schließlich.

Ich legte eine Hand auf seine Schulter. „Ich bin stolz auf dich."

Er zuckte mit den Schultern, als wäre das nicht wichtig, aber ich hoffte, dass es ihm etwas bedeutete.

Ich öffnete die Tür, um Casey hereinzulassen, aber es war nicht nur Casey, die vor dem Büro stand. Tennant, *verdammt noch mal*, Rowe war ebenfalls da, sein Mund breit von einem Lächeln, als er diese komplizierte Handschlag-Faustschlag Sache mit Ryker machte.

Wenn ich Ryker ansah, sah ich meinen siebzehn Jahre alten Sohn.

Wenn ich mich selbst betrachtete, sah ich einen Mann, der auf die dreiunddreißig zuging und jeden Tag davon in seinen vom Hockey müden Muskeln spürte.

Und wenn ich Ten ansah, kannte ich sein Alter und hatte dennoch Zweifel.

Ich sah ihn als Mann, jemanden, den ich küssen wollte. Ein irrationaler Gedanke, der mich nicht in Ruhe lassen wollte. Er war nicht schwul, oder bi oder auch nur neugierig, ansonsten hätte Brady etwas gesagt oder jemand anderes hätte eine große Sache daraus gemacht.

Seht mich an, wie ich mich nach dem Hetero-Typen verzehre.

„Ich muss zurück", erklärte ich, obwohl Ten und Ryker redeten und es nur Casey war, die mich hörte. Ich zog sie für eine Umarmung an mich und flüsterte die Einzelheiten meines Deals mit Ryker in ihr Ohr. Sie sah dankbar aus.

Als ich die drei vor meinem Büro zurückließ, umarmten Casey und Ryker sich und Ten sah mich direkt an. Ich konnte seinen Gesichtsausdruck nicht lesen. Ich war mir nicht sicher, ob ich wissen wollte, warum er mich mit diesem neugierigen Halblächeln anstarrte. Er sah einen Dad, einen Coach und er war nett zu meinem Sohn.

Ich konnte nichts anderes haben. Ich wollte nichts anderes.

Meine Wände waren hochgezogen und ich würde sie nicht senken.

ALS ALSO DIE Scheiße zu dampfen anfing, war ich nicht darauf vorbereitet. Wir standen zwei Tage vor unserem ersten Vor-Saisonspiel, das Team aus Jersey würde uns besuchen und die Stimmung war gut. Neben meiner Verteidigung, die mit Mac und Arvy in der Aufstellung aufgepolstert war, sahen die Stürmer gut aus.

Nicht, dass ich Ten anschaute – oder starrte.

Nicht sehr viel jedenfalls.

Er brannte, lief in Kreisen um seine Teamkollegen herum. Meine einzige Sorge als Beobachter war, dass er der Center des zweiten Blocks war und seine Flügelspieler nicht ganz mit ihm mithalten konnten. Sie versuchten es, aber Ten hatte einen schnellen Verstand, noch schnellere Instinkte und er passte und sie waren nicht da, um anzunehmen, was zu vielen Puckverlusten führte. Was sollten wir also tun? Ihn dazu bringen, langsamer zu spielen, oder ihn in den ersten Block stecken, wo er wirklich hingehörte?

Ich war mir sicher, dass das Problem mit der Geschwindigkeit sich lösen würde, aber ich wusste, dass Tens linker Flügel, Lee Addison, ein erfahrener Profi in seinem siebten Jahr, frustriert wurde. Ich hatte gesehen, wie es sich im Laufe des Trainings an diesem Tag aufgebaut hatte – etwas Schubsen, ein wenig Fluchen, aber das meiste war harmlos. Der Russe Stan stand im Netz und wir fuhren drei-gegen-zwei Einheiten, jeder Block gegen eines meiner Paare. Ich hatte eine Vorstellung, wen ich mit wem zusammenstecken würde und genügend Notizen, um all das zu unterfüttern, wenn wir nach dem Training unser Strategie-Treffen hatten.

Ich hörte den Kampf, bevor ich ihn sah, fuhr aber instinktiv hin, kam rutschend zum Stehen und versuchte zu verstehen, was zur Hölle los war. Ein schnelles Zählen zeigte fünf Jungs, die sich prügelten und mittendrin war Ten.

Coach kam zu mir gefahren. „Was zur Hölle?", schrie er und blies in seine Pfeife.

Drei der Kämpfer zogen sich zurück aber Ten und… Scheiße, das war Addison, sein Flügelspieler. Sie hörten nicht auf. Ten glitt rückwärts, verlor das Gleichgewicht und fiel auf seinen Hintern, zerrte Addison in einem Durcheinander aus Armen und Beinen mit sich. Das Knacken eines brechenden Schlägers ließ mich zusammenzucken und ich bahnte mir einen Weg durch die schockierten Zuschauer zu den beiden auf dem Boden. Zu Beginn war Ten unten gewesen, aber als ich ihn erreichte, saß er rittlings auf Addison und schrie ihm ins Gesicht.

Ich konnte die Worte nicht verstehen, nicht klar, aber bei dem, was ich hörte, zuckte ich zusammen. Schwuchtel. Und das kam von Ten. Abscheu und Enttäuschung quollen in mir hoch. Ten kannte mich, wusste, dass ich einen festen Freund gehabt hatte. Er war kein Kind, das auf diese Weise Grenzen überschritt. Ich packte seinen Jersey und riss ihn so nachdrücklich nach oben, dass er mit den Armen wedelte. Meine Wut ließ mich Rot sehen und ich zerrte ihn über das Eis. Er fand keinen Halt, hatte das Gleichgewicht verloren und wäre beinahe auf den Gummi gefallen, als wir vom Eis traten.

„Jesus, Mads", sagte er und richtete sich mit einer Hand an der Bande auf.

„Komm mit", schnappte ich.

Der Coach der Stürmer fuhr zu uns, aber ich winkte ihm ab. Ich würde mich um das hier kümmern und obwohl er die Stirn runzelte, ließ mein Gegenstück es durchgehen.

„Fünf Minuten", war alles, was er sagte. „Danach gehört er mir."

Ich stapfte voran in die Umkleide und in den Bereich, wo die Kufen geschliffen wurden, der schalldicht war. Ich hatte einiges zu sagen und ich würde die Worte nicht zurückhalten. Ten trat hinter mir in mein Büro und ich schubste ihn zur Seite, damit ich die Tür schließen konnte.

„Was zur Hölle?", fragte ich mit mühsam gezügelter Aggression.

„Er hat damit angefangen!", sagte Ten, berührte die Beule auf seiner Stirn. „Arschloch."

Diese Verteidigung hatte für mich keine Bedeutung und es war an mir ihn anzufahren. Ich drängte ihn gegen die Tür.

„Wenn ich je wieder höre, wie du dieses Wort benutzt, werde ich dich persönlich bewusstlos schlagen."

Ich schrie ihn direkt an, Auge in Auge und sah den Moment, als die Wut in seinen Augen zu etwas anderem wurde. Verwirrung.

„Ich habe nicht… ich würde nicht…"

„Ich habe dich gehört, Ten. Du hast ihn als Schwuchtel bezeichnet -"

„Nein", unterbrach er mich und er klang verletzt – beinahe abwehrend. „Er hat mich so genannt, hat gesagt, dass ich ihn vorführe, dass ich langsamer machen sollte und dann hat er mich als Schwuchtel bezeichnet und ich bin durchgedreht, in Ordnung?"

Jetzt war es an mir, verwirrt zu sein. „Ich habe gehört, wie du gesagt hast…"

„Dass wenn er je wieder das Wort Schwuchtel benutzt, ich ihn begraben werde."

„Warum?"

„Warum was?" Ten sah mich an, als ob mir ein zweiter Kopf gewachsen wäre, als ob ich etwas in meinem Gesicht hätte. Er versuchte, etwas dort zu finden, und ich konnte ihm nur Verwirrung bieten.

„Hast du das für mich getan?", fragte ich und mit einem Mal verließ mich all meine Kraft und ich lehnte mich an die Wand, um eine Stütze zu haben.

„Jared -"

„Mach das nicht, ja? Ich habe Frieden damit gemacht, wer ich bin, aber ich brauche dich nicht, damit du für mich kämpfst, verstehst du das? Du achtest auf dich selbst und lässt dich nicht von dem provozieren, was andere sagen."

„Das ist Blödsinn", schnappte Ten. „Das Wort ist beleidigend und ich will nicht, dass es auf diese Weise benutzt wird, abwertend, spöttisch. Das lasse ich nicht zu."

„Warum? Ten, es gibt Möglichkeiten sich um so etwas zu kümmern. Offizielle Möglichkeiten."

„Er hat es immer wieder gesagt und er wusste…"

„Wusste was? Über mich? Alle Welt weiß, dass ich bi bin. Ich muss nicht beschützt werden." Meine Verwirrung wuchs und Ten sah aus, als ob ihm jemand in die Eier getreten und ihn dann als weinenden Haufen auf dem Boden zurückgelassen hätte.

„Er hat mich gesehen, er muss…"

„Ten?"

„Schon gut, es ist keine große Sache, richtig", fing

Ten an. „Als ich hier angekommen bin, habe ich einen Typen mit auf mein Zimmer genommen und er hat es gesehen."

„Was willst du damit sagen?"

Ten sah mich an. „Du bist nicht dumm", sagte er. „Ich bin schwul, Jared. Ich bin verdammt noch Mal nicht geoutet und ich bin schwul. Klar?"

Damit ging er und schloss die Tür hinter sich und ich war auf meinem Stuhl festgefroren. Ich legte meine Ellbogen auf den Schreibtisch, rieb mir dann mit den Händen über das Gesicht.

Mit einem Mal war alles, was ich fühlte und wollte in meiner Reichweite.

Und mir wurde klar, dass ich unter Schock stand.

Kapitel Fünf

MADS

ICH FOLGTE IHM, sobald ich begriff, was er gesagt hatte. Er war schwul. Er war nicht geoutet. Er hatte einen Kampf mit Addison angefangen, der wusste, dass er schwul war?

Wusste seine Familie Bescheid? Warum hatte Brady mir das nicht erzählt? Sicher konnte man mir vertrauen, Ten den Rücken zu stärken, wenn er Hilfe in seinem neuen Team brauchte.

Die Tragweite dessen, was Ten mir gerade gesagt hatte, war für mich zu viel, um es zu verarbeiten, und ich hatte so viele Fragen.

„Jared!"

Ich drehte mich beim Klang dieser Stimme um, ein Teil von mir hoffte, dass es Ten war, ein Teil von mir fürchtete sich davor, obwohl sie nicht einmal nach ihm klang.

Coach Benning stand am Ende des Flurs, die Arme vor dem Brustkorb verschränkt und er sah aus, als hätte er wütend lange hinter sich gelassen.

„Mein Büro", sagte er und stieß seine Tür auf, bedeutete mir, zuerst einzutreten.

„Ich muss zuerst etwas klären", fing ich an, aber er runzelte die Stirn und schüttelte den Kopf.

Wenn es hier um den Kampf ging und darum, dass ich Ten so vom Eis gezogen hatte, dann musste ich mich darum auf der Stelle kümmern. Dann würde ich Ten suchen und mit ihm reden und Fragen stellen. So viele Fragen.

Resigniert betrat ich Bennings Büro, musterte das unorganisierte Chaos, das so gar nicht zu dem beherrschten, ordentlichen Mann passte, der Benning war. Und dann war da Ten, zusammengesunken auf einem der Gästestühle.

„Ten?", fragte ich, aber ich brauchte mich nicht zu erkundigen, worum es hier ging. Ich wusste, was hier los war. Das hier war kein Rüffel für mich. Das hier war viel ernsterer Scheiß.

Coach schloss die Tür und ging hinter den Schreibtisch, setzte sich und verschränkte seine Hände auf der Oberfläche.

„Ten hat gerade etwas verkündet", sagte Coach und in seiner Stimme klang Wut durch, zusammen mit Resignation. „Als der Teambeauftragte für Gleichstellung musst du es erfahren."

Beauftragter für Gleichstellung? Das stand nicht in meinem Vertrag. Seit wann hatte ich dieses Label? Was Coach wirklich meinte, war, dass ich der Einzige im Gebäude war, der offen zugegeben hatte, dass er Schwänze mochte. Ich war eine Art Experte.

„Ten?", fragte ich erneut.

„Ich bin schwul", bemerkte er einfach. Absolut ruhig, sein Blick blieb die ganze Zeit über auf Coach gerichtet. Er sah mich nicht einmal an.

„In Ordnung", sagte ich, genauso ruhig, als ob ich diese Neuigkeit zum ersten Mal hörte und von einem Standpunkt der Inklusion und Fairness gegenüber allen Spielern kommen würde.

„Und der Grund, warum ich mich mit Addison geprügelt habe ist, dass er es weiß und Worte benutzt hat, die mich beleidigt haben."

Mir kam es so vor, als ob Ten diese Worte geübt hätte, aber nur jemand, der ihn kannte, wie ich das tat oder zumindest dachte, dass er ihn kannte, wäre in der Lage gewesen, die Nervosität in seinem Tonfall zu hören.

Es war derselbe abgehackte Ton, den er immer benutzte, wenn seine Brüder ihn zu weit getrieben hatten, als sie noch Kinder waren. Als ob er *so* kurz davorstand zu explodieren und sich wirklich anstrengen musste, um ruhig und kontrolliert zu bleiben.

Coach stand auf. „Du musst dich um die Feuer kümmern", sagte er zu mir. „Du kannst das Büro haben und ich werde Addison herschicken. Man muss auch dem Management Bescheid sagen."

Ich stand ebenfalls auf. Was sagte Coach da? Er verließ das Büro und… was? Ich war derjenige, der sich um diesen Scheiß kümmern würde, wo ich doch nur sehr vertraut mit Ten werden und ihn fragen wollte, wie zur Hölle er es geschafft hatte, das solange geheim zu halten.

„Coach, das ist nicht mein Aufgabenbereich", fing

ich an und sah, wie Ten mich mit verletztem Gesichtsausdruck anschaute.

Ich würde aber nicht nachgeben. Als Freund würde ich für Ten da sein, aber als Angestellter der Railers war ich nicht der Experte für Gleichstellung nur wegen des Sex, den ich hatte. Richtig?

Coach hielt an der Tür an, eine Hand auf der Klinke. „Ich werde mit dem Management eine Gehaltserhöhung diskutieren, die deiner neuen Verantwortung gerecht wird." Und dann war er weg.

Ich konnte nur denken, dass ich das Geld nicht brauchte. Ich wollte nicht der Gleichstellungsbeauftragte des Teams sein. Und Hölle, ich wollte im Moment nicht mit Ten hier sein. Ich drehte mich von der Tür weg und lehnte mich dagegen. So würden wir zumindest gewarnt sein, wenn Addison kam.

„Deine Familie?", fragte ich kurzangebunden, wusste, dass Addison jede Minute hier sein würde.

Ten drehte sich nicht zu mir um. „Sie wissen es nicht."

„Wie zur Hölle… Jesus, Ten… Deine Familie…"

Ten versteifte sich auf seinem Sitz, drehte sich aber immer noch nicht um und sagte auch nichts mehr.

Ein Klopfen an der Tür erklang und ich trat beiseite, um sie zu öffnen. Ein zerknirschter Addison mit einem Klammerpflaster auf der Stirn und Blut auf seinem Jersey kam herein.

„Coach hat mich geschickt", sagte er und glitt auf den anderen Besucherstuhl, auf dem ich vorhin gesessen war.

Was mir den Stuhl von Coach ließ, wie ein

Schuldirektor, der Strafen für Regelverletzungen in der Schule austeilte. Zumindest konnte ich Ten aus diesem Blickwinkel sehen und so hatte ich ihn noch nie erlebt. Todernst, erstarrt, bewegungslos. Addison neben ihm war fix und fertig, seine Augen glänzten, als wollte er weinen.

Ich kann mit diesem Scheiß nicht umgehen.

Ich brauchte eine Art Handbuch für Sensibilitätstraining, ich sollte hier mit all den richtigen Worten sitzen, genau wissen, was zu sagen war. Vielleicht konnte ich You Can Play kontaktieren oder besser noch, vielleicht hatten sie etwas auf ihrer Webseite. Warum hatte das Team nicht bereits jemanden für diese Position?

Was, wenn ich als Bi-Mann selbst jemanden brauchte, mit dem ich reden konnte? Wer würde mir helfen, wenn ich es brauchte?

Ich räusperte mich und Addison zuckte zusammen, als ob ich eine Waffe gezogen und auf ihn gerichtet hätte.

„Wer möchte anfangen?"

Ten sagte nichts, Addison rutschte weiter unruhig auf seinem Stuhl herum.

Ich schnappte mir das nächste Objekt in Reichweite, einen von Coachs tollen Kugelschreibern und zerlegte das Ding methodisch in seine Einzelteile, wartete darauf, dass einer von ihnen etwas sagte.

„Verdammt", fing Addison an, knickte zuerst ein. „Es tut mir leid, Ten. Wirklich."

„Uh-huh", sagte Ten hilfreich.

„Es ist nur so, ich bin nicht im ersten Block, klar? Ich

kann das mit dir nicht machen. Du bist zu schnell und mein Vertrag steht zur Erneuerung und… verdammt, ich bin einfach durchgedreht."

Addison klang am Boden zerstört und ich schaute zu Ten, um seinen Gesichtsausdruck zu deuten. Es gab ein Zucken einer Reaktion, eine Anspannung in ihm und ich sah, wie er kurz die Augen schloss. Ich dachte darüber nach, an diesem Punkt einzugreifen, das Treffen zu beenden, jetzt wo die Entschuldigung gemacht worden war, aber Addison war noch nicht fertig.

„Und meine Cousine ist lesbisch, weißt du und ich würde jeden töten, der das mit so viel Hass zu ihr sagen würde. Dir muss klar sein, dass es die Hitze des Augenblicks war und wenn ich es zurücknehmen könnte, würde ich das tun."

Ten nickte, wandte sich dann Addison zu. „Ist das die Cousine ersten Grades, die du gefickt und mit der du Kinder hast?", fragte er laut und deutlich.

Mir blieb keine Zeit zu reagieren, Addison war schneller. „Was zur Hölle?", schnappte er schockiert.

„Das macht ihr Hinterwäldler in eurem Staat, richtig?"

Addison öffnete und schloss seinen Mund wie ein Goldfisch und dann passierte etwas zwischen ihnen und Addison bot seine Faust an, gegen die Ten mit seiner eigenen schlug und mir wurde klar, was Ten getan hatte. Er hatte Addison mit dem schlimmsten Klischee beleidigt, das ihm einfiel und Addison hatte es als das gesehen, was es war.

„Jetzt sind wir quitt, oder?", sagte Ten. „Kein

Grund, herumzuschleichen und mir auszuweichen – wir müssen ein Spiel gewinnen."

„Es tut mir so leid, Mann", sagte Addison erneut.

„Es tut mir leid, dass ich dir die Stirn aufgeschlagen habe", bot Ten an. „Und dass ich angedeutet habe, du würdest deine Cousine ficken."

„Verdammt, das war ein guter", gab Addison zurück und berührte die Wunde an seinem Kopf. „Hast du das Blut gesehen? Es war überall auf dem Eis."

Sie lächelten beide, schlugen wieder die Fäuste zusammen, wandten sich dann erwartungsvoll zu mir.

Wunderbar, jetzt war ich an der Reihe.

„Wir sind eine inklusive Organisation und offen für alle Orientierungen", fing ich an und sah das Grinsen, das sich auf Tens Gesicht zu formen begann. Ich hasste ihn zu diesem Zeitpunkt so sehr.

„Schwuchtel ist ein böses Wort", sagte Ten, einfach und punktgenau. „Genau wie Schwanzlutscher, Arschwichser oder weibisch, sowie jegliche Abwandlung davon."

Addison nickte. „Ich stimme zu und werde sie nicht wieder benutzen."

„Obwohl", fing Ten an, „Scheißedieb mir neu war."

„Danke", sagte Addison. „Ich werde von jetzt an sicherstellen, dass ich keine homophoben Worte benutze und ich werde auch niemandem im Team erzählen, was ich weiß, es sei denn, du entscheidest dich, es öffentlich zu machen."

Er stand auf, ebenso wie Ten und dann umarmten sie sich halb, mit jeder Menge Rückenklopfer. Ich konnte wirklich nicht glauben, was ich da sah.

„Gutes Gespräch, Coach Madsen", sagte Addison und verließ das Büro.

„Keiner von euch hat das ernst genommen", sagte ich, als die Tür sich schloss.

Ten sah mich einfach nur an und sein Gesichtsausdruck war todernst. „Genauso musste es gehandhabt werden – eine Entschuldigung von Mann zu Mann. Ich werde das hier nicht größer machen, als es ist. Das bin ich, meine Identität und ich werde nicht hier sitzen und zulassen, dass du Kästchen abhakst, um mich zu definieren, und wer ich bin oder wie die Leute mit mir reden."

„Schwuchtel -"

„Ist falsch. Ich weiß es, du weißt es und eines Tages wird es nicht wieder benutzt werden. Eines Tages werde ich nicht jemanden bei einem Duell töten wollen, weil er es lässig in jedem Satz benutzt, als wäre es Zeichensetzung."

„Ten -"

„Ich muss zurück."

Ich ließ ihn gehen, weil ich nicht wusste, was ich im Moment zu ihm sagen wollte. Ich saß eine ganze Weile da. Hatte Ten recht? War der Weg zur Inklusion, dass die Jungs sich untereinander akzeptierten? Würde sich das auf die Coaches und das Management und die Hockey-Fans ausweiten? Bi zu sein machte es mir irgendwie leichter. Ich schlief auch mit Frauen, darum sahen die Leute mich als unentschieden an, was vollkommener Mist war, aber ich ritt nicht darauf herum.

Niemand verurteilte mich und alles, was je zu mir

gesagt worden war, ignorierte ich. Vielleicht hätte ich bei Beleidigungen die Samthandschuhe ausziehen sollen. Vielleicht hätte ich derjenige sein sollen, der die Revolution begann.

Als ich nach draußen trat, war Ten schon lange fort und er antwortete nicht auf meine Textnachricht, in der ich um ein Treffen bat.

Und ich entschied mich an dieser Stelle, dass ich unbedingt das Inklusions-, Sensibilitäts-, Gleichstellungstraining oder wie immer man es nennen mochte, machen und wirklich versuchen musste, etwas Gutes zu tun.

Kapitel Sechs

TENNANT

MEIN ERSTES VOR-SAISONSPIEL in den Farben der Railers und mein Kopf war in den Wolken. In bester *Doctor Who* Manier taumelte mein Gehirn durch Zeit und Raum, landete dann an einem fremden Ort, wo ich aus der blauen Box trat, die mein Kopf war, mir die fremdartige rote Landschaft durch meine 3D Sonnenbrille anschaute und – in einem schneidenden britischen Akzent – sagte: „Nein. Keine Ahnung, wo zur Hölle ich bin!" Dann ging ich zurück in die TARDIS und versuchte es mit einem anderen Planeten, auf dem dasselbe Szenario sich entfaltete.

„Hey, Rowe, machen wir nach dem Spiel ein Training?" Ich schüttelte die Sache mit den Zeitreisen ab und sah zu einem meiner Teamkollegen. Er wedelte mit einer neuen Packung Pokémon-Karten vor meinem Gesicht. „Ich stehe kurz davor, meinen Squirtle zu seiner zweiten Evolution zu bringen."

„Ja, gut. Komm nach dem Spiel zu mir und vielleicht können wir dann etwas anfangen."

Ich bekam ein Grinsen und einen Schlag auf den Rücken.

Ich schaute zu Stan, der neben mir saß. Seine grauen Augen huschten über mein Gesicht. „Plop, plop, fizz, fizz?", fragte der riesige Russe.

„Lebst du im Fernsehland oder so?", erkundigte ich mich. Stan hob eine dicke, dunkle Augenbraue an. „Nein, Kumpel, ich bin nicht krank, nur geistig im Weltraum."

„Ah! Weltraum. Die letzte Grenze."

„Absolut."

Er grinste, weil er dachte, er hätte es verstanden… nahm ich an. Ich war mir nicht sicher, wie viel von dem, was irgendjemand zu Stan sagte, er auch verstand, abgesehen von dem Übersetzer, der ihm mit den Medien half. Er schien aber glücklich zu sein. Ich wünschte mir, ich könnte diesen angenehmen Ort erreichen. Sich vor Mads zu outen war sowohl episch als auch erschreckend gewesen. Einerseits war es vielleicht in Ordnung, wenn ein Mann über Schwulenangelegenheiten sprach… nicht, dass er schwul war, er war bi, aber ernsthaft, er verstand es. Versuch, in einem Raum voller Kerle zu sitzen, die nur über Pussys reden, wenn du schwul bist. Es ist, als wäre man ein Vegetarier in einem Zimmer voller Fleischesser, die jedes Steak und Schwein, das sie je hatten oder noch planten zu essen, miteinander besprachen.

Dass das Management Bescheid wusste, stand auf einem anderen Blatt. Schon bald würde es das ganze Team wissen oder vielleicht taten sie das schon. Wollte das Management, dass ich mich öffentlich outete?

Meine Familie wusste es noch nicht einmal. Ich würde es ihnen zuerst sagen müssen. Jesus, ich wollte das *nicht* tun müssen. Ich wollte nur Hockey spielen und sehen, wie Mads mich am Morgen anlächelte, wenn wir uns ein Kissen teilten. Einfache Freuden, versteht ihr?

Stan erhob sich, schob seine Maske auf seinen Kopf und verließ die Umkleide. Ich schaute auf die Uhr über der Tür.

„Verdammt."

Ich beeilte mich, mit dem Anziehen und Tapen fertig zu werden. Vielleicht würde auf dem Eis zu sein mich erden. Das hatte es früher immer getan.

Es gab keine Chance, Mads oder seinen blauen Augen auszuweichen, aber ich gab mein Bestes. Und er drängte in keiner Form. Ich erwischte ihn einmal dabei, wie er mich vom anderen Ende der Bank aus besorgt anschaute, aber das Spiel hatte Vorrang. Der Klang meiner Schlittschuhe, die das Eis aufschnitten, begann, meine Gedanken zu sammeln und wieder zu einer Einheit zu verweben. Wir spielten an diesem Abend gegen Jersey. Und ja, ich wusste, dass es ein unwichtiges Spiel war. Das waren alle Vor-Saisonspiele. Sie sind vor allem dazu gedacht, die Blöcke richtig zu ordnen und zu verdichten, während sie den Coaches helfen, ihre Spielerbesetzung auszudünnen. Und auch wenn die Spiele in Bezug auf die Rangliste keinerlei Bedeutung hatten, gab es doch Druck. Ich spürte ihn, obwohl ich mir ziemlich sicher war, dass ich einen Stammplatz hatte. Es ist so, dass ich da draußen war, um die Position des Centers im ersten Block zu bekommen. Ich würde im zweiten Block spielen, wenn ich dorthin nominiert wurde, aber ich wollte unbedingt in den ersten Block. Und unser Kapitän, er spürte mich in seinem Nacken. Er wusste, dass der junge Kerl heiß auf seine Position war. Ob ihn das dazu motivierte, besser zu spielen oder nicht, würde nur die Zeit zeigen. Ich wusste, dass ich mit voller Kraft spielen würde.

Die ersten zwanzig Minuten waren verdammt schludrig gewesen, aber das war immer so. Ich hatte nie mit irgendeinem dieser Männer gespielt, darum stimmte das Timing nicht. Einige waren nicht in Bestform ins Camp gekommen, die meisten aber schon. Diejenigen, die langsam waren, zogen diejenigen von uns nach unten, die den ganzen Sommer über gearbeitet hatten, um fit zu bleiben und ihre Fähigkeiten zu schulen.

Das zweite Drittel wurde ein wenig spannender zur selben Zeit, als die Goalies ausgetauscht wurden, was nach zehn Minuten geschah. New Jersey verlor den Puck an der roten Linie, der Querpass von einem Flügelspieler zum anderen wurde mit Leichtigkeit von einem flinken Center aufgenommen. Das war ich. Ich passte zu einem der Verteidiger, da wir gleich einen Blockwechsel vornehmen würden. Er knallte ihn aus unbekannten Gründen gegen die Bande und New Jersey schnappte ihn sich. Unser zweiter Goalie war kalt vom Sitzen und der schwache Schlagschuss rollte direkt durch sein Five-Hole. Ich setzte mich auf die Bank und hörte zu, wie Mads seine Verteidiger anschrie. Als es Zeit für uns war, wieder aufs Eis zu gehen, kletterte ich voller Entschlossenheit über die Bande.

Meine Chance kam schnell. Der Puck war in die Endzone der Gäste geschlagen worden. Ein Verteidiger von Jersey war hinter dem Netz und versuchte, Lee nicht wegkommen zu lassen, während der andere Verteidiger in Rot dem Puck nachstarrte, obwohl er wusste, dass er vor seinem Tor hätte stehen müssen. Weil ich ein so netter Kerl bin, füllte ich seine Position vor dem Tor. Und hast du nicht gesehen, der Puck fand seinen Weg zu meinem Schläger und mit einem Flicken, um ihn über die Schulter des Goalies zu befördern, war er im Netz von Jersey. Boom. So schön, wie man es sich nur wünschen konnte. Rote Lichter blitzten, Umarmungen vom Team – inklusive Lee Addison – und viele Fäuste an meiner. Gott, ich liebte diesen Sport. Er war im Moment die eine feste und konstante Größe in meinem Leben. Sobald ich saß und der nächste Block aufs Eis rollte, zog ich meinen Helm aus und trocknete mir den Kopf ab. Ich linste kurz durch die feuchte Baumwolle die Bank entlang und mein Blick begegnete dem von Mads, und die Sache mit dem wirbelnden Raum und den Sternen fing wieder an.

Huh. Vielleicht war es überhaupt nicht Hockey, das mein Innerstes nach außen kehrte. Vielleicht war es Mads. Er neigte den Kopf. Ich tat dasselbe. Mein Magen drehte sich um. Genau. Ja. Cool. Das war es also. Ich war offiziell in meinen Coach verknallt, der zufälligerweise älter war als ich und auch der Freund meines Bruders. *Was für eine hervorragende Lebensentscheidung, Ten.*

Wir schafften es, dieses erste Vor-Saisonspiel zu gewinnen, aber nur knapp. Die Coaches hatten einiges an Arbeit vor sich, um die Aufstellung zu verschlanken und wir Spieler hatten Arbeit vor uns, unser Spiel zu verbessern. Das würde alles kommen. Aber ich würde für den Moment gehen. Ich brauchte etwas Abstand von der Umkleide, den Jungs, dem Geruch von Schweiß und Hockeyausrüstung und dem Anblick von Jared Madsen, der alle zehn Minuten vorbeikam. Er sagte oder tat nicht einmal etwas, das man... nun ja, als auch nur freundlich auslegen konnte. Dieses Benehmen bezeichnete man wohl als abgehoben.

Ich glitt hinter das Lenkrad meines Wranglers. Es war erst vier Uhr nachmittags, das frühe Spiel ließ einen Menge Zeit übrig. Als ich das Stadion verließ, war der Verkehr absolut ruhig. Ich schob Marianas Trench ein, die Musik brachte mich dazu, mit den Fingern zu trommeln, während ich an einer roten Ampel einen Block vom Stadion entfernt stand. Ich warf einen kurzen Blick nach links und mein Mund klappte auf. Da, im Fenster eines Second-Hand-Ladens, stand ein Klavier.

„Ohne Scheiß", murmelte ich, während „Stutter" aus meinen Lautsprechern drang.

Irgendein Arschloch hinter mir drückte auf die Hupe. Ich zuckte zusammen, fuhr von der Straße und in einen Parkplatz direkt vor dem Laden. Ich fiel beinahe auf mein Gesicht, als ich aus dem Jeep stieg. Ich eilte zum Fenster, meine Finger ruhten auf dem staubigen Glas. Ich fühlte mich wie ein Kind, das Welpen anstarrte. Stattdessen war ich ein erwachsener Mann in einem Anzug, der ein misshandeltes Klavier anlächelte. Verdammt, sie war in schlechter Verfassung. Ihr blondes Holz hatte Beulen, Kratzer und war voller Obstaufkleber. Sie klang wahrscheinlich beschissen, verlieh mir aber dennoch das Gefühl einer sofortigen Verbindung mit meiner Mutter. Ich war innerlich so verdreht... so verloren und verwirrt wegen meiner Gefühle für Mads... es war dumm, meine Mutter zu vermissen, nur weil ich ein schäbiges altes Klavier in einem Fenster gesehen hatte, oder?

Ich ging hinein. Der Laden war drückend heiß und staubig. Ein alter Mann tauchte zwischen den Regalen voller alter Kaffeekannen, Siebe und anderen Haushaltsgegenständen auf. Der Mann war uralt, klein, hatte eine gerunzelte Stirn und einen Bart.

„Wie viel kostet das Klavier?", fragte ich, ehe er sich vorstellen konnte. „Was auch immer Sie dafür wollen, ich nehme es. Können Sie es noch heute zu mir nach Hause liefern lassen?"

Als ich wieder ging, hatte ich zweihundert für das Klavier ausgegeben und achthundert dafür, dass der alte Mann seine Söhne dazu brachte, das verfallene Ding in mein Apartment zu liefern. Ja, ich war ausgenommen worden, aber zwei Stunden später stand das hässlichste Klavier der Welt in meiner Wohnung. Sicher, es gab Leute, die sagen würden, ein Klavier zu haben, wenn man keine Stereoanlage hatte, war dumm. Diese Leute waren offensichtlich nicht von Jean Rowe erzogen worden. Mom hatte immer gesagt, dass die Künste genauso wichtig waren wie der Sport – oder vielleicht sogar noch mehr, weil man viel länger Klavierspielen als einen Puck schieben konnte. Ich setzte mich auf den alten Hocker, lächelte wie eine Art halbgarer Depp, während ich mehrere der alten Bücher mit Musikstücken durchblätterte, die der Ladenbesitzer mir dazugegeben hatte. Ich zog eines aus der feucht riechenden Kiste und platzierte es auf der Ablage. Ich würde sie alle im Stauraum des Hockers unterbringen, sobald ich aufgestanden war.

Ich strich mit meinen Fingern über die Tasten und war schockiert zu hören, dass es gestimmt war. Es war ein paar Jahre her, dass ich vor einem Klavier gesessen war. Mom wäre begeistert. Mit breitem Grinsen griff ich in meine Gesäßtasche, zog mein Handy heraus und wählte die Nummer meiner Mutter. Sie hob, noch bevor das dritte Klingeln beendet war, ab.

„Mom, hey. Rate, was ich gerade gekauft habe."

„Tennant, ich schaue mir gerade einen Film mit James -"

Ich ließ zwei Noten mit meinem Zeigefinger erklingen.

„Ist das ein Klavier, das ich da höre?"

„Aber ja. Ein Klavier. Habe es in einem Second-Hand-Laden gefunden. Ein Kind hat Obstaufkleber überall auf den Seiten verteilt, aber es kling gut. Willst du es sehen?", fragte ich, wissend, dass sie es wollte. Innerhalb von zwei Minuten hatte ich sie in einem Videoanruf.

„Mein Gott, Tennant, ich kann mich erinnern, dass ich jahrelang auf so einem gespielt habe, als ich gerade mit dem Unterrichten angefangen hatte. Oh! Lass mich schnell zum Steinway laufen und dann können wir zusammen etwas spielen, wie wir es gemacht haben, bevor Hockey die Oberhand gewonnen hat."

„In Ordnung", sagte ich und lehnte mich zurück,

während sie ihr Handy schnappte und in ihr Musikzimmer lief.

Es war früher Dads Bereich gewesen. Seine Männerhöhle war irgendwie in den Keller verbannt worden und Moms Musikzimmer hatte das Regiment übernommen. Eine ganze Wand bestand aus einer Schiebetür aus Glas, die auf die hintere Veranda führte. Jeder Rowe Junge hatte jeden Abend dreißig Minuten lang Unterricht auf seinem Instrument bekommen. Gitarre für Brady, Sax für Jamie und Klavier für mich. Meine Brüder sagen, dass ich mich für das Klavier entschieden habe, weil ich ein Schleimer bin, da Moms erste Liebe dem Klavier galt. Manchmal scherzte sie, dass Dad nur die zweite Geige zu ihrem Klavier spielte.

„Ich bin so aufgeregt." Sie setzte sich und stellte ihr Handy auf dem Notenhalter ihres geliebten Steinway ab. „Denkst du darüber nach, deine Gesangsstunden wieder anzufangen?"

„Mom, wann hätte ich Zeit für Gesangsstunden? Ich werde wahrscheinlich nicht viel Zeit haben, dieses alte Mädchen zu spielen." Ich strich mit meinen Fingern über das zerkratzte Holz.

„Du hast eine Stimme, Tennant, eine verdammt gute. Du solltest für den Tag trainieren, wenn Hockey dich nicht länger ernähren kann."

„Mom, ich bin zweiundzwanzig. Ich denke, ich habe noch ein paar gute Jahre vor mir. Willst du mit mir ein Lied spielen oder über Gesangsstunden nörgeln?"

Sie verzog das Gesicht. „Schön. Wir spielen, aber ich will, dass du über die Gesangsstunden nachdenkst."

„Ja, Mutter. Such dir eine Melodie aus." Ich rutschte

auf dem Hocker herum, rollte meinen Kopf und starrte meine Mutter an, die sich bereitmachte. Sie zog den rosa Pulli, den sie trug, aus. Oh Mann. Es wurde ernst. Sie war den Pulli losgeworden.

„Erinnerst du dich an irgendeinen der Klassiker?", fragte sie, während sie den Deckel des Steinway hob.

„Concertos und so?"

„Und so? Wirklich, Tennant. Wie ist es mit „Für Elise"? Das hat dir immer gefallen." Sie setzt sich ganz gerade hin, wartete auf mich. „Oder wir können uns mit dem „Türkischen Marsch" aufwärmen, wenn du mutig bist."

„Nein, Beethoven ist in Ordnung. Danach darf ich aussuchen."

„Erinnere dich an deine Fingertechnik."

„Mom, können wir einfach nur spielen?"

Sie zwinkerte mir zu und nickte, dass ich anfangen sollte. Die ersten Noten waren ein wenig wackelig. Mom motzte mich an, dass ich meine Finger ordentlich heben sollte. Ich glitt in das Stück und dann gingen wir zu diesem verdammten Marsch von Mozart über. Nun, Mom zerlegte das Ding. Ich spielte im Hintergrund. Hin und wieder blickten wir von den Tasten auf, sahen, wie der andere jammte, und lächelten einander an. Die Fußarbeit kam wie von selbst, aber meine linke Hand fummelte sich so durch, wie sie es bei diesem Lied immer tat.

„Mom. Du bist wirklich gut", sagte ich zu ihr, nachdem wir das Stück wegen meiner Unfähigkeit beenden mussten. Sie winkte das Lob ab. „In Ordnung, warum spielen wir nicht das hier?"

Ich schlug die Eröffnungsakkorde von „Goodbye to Yellow Brick Road" an und Mom hüpfte, als wäre sie auf einem Elton John Konzert. Sie hatte zwanzig besucht. Ohne Scheiß. Zwanzig Konzerte. Sie bewunderte Sir Elton. Der Mann war ihr Keyboard-Gott. Dad zog sie immer damit auf, ein Piano Man Groupie zu sein. Wir alle wussten, dass wenn Sir Elton je an unserer Tür klopfte, Mom mit ihm durchbrennen würde. Die Tatsache, dass er schwul war, hatte für sie keinerlei Belang.

„Sing für mich, Tennant."

Als ob ich Nein sagen konnte. Ich sang für sie, weil sie mich gebeten hatte und ich sie vermisste. Ich wollte unbedingt mit ihr über Mads und die Gefühle reden, die in mir für ihn wuchsen. Aber ich konnte nicht und das tat weh. Mom und ich hatten immer über alles geredet. Über alles, außer, dass ich schwul war, das war… ich verhaspelte mich bei den Lyrics, zuckte zusammen und konzentrierte mich dann wieder auf den Song. Meine Stimme war nichts Besonderes, ganz egal, was sie sagte, aber mir gefiel es ganz eindeutig zu spielen und zu singen. Als ich den Blick hob, wiegte Mom sich auf ihrem Hocker vor und zurück, tat so, als würde sie ein Feuerzeug über ihren Kopf halten. Das machte mich fertig. Meine Finger glitten von den Tasten, als ich laut zu lachen anfing. Während dieser Unterbrechung im Konzert hörte ich das Klopfen an meiner Tür.

„Mist, da ist jemand an der Tür. Bin gleich wieder da."

Ich sprang auf und ließ Mom am Klavier zurück. Ich lächelte wegen unserer Albernheit, als ich die Tür öffnete. Da stand Mads, schaute mich mit Erheiterung in seinen unglaublichen blauen Augen an.

„Hey", sagte ich.

„Hey." Sein Lächeln löste all meine Sprachfähigkeiten in Luft auf. Meine Augen wanderten an seinem Körper auf und ab. Jeans, Kapuzenjacke, Lächeln. Wandelnde Sünde.

„Nette Kapuzenjacke." *Oh. Wow. Das war super, Tennant, weil er ja eine Railers Kapuzenjacke trägt, genau wie die, die du auch hast. Du bist ein dämlicher Idiot.* „Das sieht an jedem gut aus." *Klang dieses Kompliment furchtbar?*

„Das hättest du in einem starken Rodney Dangerfield Tonfall sagen müssen."

Ich schnaubte albern und nickte.

„Du hast keine Ahnung, wer Rodney Dangerfield ist, oder?"

„Nein, habe ich nicht."

„Er ist ein Comedian." Mads hatte denselben vorsichtigen Gesichtsausdruck wie meine Eltern, wenn sie über Internet zum Einwählen, Achtspurbänder und Sassoon Jeans sprachen.

„Ich höre mir oft Bo Burnham an." Und jetzt war es an Mads, mich mit leerer Miene anzusehen. „Er ist ein Comedian."

„Jesus, ich bin alt." Er lachte lahm über seinen eigenen nicht wirklichen Witz. „Ich bin vorbeigekommen, um zu sehen, ob es dir gut geht. Nach der Prügelei und unserem Gespräch? Du hast während des Spiels abwesend und vom Team abgekapselt gewirkt und -"

„Können wir diese Diskussion für ein paar Minuten

aufschieben? Meine Mom ist am Telefon und ich will nicht, dass sie hört, wie wir darüber reden." Ich nickte mit meinem Kopf in Richtung des Klaviers.

„Oh, sicher, das kann warten."

Er fing an so zu wirken, als würde er gehen. Ich wollte wirklich, dass er blieb und mich noch ein wenig länger anlächelte.

„Nein, kann es nicht. Ich will darüber reden."

Das war eine Lüge. Ich wollte nicht über die Prügelei reden oder die Beleidigung oder wie beschissen es war, sich Sorgen darüber zu machen, dass die Leute herausfanden, dass ich gerne mit Männern schlief. Ich öffnete meine Tür weiter.

„Nur später, in Ordnung? Nachdem ich aufgelegt habe", fügte ich leise hinzu.

„Sicher, das ist in Ordnung."

Mads betrat meine Wohnung. Ich beeilte mich, die Tür zu schließen, damit er nicht wie eine streunende Katze fliehen konnte. Ich klebte mir ein Lächeln ins Gesicht und joggte zurück zum Klavier. Da auf dem Handybildschirm saß Mom, trank etwas aus einer Tasse, die weiße Blumen an den Seiten hatte.

„Du erinnerst dich an diesen Typen, oder?" fragte ich ganz lässig, als ich mich wieder auf den Hocker setzte.

Mads setzte sich neben mich. Das Gesicht meiner Mutter leuchtete auf, als sie ihn an meiner Seite erblickte. Sein Arm, der eng an meinem ruhte, machte auch mich ganz sonnig. Der Hocker war wirklich zu schmal für zwei Hockeyspieler, aber wer braucht schon beide Pobacken auf dem Sitz?

„Jared, wie geht es dir? Brady hat erzählt, dass du für Tennants Team die Verteidiger trainierst." Mom hob ihr Handy, als ob es näher an ihre Nase zu bringen, Mads größer machen würde. Eltern. Mann. „Du siehst gut aus."

„Es ist auch schön, Sie wiederzusehen, Mrs. Rowe." Wow, Mads bestand ganz aus anständigen Manieren für die Erzeugerfraktion. „Ich fühle mich gut, danke, dass es Ihnen aufgefallen ist. Sie sind kein bisschen gealtert."

Mom kicherte. „Oh, hör auf. Du hattest immer schon eine Silberzunge. Ich werde mir eine frische Tasse Tee machen und wieder zu meinem Jimmy Garner Film gehen, damit ihr beide über Hockey reden könnt. Jared, es ist zu lange her. Bitte, schau einmal vorbei. Tennant, bitte übe deine Tonleitern und Arpeggios täglich, jetzt wo du ein Klavier hast."

„Musiklehrer", murmelte ich Mads zu, nachdem wir uns verabschiedet hatten. „Willst du ein Bier oder so?"

„Wasser wäre für uns beide besser", sagte er, zog sich dann die Kapuzenjacke aus.

Ich saß neben ihm, die Hände auf den Oberschenkeln und starrte, als sein T-Shirt sich mit der Kapuzenjacke hob. Danke, statische Elektrizität. Ich erhaschte einen herrlichen Blick auf seinen Brustkorb, als er damit kämpfte, die Kapuzenjacke auszuziehen, aber nicht das T-Shirt. Der Mann war so richtig definiert. Harte, feste Brustmuskeln, von feinen goldenen Haaren bedeckt. Konturierte Bauchmuskeln, die berührt werden mussten. Von mir. Mit meiner Zunge.

„Genau, Wasser." Ich schoss in die Höhe und eilte in die Küche.

Als ich mit zwei großen Gläsern Eiswasser zurückkam, hatte Mads seine Kleidung geordnet und blätterte in einem der Musikhefte, die mit meinem neuen gebrauchten Klavier mitgeliefert worden waren. Die Eiswürfel in den Gläsern klirrten an den Seiten. Er schaute zu mir auf, wie ich dastand und ihn anstarrte. Ich hielt ihm das Glas Eiswasser hin. Er stellte das Heft vor das andere, das auf dem Notenhalter stand.

„Ich hatte keine Zitrone für den Geschmack, darum ist es nur einfaches Harrisburg Stadtwasser."

„Lecker", scherzte Mads, als er das Glas nahm.

Ich setzte mich wieder zu seiner Linken und nippte an meinem mit Chemikalien angereichertem Wasser. Mads nahm einen Schluck, verzog das Gesicht, stellte das Glas dann sachte auf den Boden neben seinen Füßen.

„Als ich ein Kind war, sind wir immer in diese Lodge in Chicopee zum Skifahren gefahren", erzählte er. „An einem der Hänge hatte jemand – vor vielen Jahren – ein Rohr den Berg hinauf verlegt und frisches Quellwasser kam das ganze Jahr über aus dem Rohr. Ich habe immer angehalten und einen Schluck daraus getrunken. Es war so kalt, dass einem der Kopf wehtat wie bei Eiscreme."

Ich nickte.

„Das war das beste Wasser, das ich je gehabt habe."

„Vielleicht solltest du, wenn du dich endgültig zur Ruhe setzt, zurück nach Chicopee ziehen und dieses Wasser jeden Tag trinken", meinte ich, weil er irgendwie nostalgisch klang.

„Vielleicht werde ich das. Also, wie fühlst du dich bei allem?"

Scheiße. Da hatte er aber schnell die Kurve zu mir bekommen. Ich warf einen Blick auf die Kiste mit den Musikstücken. Sie war von Disney. Ein paar stille Sekunden verwandelten sich in mehrere peinlich stille Momente. Mads rutschte auf dem Hocker hin und her. Die Zeit für eine Antwort von mir war gekommen, aber ich wusste nicht, was ich sagen sollte. Zu lügen kam mir beschissen vor. *Noch mehr* Lügen zu erzählen, um genau zu sein. Aber zuzugeben, dass meine Gefühle ganz durcheinander waren, wenn er in der Nähe war, schien mir auch nicht die richtige Taktik zu sein.

„Ten, wenn du nicht darüber reden willst, ist das in Ordnung."

„Ist es das?" Ich starrte auf die Eiswürfel in meinem Wasser. Winzige kleine Luftblasen waren in ihnen eingefroren. So fühlte ich mich irgendwie. Also ob es Dinge gab, die in mir gefangen waren.

„Es ist absolut in Ordnung. Warum spielst du mir nicht ein Lied?"

Seine Bitte hob meinen Kopf und löste meine Augen von den Eiswürfeln. Er lächelte wieder. Warum machte er das? Wusste er nicht, dass er für jeden Mann tödlich war, wenn er lächelte?

„Du spielst", sagte er. „Ich habe dich vorhin rocken gehört. Um ehrlich zu sein, hatte ich vergessen, dass du das kannst. Brady spielt Gitarre, richtig?"

Die letzte Person, über die ich reden wollte, war Brady. „Äh, in Ordnung." Ich beugte mich zur Seite, um mein Wasserglas auf den Boden zu stellen. „Welches

Lied willst du hören? Ich bin ein wenig eingerostet, darum der Kommentar über die Tonleitern und Arpeggios von meiner Mutter."

„Und ich dachte, so etwas machen nur Aristocats."

„Okay, *den* habe ich verstanden." Ich kicherte, als er nach dem Disney-Musikbuch griff.

„Und wir dachten, wir würden abgesehen von Hockey keine Gemeinsamkeiten finden", scherzte er und blätterte zu irgendeiner Seite, stellte das Buch dann auf den Notenhalter. „Spiel das hier."

Ich warf einen Blick auf den Titel. Wow. Das schien nicht die Art Song zu sein, den ich spielen sollte, während seine Hüfte meine warmhielt. Andererseits *hatte* Simba dadurch ein paar Streicheleinheiten im Gesicht bekommen. Ich würde ein Gesichtsreiben mit Mads nehmen. Stoppeln an Stoppeln… Oh Mann…

„In Ordnung." Zu spielen schien weniger gefährlich zu sein, als über seine Barthaare nachzudenken.

„Gibt es dazu Worte?", fragte er, nachdem ich ein paar Noten gespielt hatte.

„Ja, sie sind nur nicht auf den Notenblättern. Du willst die Worte?"

„Kennst du sie?" Aus irgendeinem Grund schien ihm das wirklich zu gefallen.

„Kumpel, ich wurde von Sir Eltons größtem Fan aufgezogen. Ich könnte das im Schlaf singen."

Das vertiefte sein Lächeln. Ja, ich würde schmelzen und all diese dämlichen, prickelnden Blasen, die in mir gefangen waren, würden frei herumschweben. Anstatt wegen des Mannes zu zerfließen, holte ich tief durch die Nase Luft, ließ sie auf demselben Weg entweichen und fing an, „Can You Feel the Love Tonight" für ihn zu spielen und zu singen. Als die letzte Note verklang, schüttelte ich den Griff ab, in dem das Spiel mich gehalten hatte und wagte einen kurzen Blick zur Seite. Mads sah verzaubert aus oder etwas in der Art.

„Ich habe dir gesagt, dass meine Fingerarbeit etwas schwächelt."

Er musste etwas sagen, weil ich immer unsicherer wurde. Mads blinzelte… dann beugte er sich vor, um seine Lippen auf meine zu drücken. Es war ein keuscher Kuss, aber er hätte mich beinahe rückwärts vom Hocker geworfen. Seine Lippen waren weich, aber fest, als ob er entschlossen war, dass es keine Zungen geben würde. Sobald mein Gehirn auf Zungen gekommen war, sprang er von der Bank auf, als ob er sich auf eine Hornisse gesetzt hätte. Ich hörte, wie er das Wasserglas umwarf, aber das war die geringste meiner Sorgen.

„Das hätte nicht passieren sollen", hustete er, als er sich in Richtung Tür wandte.

Ich kletterte über den Hocker.

„Das hätte nicht passieren sollen", wiederholte er.

„Warum nicht?", fragte ich, als ich ihm an der Tür den Weg abschnitt.

Der Mann war mehr als aufgewühlt. Er hatte Panik, seine blauen Augen huschten überall in dem spartanischen Zimmer herum, suchten nach einem Fluchtweg.

„*Warum nicht?*", bellte er, seine Hände zuckten, als hätte er keine Ahnung, was er mit ihnen anfangen sollte. Ich schlang meine Arme um meine Mitte, um mich vor dem Schlag zu schützen, der kommen würde. „Muss ich die Gründe aufzählen? Wie wäre es damit, dass ich dein verdammter Coach bin?"

„Du bist nicht mein Coach. Du bist der Coach für die Verteidiger. Ich bin Stürmer."

Er starrte mich an, als hätte ich eine Manguste auf dem Kopf sitzen, die eine Wasserpfeife rauchte.

„Das sind Details. Tatsache ist, ich bin dein Coach. Es ist absolut unangemessen." Er strich sich mit den Fingern durch seine Haare, verschob sie zu komischen Winkeln. Dadurch sah er frisch gefickt aus und zehnmal heißer als normalerweise.

„Oh, Blödsinn. Es ist nicht so, als wäre ich vierzehn oder so. Wir sind beide erwachsen", feuerte ich zurück.

Sein Kiefer arbeitete für eine Sekunde. „Was ist mit Brady?"

„Zur Hölle mit Brady. Wen kümmert es, wenn wir zusammenkommen?"

„Mich kümmert es!", schrie er, zog sich dann von dem Ort zurück, in dessen Richtung er unterwegs war. Ich umarmte mich ein wenig fester. „Dein Bruder würde mich umbringen, wenn er herausfindet, dass ich etwas mit dir habe. Und deine Eltern würden mich hassen. Sie vertrauen darauf, dass ich mich dir nicht aufdränge."

„Du müsstest mich nicht zwingen. Ich würde willig in dein Bett steigen."

Ich biss mir auf die Innenseite meines Mundes. Das konnte ich unmöglich zurücknehmen. Mads Gesicht wurde lang, alle Wut löste sich auf, wurde von Schock ersetzt. Er sah aus, als ob er von Bobby Orr kalt erwischt worden wäre.

„Das wäre eine schreckliche Idee", sagte er leise,

aber seine Augen… diese himmelblauen Augen sagten, dass er dachte, es wäre alles andere als schrecklich. Ich mochte ja keine Jahre sexueller Erfahrung haben, aber ich erkannte Lust, wenn ich sie in den Augen eines Mannes sah. Mads wollte, dass wir zusammen waren. Genau wie ich.

„Ich denke nicht, dass es das wäre. So wie ich das sehe, wären wir zusammen verdammt episch."

Der Blick, den er mir zuwarf, öffnete mich vom Brustbein bis zum Nabel. *Super, Tennant. Erzähl ihm als Nächstes, dass du ein Baby von ihm möchtest. Dämlich, dämlich, dämlich.*

„Du bist zu jung, um die Konsequenzen zu verstehen. Du bist nicht einmal geoutet."

„Manchmal, Jared, muss man Mann genug sein, um zu sagen, zur Hölle mit den Konsequenzen."

Schön, das waren große Worte von einem nicht geouteten Mann, der seine inneren Organe zurückhielt, indem er sich selbst umarmte wie ein aufgebrachtes Teenagermädchen. Zu sehen, wie Jared gegen sich selbst kämpfte, war ein grandioser Anblick. Seine Nasenflügel blähten sich, seine Pupillen wurden groß und seine Atmung beschleunigte ein wenig.

Vielleicht hatte er einfach genug davon, zu streiten. Zur Hölle, vielleicht war er genauso durcheinander wie ich. Wahrscheinlich, wenn ich so darüber nachdachte. Was auch immer es war, das ihn in meine Richtung schubste, ich war begeistert davon. Mads machte einen langen Schritt, sein Brustkorb strich über meinen. Er stieß mich gegen die Tür. Ich packte seinen festen Nacken und zog seinen Mund zu meinem. Dann gab es keine Auseinandersetzungen mehr über Hockey, Brüder oder geoutet sein. Es gab nur seine Zunge, die über meine glitt, seinen Körper, der mich gegen die Tür presste und seinen harten Schwanz, der eng an meinem steifen Schaft ruhte.

Mads stieß gegen mich. Ich stöhnte in seinen Mund, meine Finger bissen in seinen Nacken. Lust überflutete mein Gehirn. Ich konnte nur an ihn und mich nackt denken, direkt hier an der Tür, meine Beine um seine Taille, sein Schwanz, der in mich hinein und wieder herausglitt. Das musste passieren. Seine Hände wanderten an meinen Seiten nach unten, seine Fingerspitzen hüpften über mein Rippen. Unter mein Oberteil schlüpften seine hungrigen Finger. Ich packte zwei Handvoll seiner kurzen blonden Haare und zog. Sein Stöhnen rumpelte tief aus seinem Brustkorb. Das gefiel ihm. Ich machte es erneut, dieses Mal saugte ich an seiner Zunge, während ich an seinen Haaren zerrte. Seine Hüften kreisten langsam, als er tiefer in meinen Mund tauchte. Sein Schwanz, lang und steif, wanderte über meinen Hüftknochen. Wir atmeten beide scharf ein, feuchte Luft mischte sich beim Ausatmen.

„Jesus Christus", keuchte Mads und löste sich aus meinen gierigen Händen. „Jesus Christus", sagte er erneut, schubste mich dann zur Seite, damit er die Tür öffnen konnte.

Meine Gedanken waren träge und langsam, von Lust vernebelt. Ich taumelte auf den Flur. Mads stand ungefähr zwei Meter von mir entfernt, seine Ellbogen angewinkelt, die Handflächen flach an der Wand, den Kopf zwischen den Armen. Ich glaube, ich rief seinen

Namen oder vielleicht hustete ich ihn, wer weiß das schon? Sein Kopf hob sich und unsere Blicke begegneten sich.

„Wir können das nicht machen, Tennant", verkündete er harsch, ehe er sich von der Wand abstieß und in den Notausgang stürzte. Der Mann wollte so unbedingt weg, dass er nicht einmal auf den verdammten Lift warten konnte.

„Zur Hölle mit meinem Leben", wimmerte ich, als mein Hintern gegen den Türstock prallte.

Ich ging in die Hocke, das Gesicht in den Handflächen versteckt. Ich blieb dort unten, versteckte mich hinter meinen Händen, bis meine Beine taub wurden. Dann stand ich auf, nutzte den Türstock, um meine wackeligen Beine zu stabilisieren, strich mit meinen Fingern unter meinen Augen durch und warf mich zurück in mein Heim, wo ich mich über mein Klavier legte. Zur Hölle mit dem Wasser, das sich in den Teppich saugte. Ich würde später sauber machen, nachdem der Schmerz in mir vergangen war. Was bedeutete, dass das Wasser niemals aufgewischt werden würde.

Kapitel Sieben

MADS

WIE ICH ES nach Hause schaffte, weiß ich nicht. Das Letzte, an das ich mich erinnerte, war, wie ich Tens Gebäude verließ und in mein Auto stieg. Und jetzt befand ich mich in meiner Küche und alles dazwischen war verschwommen.

Der Kuss war heißer gewesen als der versauteste Sex, den ich je gehabt hatte. Da war nicht mehr gewesen als die Hitze unserer Körper und der Geschmack seines Mundes und verdammt, ich war kurz davorgestanden, mich an ihm zu reiben und wie ein Teenager in meiner Hose zu kommen.

Hitze brannte in meinem Gesicht, als ich in meiner leeren Wohnung laut stöhnte und auf einem Küchenstuhl zusammensank, dabei mein Gesicht in meinen Händen vergrub. Meine Absichten waren so gut gewesen. Mit Ten reden, herausfinden, wie er es dem Team beibringen wollte. Nirgendwo in meinen unausgereiften Plänen hatte es Überlegungen gegeben, Ten gegen die nächste Tür zu drücken und ihm die

Seele aus dem Leib zu küssen. Ich hatte wahrscheinlich hundert Coach-Spieler Regeln gebrochen, nur indem ich ihn berührt hatte, ganz zu schweigen von den Küssen. Was zur Hölle hatte ich getan?

Also, Ten war schwul – das bedeutete nicht, dass ich mich an ihn ranmachen sollte, nur weil ich es konnte.

Mein Handy vibrierte auf der Küchenarbeitsfläche und ich ignorierte es. Ich schaute nicht einmal auf den Namen. Wenn es Ten war, hatte ich keine Ahnung, was ich zu ihm sagen sollte. Wenn es das Team war, war ich nicht in der richtigen geistigen Verfassung, um über Hockey zu sprechen, wo ich doch eigentlich nur zurück zu Ten fahren und ihn auf der nächsten waagerechten Oberfläche ficken wollte.

Ich war immer noch hart, verdammt noch mal.

Das Handy tanzte erneut und dieses Mal schaute ich auf den Bildschirm, mein Blick verschwommen, bis mir klar wurde, wer da anrief.

Brady.

Heilige Scheiße, er weiß, dass ich gerade bei Ten war und seinem kleinen Bruder praktisch einen Kuss aufgezwungen habe.

Ich bin tot.

Das Handy aufzunehmen war Muskelgedächtnis, aber den Anruf tatsächlich anzunehmen lag irgendwo zwischen der Befürchtung, dass er es wusste und der Hoffnung, dass nicht.

„Rowesy?", sagte ich, zwang mich, ruhig zu bleiben. Als der älteste der Rowe Brüder, hatte er den Spitznamen Rowesy und ihn wieder zu benutzen war, glaube ich, eine Art Verteidigungsmechanismus – eine

Verbindung zurück zu den Tagen, als wir in Elmira gespielt hatten.

„Lange Zeit nichts gehört, Mads", sagte Brady. Wenigstens fing er nicht damit an, mich einen Arsch oder Bastard zu nennen. „Mom hat mir eine Textnachricht geschrieben, dass du bei Ten warst."

Scheiße. Er weiß es. Ich stand von dem Stuhl auf. Ruhig zu sitzen war für Weicheier.

„Ja, weißt du", meinte ich lahm, denn wer zur Hölle murmelt so einen Scheiß irgendjemandem zu? Wie alt war ich, elf?

„Ja, also…" Brady klang genauso unsicher und diese ganze Nicht-Konversation, die wir führten, machte mich vollkommen irre.

Ich trieb die Sache voran. „Ja?" Denn warum sollte ich zu diesem Zeitpunkt überhaupt darüber nachdenken, einen ganzen Satz zu formen?

„Wie geht es ihm?", fragte Brady schließlich. Seine Stimme hallte, als ob er in einem großen Raum stehen würde. Ohne Zweifel in einem der riesigen Zimmer in dieser Villa von einem Haus, die ich nur auf der Webseite des Immobilienmaklers gesehen hatte, als er sie gekauft hatte. Verklagt mich doch, aber ich behielt Brady im Auge – immerhin war er ein Freund. Oder zumindest war er ein Freund gewesen, vor meinem *Unfall.*

„Gut", sagte ich.

Was wollte er sonst von mir? Vielleicht eine minutiöse Darlegung der Schüsse, die Ten im Training gemacht hatte oder eine Analyse seiner Chancen im

Spiel? Vielleicht wollte Brady nur sicherstellen, dass er ordentlich aß.

Brady seufzte lautstark. „Kann ich ehrlich sein?", fragte er und in seinem Tonfall klang Resignation durch, als wäre ich die letzte Person, mit der er wirklich reden wollte. Schade, dass die Freundschaft, die wir genossen hatten, sich aufgelöst hatte, weil ich ein Idiot war, der seinen Kopf nicht aus seinem Arsch bekam.

Es war nicht seine Schuld, dass wir gegen sein Team gespielt hatten, als ich ausgeschaltet wurde. Nicht seine Schuld, dass sein Verteidiger sich entschieden hatte, abzuspringen und mich direkt an der Nummer zu treffen. Zur Hölle, mein Team hatte den Stanley Cup gewonnen, im nächsten, entscheidenden Spiel den Boden mit Bradys Team aufgewischt. Natürlich war ich nicht auf dem Eis gewesen – ich hatte mir die ganze verdammte Sache von einem Krankenhausbett aus angesehen – aber dennoch, meine Verletzung hatte einem Zweck gedient. Der Cup bedeutete einem professionellen Hockeyspieler alles.

Wenn ich nur hätte weiterspielen können.

„Ja", sagte ich, weil Brady auf eine Bestätigung wartete.

„Coach Benning."

„Was ist mit ihm?"

„Du hältst ihn von Ten fern, in Ordnung?"

Was? Ihn von Ten fernhalten? Coach? Ich war verwirrt und ich musste einen fragenden Laut von mir gegeben haben, weil Brady weiterredete.

„Ich habe immer wieder gesagt, dass Ten mit einem der anderen Teams hätte verhandeln sollen. Er ist sicher einer der besten Stürmer da draußen, er wird eines Tages Kapitän sein..." Brady hielt inne und ich analysierte, was er bis jetzt gesagt hatte. Ich wusste, dass Ten gut war. Ich wusste, dass er etwas an sich hatte, dass andere Spieler dazu brachte, anzuhalten und zu schauen.

„Ich weiß", sagte ich.

„Die Rangers haben ihn gewollt. Zur Hölle, die Wings haben ihn auch gewollt. Echte Original Six Teams."

Ich hatte alle Berichte gelesen und es gingen Gerüchte um, dass viele verschiedene Teams angefangen hatten, mit Tens altem Team zu verhandeln, in der Hoffnung, Tennant Rowe in ihre Reihen zu bekommen.

„Er hat sich gut bei den Railers eingelebt", hob ich an und hörte auf, als Brady schnaubte. In diesem Moment fing ich an, mich nicht länger in der Defensive zu fühlen, als ob Brady mich darauf ansprechen würde, dass ich seinen Bruder geküsst hatte, sondern wollte Tens Entscheidungen verteidigen.

„Denkst du wirklich, dass die Railers irgendeine Chance auf den Cup haben?" Brady schnaufte abfällig. Ja, er schnaufte, als ob ein Team, das erst in seinem zweiten Jahr war, auf gar keinen Fall eine Chance haben konnte.

Ich zitierte nicht die Statistiken, dir mir auf der Zunge lagen, keine aus dem vorherigen Jahr hatte irgendeine Bedeutung, jetzt wo wir Ten als Center in einem unserer Blöcke hatten. Wenn wir ihn im Herzen des Teams einsetzen konnten, hatten wir mehr als eine gute Chance, in die Play-offs zu kommen. Das war der *Gedanke* dahinter, das, was wir hatten, gegen einen achtzig-plus Punktgewinner einzutauschen.

„Mit Ten haben wir gute Chancen", sagte ich, fest und pointiert. Ich gestattete es nicht, auch nur den geringsten Zweifel in meine Stimme tropfen zu lassen oder Brady auch nur den geringsten Raum zu geben, noch mehr Scheiß in dieses Gespräch einfließen zu lassen.

Ihm *war* klar, dass ich der Coach für die Verteidiger des Teams war, oder?

Brady war noch nicht fertig. „Ich verstehe, dass er hart arbeitet, ich weiß das, aber er braucht ein Team mit Tiefe, einer guten Defensiv-Strategie… zur Hölle, er braucht ein Team mit Geschichte. Es werden Jahre vergehen, ehe die Railers an den Punkt kommen, wo sie eine Chance haben, zu gewinnen. Willst du wirklich, dass Ten in so einem Team spielt? Willst du nicht sehen, wie er den Cup in die Höhe hält?"

Ich hielt das Handy von meinem Ohr weg und starrte für einen Moment auf den Bildschirm und dann, Freund oder nicht, wusste ich, was ich sagen würde. Vielleicht war das nicht die beste Art und Weise, sich gegenüber dem beschützenden älteren Bruder des Mannes zu verhalten, den ich gerade an eine Tür gedrückt und geküsst hatte, aber ich hob das Handy zurück an mein Ohr und sagte drei Worte.

„Fick dich, Rowesy."

Dann legte ich auf.

Brady war ein guter Kerl – war ein guter Kerl *gewesen* – aber für wen zur Hölle hielt er sich, mich anzurufen und dann meine Arbeit, mein Team, meine verdammte Karriere abzutun, nur um zu bedauern, dass sein Bruder ein Teil der Railers war?

Arschloch.

DIE WUT HIELT mich bis zum nächsten Morgen am Laufen. Ich hatte alle Facetten an Emotion durchgemacht – Wut war zu Bedauern geworden, das sich zu Enttäuschung gewandelt hatte und am Ende war ich wieder bei der Scham über das, was ich getan hatte, gelandet.

Auf verdrehte Weise war das, was Brady am Tag zuvor gesagt hatte, weniger zu einer Aussage über die Railers geworden und ich hatte stattdessen angefangen, es persönlich zu nehmen. Beinahe so, als ob er mich eigentlich nur angerufen hatte, weil er die Gedanken kannte, die ich in Bezug auf Ten gehabt hatte.

Als ich im Stadion ankam, versteckte ich mich in meinem Büro. Es machte keinen Sinn da draußen zu sein, wo Ten mich sehen konnte, bevor das Training begann. Natürlich hatte ich das nicht vollkommen durchdacht und als jemand an die Tür klopfte, hatte ich ein schrecklich niederschmetterndes Gefühl, dass er das sein würde.

Als ich die Tür öffnete, mit dem Entschluss, mich der Sache direkt und im Stehen zu stellen, nicht hinter meinem abgewetzten Schreibtisch sitzend, war es nicht Ten auf der anderen Seite.

„Jared." Mein irgendwie ehemaliger Schwiegervater

trat ein und ich wich sofort zurück. Wir waren uns nicht einig, vor allem nicht, wenn wir redeten und das taten wir immer nur über Ryker.

„Ev", sagte ich.

Ich weigerte mich, ihn mit einem respektvollen ‚Sir' anzureden oder ihn Mr. Irgendetwas zu nennen – nicht, nachdem er versucht hatte, mich aus dem Leben meines Sohnes auszuschließen. Mein Vertrag mit den Sabres hatte mir Millionen eingebracht, was bedeutete, dass ich in der Lage gewesen war, die besten Anwälte zu engagieren, aber Ryker war beinahe sechs gewesen, bis ich ordentlichen Zugang bekam.

„Habe mit Ryker geredet", sagte er, kam direkt auf den Punkt, wie üblich.

Ich gönnte ihm nicht einmal die Höflichkeit einer Antwort, weil ich wusste, dass dies hier ziemlich schnell hässlich werden würde.

„Du zwingst ihn, weiter in die Schule zu gehen."

Ich lehnte mich gegen meinen Schreibtisch, spürte, wie die Kaffeetasse ein wenig verrutschte, wo mein Hintern auf der Oberfläche landete, verschränkte dann meine Arme vor dem Brustkorb. Wenn Ev einschüchternd sein wollte, ganz überlegen und auf Konfrontation, dann würde ich ihm zeigen, dass nichts von seinem Scheiß mir Angst machte.

Ich war nicht mehr dieses fünfzehnjährige Kind, das vor ihm stand und ihm versprach, sich um seine Tochter zu kümmern. Ich war doppelt so alt plus zwei Jahre und nur halb so dumm, wie ich es damals gewesen war. Casey und ich waren nie füreinander bestimmt gewesen – ein gerissenes Kondom und wir hatten ein Leben gezeugt, aber das bedeutete nicht, dass wir es als Familie je schaffen würden. Sie war jetzt verheiratet, mit einem Aktienhändler, mit drei kleinen Kindern, Stiefschwestern von Ryker und sie war glücklich.

Seine Lippen wurden schmal, als ich nichts sagte und er hatte diesen strengen, ich-bin-wirklich-wütend-auf-dich Gesichtsausdruck. Ich tat die eine Sache, von der ich wusste, dass sie ihn sogar noch mehr aufregen würde. Ich hob lediglich fragend eine Braue.

„Er braucht keine Ausbildung, um der beste Hockeyspieler zu werden", sagte Ev. „Warum zwingst du ihn, etwas zu tun, das er nicht will?"

Ich schüttelte meinen Kopf. „Wusstest du das nicht, Ev? Kinder zu Dingen zu zwingen, die sie nicht tun wollen, steht in der Jobbeschreibung von Eltern. Wie, du weißt schon, damals, als du deine Tochter dazu gezwungen hast, mich davon abzuhalten, meinen Sohn zu sehen."

Ev machte wieder dieses Ding, bei dem er die Lippen zusammenpresste und ich nahm mir einen Moment Zeit, um mich auf das Grau an seinen Schläfen und die Narbe auf seinem Wangenknochen zu konzentrieren.

„Sonst noch etwas?", fragte ich und schaute absichtlich mit einer abweisenden Geste auf meine Uhr. Als ich wieder zu ihm aufschaute, war sein Gesichtsausdruck angespannt und ich hätte schwören können, dass er gleich explodieren würde.

„Mads?", rief Coach hinter Ev. „Videoraum in fünf."

Er blieb nicht, um zu plaudern. Niemand blieb,

wenn Ev im Haus war. Als ob sie wüssten, dass sie in ein Pulverfass laufen würden. Es spielte keine Rolle, dass er einer von der alten Riege war, der ein paar ziemlich coole Dinge gesehen hatte. Er war unter Spielern und Coaches als Arschloch bekannt, obwohl niemand diese Worte direkt vor mir aussprach.

Ich nahm an, sie dachten, ich hätte irgendwelche Gefühle für diesen Bastard, aber für mich war er lediglich der Großvater meines Kindes. Das war alles.

Ich deutete auf die Tür. „Wenn es dir nichts ausmacht, ich muss arbeiten."

Ich trat vor und er wich nicht zurück, drehte sich dann schnell auf seinem Absatz und ging, ohne sich zu verabschieden. Das war aber in Ordnung – ich erwartete keinen Abschiedsgruß, nicht, wenn ich nicht einmal eine Begrüßung bekommen hatte. Für ihn war und würde ich immer die Verschwendung von Atemluft sein, die mit seiner Tochter geschlafen und ihr Leben ruiniert hatte. Ich stimmte ihm bis zu einem gewissen Grad zu. Wenn Ryker da draußen Mädchen schwängern würde, wäre ich wütend.

Aber eine Sache, die ich niemals tun würde, war, meine Enkel von einem ihrer Elternteile fernzuhalten.

ICH SAMMELTE meine Sachen ein und verschloss meine Bürotür, rollte meine Schultern, um den unausweichlichen Stress zu entlassen, der mit jedem Treffen kam, das ich mit Ev hatte. Mein Handy machte mich auf eine Textnachricht aufmerksam und ich warf einen Blick auf den Bildschirm. Eine Nachricht von Ryker. *Achtung, GV kommt zu Besuch.* Ryker nannte Ev „GV", kurz für Großvater. Ich schickte ihm einen schnellen Dank zurück und fügte einen Kuss hinzu.

Ich liebte Ryker und es verging kein Tag, an dem ich ihm das nicht sagen wollte.

Endlich stand ich vor der Tür zum Videoraum. Darin würde das gesamte Team sein, inklusive Ten. Ein Teil von mir dachte, dass ich vielleicht mehr mit Ten hätte reden, anstatt ihn an der Tür küssen sollen, aber dafür war es jetzt zu spät.

Ich trat ein und sah mich kurz im Raum um. Genau wie in jedem anderen Team, in dem ich vom Junior Hockey an gespielt hatte, saßen die Blöcke zusammen: Die Verteidiger in einer Gruppe, die Goalies an einer Seite, sahen dabei angemessen seltsam aus und hatten Blicke, die so fokussiert wie mein eigener waren. Goalies wollten immer alles wissen und hatten dieses unheimliche Talent, viel zu viel zu sehen.

Ich marschierte direkt nach vorne, bemerkte, dass Ten zwei Reihen weiter hinten saß, in der Mitte seines Blocks und wie der personifizierte Sex aussah. Er trug denselben Trainingsjersey wie der Rest, dieselben Pads, dasselbe alles, aber er war anders. Er war alles, was ich wollte, in einem Paket und er saß da und wartete darauf, dass ich dafür sorgte, dass es funktionierte.

„Okay", fing ich an. „Seid still."

Einer nach dem anderen hörten sie auf zu reden und interessierte Gesichter wandten sich mir zu, Benning setzte sich hinten hin und nickte mir aufmunternd zu. Ich begegnete Addisons Blick und auch er nickte – das hier betraf ihn ebenso wie mich. Ich ordnete die Blätter auf dem kleinen Rednerpult und begann vorzulesen, was ich aus dem Netz heruntergeladen hatte.

„Die NHL arbeitet mit mehreren etablierten Projekten zusammen, um mehr Sichtbarkeit für LGBTQ-Inklusion in der Liga zu schaffen. Als Teil davon gibt es eine Liste von Team-Sprechern und für die Railers ist dieser Sprecher Lee Addison, gedeckt und unterstützt von mir selbst. Lee hat euch etwas zu sagen."

Lee stand auf und winkte, bekam ein beinahe höfliches Set an gedämpftem Jubel. Es sah so aus, als wäre der Raum voller ernsthafter Hockeyspieler, die ernste Dinge dachten, einige von ihnen ein wenig verwirrt, andere wussten genau, was Lee sagen würde.

Er war sehr direkt mit seinen Worten. „Ihr alle wisst, was passiert ist. Ich habe die Beherrschung verloren und eine auf Schwule ausgerichtete Beleidigung gegenüber einem Teamkollegen benutzt." Ein paar der Spieler tauschten Blicke. „Ich habe ein Wort benutzt, das mit jedem Gramm Wut und Hass gefüllt war, das ich in mir verspürt habe. Ich habe mich für das, was ich getan habe, entschuldigt und habe mich freiwillig gemeldet, der Sprecher für Inklusion im Team zu werden." Er setzte sich, stand dann aber sofort wieder auf. „Wenn ihr also Unterstützung oder Hilfe braucht – denn lasst uns ehrlich sein, der Scheiß, den wir manchmal von uns geben, sorgt dafür, dass schwule Spieler sich nicht outen, weil wir das Gegenteil von inklusiv sind – dann wisst ihr, wo ich bin. Und es geht nicht nur um die Sache mit der Homosexualität." Er räusperte sich. „Es geht auch um

Rasse und Kultur und all diese Dinge. Ich habe die Unterstützung von You Can Play und auch die von Coach Madsen." Daraufhin brach er beinahe auf seinem Stuhl zusammen, eindeutig so glücklich damit, öffentlich zu sprechen, wie ich es war.

Es gab ein wenig leises Geplapper, dann wandten mir alle wieder ihre Aufmerksamkeit zu.

„Lasst uns darüber nachdenken, was wir sagen", fasste ich zusammen. „Lassen wir den Hass zu Hause."

Die Spieler verließen den Raum einzeln oder zu zweit, manche redeten, andere waren still und schließlich waren es nur noch ich, Addison, ein schweigender Ten und Coach Benning in dem Zimmer.

„Sind wir hier fertig?", fragte der Coach.

„Fertig", bestätigte Addison.

Ich wollte mit Ten allein in dem Zimmer sein, damit wir reden konnten. Ich wollte nicht allein mit Ten in dem Zimmer sein, weil ich nicht wusste, was ich sagen sollte.

Am Ende spielte es keine Rolle – Ten ging zuerst, Addison direkt hinter ihm.

„Willst du mir irgendetwas sagen?", fragte Coach.

„Ich habe um ein Meeting mit dem Management um fünf gebeten. Rowe geht mit mir hin."

„Gut. Gut. Hast du mit Rowe über das gesprochen, was er mir erzählt hat?"

„Nicht so intensiv, wie ich das wollte."

Nein, ich habe ihn stattdessen geküsst.

„Ich vertraue darauf, dass du dich auf eine Weise um diese Sache kümmerst, die unsere Ärsche nicht in Gefahr bringt." Benning meinte es todernst und ich wusste, was er von mir hören wollte. „Das hier könnte für die Liga eine große Sache sein und muss für Rowe und das Team auf die richtige Weise gehandhabt werden."

Er wollte nicht, dass ich aus dem Blick verlor, wie Tens Erklärung das Team beeinflussen würde, wenn sie es herausfanden oder dass das Management vielleicht nicht so unterstützend war, wie ich mir das wünschte. Die Railers waren ein ziemlich neues Team, das einer Menge Erwartungen gerecht werden musste. Das hier war der Beginn von etwas, von dem jeder hoffte, dass es ein langlebiges Franchise sein würde, aber eines, das noch eine Menge Kreuze neben seinem Namen hatte.

„Das werde ich", versprach ich.

ICH VERLIESS das Training und duschte, zog eine saubere Jogginghose und mein Railers Hockey T-Shirt an. Mir gefällt das Dunkelblau, das sie für die Teamfarben ausgewählt haben. Mit dem Weiß und Gold stachen wir, was das Aussehen betraf, die anderen Teams aus. Zumindest dachte ich das. Natürlich rührte das vor allem daher, dass ich Ten in der Uniform beobachtet hatte, darum war ich wahrscheinlich voreingenommen.

Die Tür zum Bereich der Coaches öffnete und schloss sich schnell und ich wirbelte herum, sah Ten in meinem Bereich stehen.

„Mads", fing er an.

„Du solltest nicht hier drin sein", sagte ich. Denn ja, in diesem Moment sollte ich an die Regeln denken. Tens dunkle Haare waren feucht, aus seinem Gesicht geschoben, seine wunderschönen Augen direkt auf mich gerichtet.

„Ich wollte dich vor diesem Treffen etwas fragen." Er sah besorgt aus, als ob er dachte, wir würden nicht in der Lage sein, mit dem fertig zu werden, was wir tun mussten.

Ich schluckte, als er seine Lippen mit seiner Zunge befeuchtete. Eine nervöse Geste und nur diese kleine Bewegung machte mich hart. Jesus.

„Was?"

„Hast du… Ich glaube nicht, dass du es hast, nicht wirklich, aber…"

„Spuck es aus, Ten."

„Brady hat diese Nachricht hinterlassen, dass er mit dir geredet und du einfach aufgelegt hast. Hast du ihm von mir erzählt?" Schmerz stand in Tens Augen. Er sah sowohl verwirrt als auch besorgt aus und ich wusste, dass er das Schlimmste erwartete. Dieses Geheimnis zu tragen, fraß ihn wahrscheinlich von innen her auf.

Ich streckte die Hand aus und berührte seinen Arm – kurz, weil jeden Moment jemand hereinkommen konnte. „Das würde ich niemals tun", versicherte ich ihm.

Ten entspannte sich. „Ich muss es ihnen bald sagen, wenn ich…" Er sah mich wieder an, dann wandte er seufzend den Blick nach links und rechts, ehe er einen Kuss auf meine Lippen drückte. „Ich sehe dich oben", sagte er und ging.

Und ich stand da und sah zu, wie er wegging, mit so viel Verwirrung in meinen Gedanken. Ich berührte, ganz Klischee, meine Lippen mit meinen Fingern, als ob ich den Kuss anfassen könnte, der dort zurückgelassen worden war. Mein Brustkorb war eng und ich hatte das Gefühl, als ob dieser eine Kuss viel mehr bedeutete, als ich mir vorgestellt hatte.

War das mehr als Lust? Ließ ich mich viel zu sehr auf einen Mann ein, der eine Dekade jünger war als ich und eine Familienverbindung, die durch Freundschaft noch verkompliziert wurde, mit sich brachte?

Zur Hölle, was auch immer es war, es machte mir verdammt viel Angst.

Kapitel Acht

TENNANT

TREFFEN MIT DEM MANAGEMENT. Abgehobener Name dafür, sich dem GM und anderen im oberen Management zu stellen und ihnen zu sagen, dass man schwul ist. Als ich auf die Tür starrte, die mich vom Besitzer, dem GM und wer weiß, wem sonst noch trennte, wuchs der Drang, mich zu übergeben. Dann berührte jemand meinen Handrücken. Mein Blick flog nach rechts.

Mads lächelte mich an. „Ich werde an deiner Seite sein."

Jedes Atom in meinem Körper summte. Ich wollte nichts mehr, als seine Hand zu nehmen und sie während des ganzen Treffens halten. Aber wir konnten das nicht machen, wegen der Regeln…

„Danke." Ich entdeckte Connor, der zu uns gelaufen kam.

„Er ist der Repräsentant der Spielerunion", erklärte Mads schnell. „Connor, danke, dass du gekommen bist. Du weißt, warum du hier bist?", fragte er, während er und Hurleigh sich die Hände schüttelten.

„Ich kann es mir ziemlich genau vorstellen." Connor streckte seine Hand aus. Ich schlug meine Handfläche auf seine. Er ging nicht ins Detail.

„Danke."

Ich hatte mir schon gedacht, dass mein Geheimnis kein großes Geheimnis mehr war, aber zu hören, dass Connor sich vorstellen konnte, was es war, machte mich noch nervöser. Redeten alle Jungs über den Queeren in ihrem Team? Sahen sie mich anders, weil wir alle wussten, dass schwule Männer weibisch sind und nicht Hockey spielen können? Ugh. Meine Eingeweide waren jetzt in sich verknotet.

Mads klopfte mir auf den Rücken. Das war nicht, was ich von ihm wollte – oder brauchte, aber für den Moment war das alles, was er mir geben konnte. Ich drückte meine Schultern nach hinten und klopfte. Ich konnte es genauso gut hinter mich bringen. Mein Anzug fühlte sich heiß an, das Hemd kratzig, meine Krawatte zu eng. Ein Typ in einem Anzug, der viel mehr kostete als meiner, öffnete die Tür. Ich betrat das Sitzungszimmer. Es war mit älteren weißen Männern in Anzügen gefüllt. Die Wände waren mit dunklen Holzpaneelen getäfelt. Der dicke Teppich saugte unsere Schritte auf. Eine Vase mit Blumen stand in der Mitte eines ovalen Tisches aus Kirschholz. Finger berührten meinen unteren Rücken. Ich wusste, ohne hinzusehen, dass es Mads war. Seine Berührung stellte Dinge mit mir an…

Der Typ, der die Tür geöffnet hatte, schloss sie und

setzte sich wieder. Ich entdeckte den Besitzer ganz am anderen Ende des Tisches. Er trank Eiswasser und starrte mich an. Ich räusperte mich.

„Ich bin Tennant Rowe." *Ich bin mir sicher, dass sie wissen, wer du bist, Dummkopf.* „Und ich bin schwul." *Ich wette, das wussten sie auch. Ja. Niemand ist überrascht. Du kannst jetzt Kekse verteilen.*

„Kudos dafür, dass du all das Gewäsch ausgelassen hast und direkt zur Sache gekommen bist", flüsterte Mads.

Connor trat vor und begann, für mich zu reden. Ich schaute zu Mads und sah alle möglichen Emotionen in seinen atemberaubenden, sexy Augen.

Es wurde sehr viel geredet, das meiste unglaublich politisch korrekt und mich und andere LGBTQ- Spieler, die vielleicht im Team waren, unterstützend. Ich schüttelte jedem Typen am Tisch die Hand. Wir redeten über Hockey. Dann wurden Mads, Connor und ich zur Tür geleitet.

„Das haben sie gut aufgenommen", bemerkte Connor, als wir zum nächsten Aufzug gingen. Die oberen Stockwerke des Stadions waren immer voller Angestellter und Manager. „Natürlich haben sie nicht wirklich eine Wahl. Sie können dir nicht sagen, dass du dich vom Acker machen sollst. Du hast einen Vertrag. Ich glaube nicht, dass schwul zu sein irgendwelche Moralklauseln verletzt. Wenn du mich aber aus irgendeinem Grund kontaktieren musst, weißt du, wo du mich finden kannst. Ich werde auf dem Eis sein und versuchen, dir einen Schritt voraus zu bleiben."

„Ja", murmelte ich, fühlte mich ein wenig beschämt,

weil ich den Mann so unter Druck setzte. Wir schüttelten die Hände, dann ließ Connor mich und Mads an einem Fenster stehen, das auf den Parkplatz hinauszeigte, der das Stadion umgab.

„Fühl dich nicht schlecht, weil du seine Position willst, Ten. So ist der Sport. Er wusste, dass du ihm auf den Fersen sein würdest."

„Er ist aber ein netter Kerl", wandte ich schwach ein. Mein Magen war immer noch in Aufruhr.

„Ja, das ist er. Und du hast das Talent, von dem er sich wünscht, dass er es hätte." Mads lehnte eine Schulter gegen den Fensterrahmen. Er sah seriös aus in einem dunkelblauen Anzug, der die Flecken dunkleren Blaus in seinen Augen zur Geltung brachte.

Ich schaute mich in dem protzig dekorierten Flur um. „Was ist mit uns?"

„Wir sind eine nukleare Explosion, Tennant."

Autsch. „Und du willst diese Art negative Auswirkungen nicht in deinem Leben, oder? Du willst absolut sicher sein, während du dich unter deinem kleinen Metallschreibtisch versteckst."

„Schau, ich glaube nicht, dass du mich nach einem Kuss so verdammt gut kennst", presste er hervor. „Hast du auch nur die geringste Ahnung, was mit dir auszugehen mit meiner Karriere anstellen könnte?"

„Nein."

„Ich auch nicht, aber ich muss in Betracht ziehen, dass es *keine* Beförderung sein wird."

Ich atmete aus, schluckte dann, hoffte, die rebellierende Säure in meinem Magen würde sich endlich beruhigen. Mich zu übergeben stand nicht auf der Liste der Dinge, die ich vor Mads tun wollte. Der Parkplatz war verdammt faszinierend.

„Schon gut, ich hab's kapiert. Ich werde mich zurückziehen." Gott, das schmerzte viel mehr, als es sollte, wenn man bedachte, dass wir lediglich einen Kuss geteilt hatten. Einen flammend heißen Kuss…

„Ich habe nicht gesagt, dass ich das will." Mein Blick flog vom Asphalt zu Jared Madsen. „Jesus, wenn du mich so ansiehst, will ich…" Er schaute zur Decke auf und dann zurück zu mir. „Nun, dann will ich Dinge tun, die wir wahrscheinlich nicht in einem Flur vor dem Büro des Besitzers tun sollten."

„In Ordnung. Ich verstehe. Also, äh, wo stehen wir? Was uns betrifft?" Erregung blubberte in meinem Brustkorb. Das, zusammen mit dem Gefühl der kochenden Säure, war nett. So gar nicht.

„Wir werden sehen, wohin uns das führt." Er lächelte mich sanft an. „Und wir werden es langsam angehen, Tennant."

„Cool, gut. Ich kann langsam."

Er sah so aus, als würde er mit nicht glauben.

LANGSAM WAR BESCHISSEN. Im Ernst, es war grauenhaft. Offensichtlich waren mein langsam und das langsam von Mads Welten voneinander entfernt. Sein langsam beinhaltete nichts, außer hie und da eine Berührung, lange Blicke und heimliches Lächeln. Mein langsam hätte uns zumindest zu glitschig-heißem, Eier klatschendem Sex geführt. Ich verbrachte jetzt mehr

Zeit damit, mir unter der Dusche einen herunterzuholen, als bevor er gesagt hatte, dass wir sehen würden, wo das hinführen würde. Wenn wir nicht bald mit etwas körperlichem Scheiß anfangen würden, würde ich in einem gepolsterten Raum in der nächsten Psychiatrie enden.

Vielleicht war aber nicht flachgelegt zu werden – oder auch nur geküsst – gut für mein Spiel. Früher hatten die alten Coaches das gedacht. Darum spielte ich wie ein verdammter Dämon, zerstörte jeden in meinem Weg und traurigerweise gehörte dazu auch Connor, der gute Kerl. Es war nicht persönlich, aber er stand zwischen mir und der Position als Center im ersten Block. Ich hatte ihn während der Vor-Saison vorgeführt und jetzt, da wir das letzte Vor-Saisonspiel gegen Carolina absolviert hatten, blieb für Benning nur noch, seine letzten Schnitte zu setzen und sich für eine Anfangsaufstellung zu entscheiden. Wenn dieser Hurensohn mich nicht in den ersten Block steckte, würde ich –

„Mehr Bälle."

Stans tiefe Stimme riss mich brutal aus meinen wütenden Tagträumen. Zehn von uns hatten sich in meinem Hotelzimmer versammelt. Ein für die Saison später tropischer Sturm war über North Carolina hereingebrochen. Unsere Reise war darum abgesagt worden, bis der wirbelnde Sturm sich über Nacht verzogen hatte, darum saßen die Railers hier, spielten Pokémon Evolutions und träumten davon, in den Block zu kommen, den sie wollten oder flachgelegt zu werden. Ich trank eine weitere Dose Mountain Dew Code Red.

Es war meine vierte. Ich hatte das Gefühl, dass ich wie Spiderman die Wände hochgehen konnte.

„Ten, bist du dabei?", erkundigte Addison sich. Er hatte sich letzte Woche der Trainingsgruppe angeschlossen und war verdammt gut. „Du kommst mir unaufmerksam vor."

Ich warf meine Trainingskarten auf den Tisch und stand auf. „Zu viel Dew. Ich stehe unter Strom."

Die Jungs lachten leise und machten ohne mich weiter.

Ich ging im Zimmer auf und ab wie ein Puma im Käfig. „Ich werde versuchen, es rauszulaufen. Stan, du nimmst meine Bälle."

„Mega, Mann!", sagte der große Russe, nahm dann meine Karten vom Tisch.

Das Lachen verklang, als ich die Tür hinter mir schloss. Diese Gruppe zu gründen war eine gute Idee gewesen. Ich war einigen der Spieler viel näher gekommen, seit wir angefangen hatten zu spielen. Es war nur schade, dass wir keinen der älteren Spieler ködern konnten.

Ich fing an, den Flur entlangzugehen. Das verbrannte die Limo nicht schnell genug, darum joggte ich auf und ab. Als ich vier Runden gelaufen war, war ich ein wenig außer Atem aber immer noch hibbelig. Ich tat, was jeder Mann, der hellwach war und unter dem Einfluss von vier Dosen Dew lief, tun würde. Ich fuhr in den vierten Stock, wo die Coaches ihre Zimmer hatten, und klopfte an die Tür des heißesten Verteidiger-Coaches in der Ost-Division.

Mads öffnete die Tür in nichts als seiner Anzughose

und einem offenen Hemd. Ich hatte mir zumindest meine Jeans und mein Lieblings-T-Shirt von *Doctor Who* „Fliegen sind Cool!" angezogen, nachdem wir ins Hotel gekommen waren. Nicht, dass ich mich beschwerte, weil er so halb angezogen verdammt gut aussah.

„Hey, Tennant, was ist los?"

Er sah schockiert und mehr als ein wenig auf der Hut aus. Strahlte ich Perversion ab oder so?

Lief mir Speichel aus dem Mund? Scheiße, er sah so gut aus…

„Ich wollte mit dir über… äh, über die Verteidiger reden, wenn sie in der neutralen Zone spielen und wie das die Stürmer beeinträchtigt." Da, das klang offiziell für den Fall, dass irgendjemand lauschte.

Er musterte mich nervös, als ob ich etwas Gefährliches wäre, das an seiner Tür geklopft hatte. Ein Lustdämon oder Succubus. Konnten Kerle Succubi sein?

„Komm rein", sagte er, wich dann zurück, damit ich eintreten konnte.

Sein Zimmer sah genauso aus wie meines. Das übliche Hotelbraun, Blau und Weiß. Es roch nach ihm. Nach seinem Rasierwasser und seinem einzigartigen Duft.

„Ich habe gerade ein paar Spiele für die Verteidiger ins Diagramm gebracht. Ich wäre froh, deine Sicht auf sie zu hören, da es anscheinend ein Problem mit -"

Ich sprang ihn an. Hungrig und verzweifelt flog ich auf ihn zu, klammerte meine Hände an die Seiten seines Kopfes. Ein Laut der Überraschung entkam ihm, bevor ich seinen Mund mit meinem bedeckte. Ich spürte, wie er sich versteifte. Als würde er mich gleich von sich stoßen. Nein. Diesen Scheiß würden wir jetzt nicht machen. Ich leckte am Saum seines Mundes, dann an den Mundwinkeln. Er öffnete ihn für mich und ich tauchte ein, hungerte jetzt danach, ihn zu schmecken. Sein Mund war feucht und heiß und schmeckte nach Kaffee. Mads grunzte. Der Laut verstärkte meine Leidenschaft noch. Ich saugte an seiner Zunge, bis ich die Reaktion bekam, die ich wollte. Als es passierte – seine Arme sich um meine Taille legten – ließ ich seinen Kopf los und packte seinen Hintern. Wild auf seine Berührung rieb ich mich an ihm, schob meine Erektion in seinen Bauch. Der Mann stöhnte erneut in Antwort darauf. Ich umfasste seinen Schwanz.

„Mein Gott, du bist wie ein Erdhörnchen, das mit Red Bull vollgepumpt wurde." Mads kicherte atemlos, versuchte, meine Hände von seinem Gemächt und seinem Hintern zu lösen.

„Ich weiß, es tut mir leid." Meine Hände bewegten sich über ihn, waren gierig auf jede Berührung, die sie bekommen konnten. „Es ist nur… ich träume schon seit Wochen davon. Du und ich… wie wir das hier tun, berühren, küssen, in dein Bett fallen. Ich stehe unter Strom und will dich anfassen. Ich brauche mehr als nur ein Lächeln während eines Trainingsspiels, Mads."

„Ich verstehe das Bedürfnis." Er hielt meine Handgelenke, drückte dann mehrere Küsse auf meinen Mund. „Ich wollte das auch, aber wir gehen es langsam an, erinnerst du dich?"

„Warum langsam? Ich bin jetzt bereit."

Da er meine Hände hielt, beugte ich mich einfach

vor und leckte an seinem Mund. Er lenkte mich zum Bett, mit den Fingern um meine Handgelenke, küsste mich voller warmer Leidenschaft. Seine Einstellung zum Sex war träge und faul. Es machte mich verrückt.

„Hast du das schon einmal gemacht?", fragte er, schob mich dann in eine sitzende Position auf der Bettkante.

Ich warf ihm meinen schmutzigsten Blick zu, griff dann nach seiner Gürtelschnalle.

Er löste meine Finger geduldig von seinem Gürtel. „Ich hätte gerne ein wenig mehr Information als nur diesen finsteren Blick."

„Ugh, ja. Ich habe schon Schwänze gelutscht."

„Hattest du schon einen Mann in dir?"

Ein Rumpeln des Begehrens durchfuhr mich. Anstatt mich auf seinen Schwanz zu stürzen, weil er auf einmal einen auf Mr. Keusch machte, öffnete ich sein Hemd ein wenig weiter, entblößte eine weite Fläche haarigen Brustkorbs und festen Bauches. Mein Schwanz pulsierte im Gleichklang mit meinem Herzen. Ich drückte einen Kuss auf seinen Bauch, dann einen auf seinen Brustkorb, meine Daumen baumelten über seinem Gürtel. Sanfte, tiefe Laute rollten aus ihm heraus, jedes Mal, wenn ich meine Lippen an seine Haut drückte.

„Tennant, hattest du schon jemals einen Mann in dir?"

„Einmal", gab ich zurück, leckte um die Kante seines Nabels.

Er legte eine Hand auf meinen Kopf, murmelte etwas über meine Haarwirbel oder so. Ich schaute zu ihm auf, stellte fest, dass er mich anstarrte. Er stand total auf das, was ich da machte. Unsere Blicke begegneten sich, meine Zunge kam hervor, um seinen Nabel zu schmecken.

„Nur einmal? Hast du ein Kondom benutzt?"

Ich setzte mich aufrecht hin. „Du weißt, dass ich regelmäßig getestet werde. Du hast die medizinischen Akten aller Spieler gesehen."

„Zunächst einmal weiß ich das. Ich weiß auch, dass du ungeschützten Sex am Montag gehabt haben kannst und am Dienstag getestet wurdest. Also, wann war es und hast du Kondome benutzt?"

„Ja. Es ist ewig her und Jesus, du klingst wie meine alte Biologielehrerin aus der High-School. Können wir das alles nicht überspringen und zu dem Teil kommen, wo du deinen Schwanz in mich steckst?"

„Nicht heute Abend", gab er zurück, schob sich sein Hemd von den Schultern.

Jetzt wurde es ernst. Es gefiel mir zu sehen, wie es zu Boden flatterte. Ich *liebte* es sogar noch mehr, seinen nackten Brustkorb zu sehen.

Ich zog mir mein T-Shirt aus und warf es zur Seite, rutschte dann auf dem Bett nach hinten. „Warum nicht heute Nacht?"

„Weil ich denke, dass wir es langsam angehen sollten."

Ich brach mit einem dramatischen Seufzen auf der Matratze zusammen. „Mads, langsam ist beschissen. Was, werden wir uns nur streicheln und aneinander reiben, als wären wir vierzehn oder so?"

Ich hörte, wie sein Gürtel auf den Boden traf. Ich

schloss meine Augen, begierig darauf, mehr zu hören. Der Klang seines Reißverschlusses, der nach unten gezogen wurde, folgte. Meine Haut juckte. Meine Eier wurden schwer. Das leise Rascheln seiner Hose, die an seinen Beinen nach unten glitt, erfüllte das Zimmer. Dann gab das Bett nach. Sein Gewicht und die heiße Wärme seines Körpers, der eng an meine Seite gepresst war, war alles, was ich brauchte. Ich rollte meinen Kopf, um ihn anzusehen, und öffnete meine Augen. Und verlor mich auf der Stelle vollkommen an ihn. In seinem Blick stand so viel. Hitze und Lust, klar, aber auch andere Dinge. Ein klein wenig Furcht und jede Menge Zärtlichkeit.

Ich musste ihn berühren, aber er schüttelte den Kopf, als ich die Hand nach ihm ausstreckte. Stattdessen legte er seine Hand auf meinen Bauch, flache Handfläche auf Körpermitte.

„Du zitterst", murmelte er.

„Ich will…"

Eine Million Dinge, aber wie sollte ich ihm das sagen? Wie konnte ich ausdrücken, dass ich ihn auf eine Weise wollte, wie noch niemanden zuvor? Dass ich von ihm geträumt hatte, von diesem Moment, von seinem Mund auf meiner Braue und seinem Schwanz in mir. Von seinem Atem in der Nacht an meinem Hals und seinem Lächeln über den Eiern am Morgen? Wie? Wie konnte ich ihm all das sagen?

„Das will ich auch", flüsterte er, glitt dann mit seinen Lippen über meine.

Meine Finger tauchten in seine Haare, während seine Zunge eine tiefe, heiße Erkundung meines Mundes vornahm. Ich zog leicht, bekam dieses leise Grunzen der Zustimmung, das ich schon zuvor erhalten hatte, wenn ich das machte. Ich wölbte meinen Rücken vom Bett, um meinen Schwanz in Mads' Hand zu stoßen.

„Gott, aber ich will", knurrte er, nachdem er meinen Mund verlassen hatte, um meine Kehle zu kosten.

„Berühr mich", keuchte ich, meine Finger in seine Haare geflochten.

Mads hielt sich aber an sein Versprechen, der Arsch. Obwohl ich mich aufwölbte, weigerte er sich, meinen Schwanz zu berühren. Er rieb harte Kreise über meinen Brustkorb und meine Schultern, zog mich auf die Seite und warf dann ein fleischiges Bein über meine Hüfte. Ich knabberte an seiner Unterlippe, neigte meinen Kopf nach hinten, um an seinem Adamsapfel zu saugen, und kreiste verführerisch an seinem Schwanz, der gegen seine Unterwäsche drückte.

„Ich muss diese Jeans loswerden."

„Lass sie noch ein wenig länger an." Er küsste meinen Kiefer, mein Schlüsselbein, fuhr dann mit der Zunge über einen Nippel, während er die ganze Zeit über mit seinen Hüften gegen mich stieß. „Ich denke, zuzusehen, wie du in deiner Hose kommst, wäre unglaublich sexy."

„Oh, Jesus", stöhnte ich, pumpte meinen Hintern, um die Reibung meines Schwanzes an seinem aufrechtzuerhalten. „Du wirst mir einen runterholen, oder? Bitte, verdammt, Mads, du musst mich anfassen."

„Nicht heute Nacht. Heute Nacht... Ist es nur das." Er senkte seine Hand auf meinen Oberschenkel, packte den fleischigen Teil und zog heftig an meinem

Bein, um jeden Stoß zu intensivieren, den er an mir machte. „Das nächste Mal können wir weitergehen." Ihn das sagen zu hören, brachte mich an den Rand. „Ich will, dass es bei uns um mehr als nur Ficken geht, Tennant."

Ja. Das waren die magischen Worte, wie es schien. Nicht etwas Verruchtes, wie man es in einem Schwulenporno hörte. Nein. Ich explodierte, weil Mads mir gesagt hatte, dass er mehr als Sex mit mir wollte. Er hielt mein Bein mit festem Griff, während ich mich wand und wimmerte. Seine Lippen fingen meine, schluckten die Laute eines Mannes, der im Orgasmus verloren war, was sehr klug von ihm war. Wir *befanden* uns in einem Hotel und der Head Coach schlief auf der anderen Seite der Wand.

Als das Beben nachließ, hob er den Kopf und ließ meinen Oberschenkel los.

„Scheiße… das war intensiv." Ich schnaubte, drückte mich dann etwas fester gegen ihn. „Du bist dran."

„Ich muss nicht jedes Mal kommen, wenn wir zusammen sind", sagte er zwischen sanften Küssen, die er auf meinen Bizeps drückte.

„Nun, doch, das musst du. Das ist irgendwie der Sinn der Sache", gab ich zurück und bekam dafür eine Art Zischen.

Wunderbar. Miss Perkins, die Biologielehrerin kam mit einem weiteren Vortrag zurück, der mich innerhalb von Sekunden über meinem Buch einschlafen ließ.

„Oh, ungestüme und geile Jugend", zog er mich auf.

Ich stieß ihn auf seinen Rücken und kletterte auf ihn, meine Hüftknochen direkt auf seinem Schwanz. Er saugte Luft durch seine Zähne ein, als ich seinen Schwanz aus Versehen – mit Absicht anstupste.

„Tennant, dir entgeht hier irgendwie das Wesentliche. Sich zu lieben dreht sich nicht nur um den Orgasmus."

„Du willst also *nicht* kommen?"

Er sah zu mir auf, ein Lächeln umspielte seine Lippen. „Ja, natürlich will ich das, aber das muss nicht jedes Mal das einzige Ziel sein."

„Du *willst* also kommen?"

Sein Lachen war ehrlich und brachte mich zum Grinsen. „Ja, Tennant, ich würde gerne kommen, aber zu sehen, wie du dich während deines Orgasmus unter mir gewunden hast, war unglaublich erotisch."

„Das hat dir gefallen, huh?" Ich wackelte mit meinem Hintern. „Hattest du Fantasien, mich zum Kommen zu bringen, Mads?"

„Jede verdammte Nacht." Er zog meinen Mund zurück zu seinem. Ich wurde ganz wild und hungrig, saugte an seiner Zunge, während ich mich an ihm rieb. „Ich habe mir auch zu diesen Fantasien einen heruntergeholt."

„Sag bloß", keuchte ich über seinen Lippen, meine Hüften stießen hart in ihn. Ich spürte, wie ein Schauder seinen Körper durchfuhr. „Fuck, das ist heiß." Ich stupste meine aufkeimende Erektion gegen seinen Schwanz.

„Christus, du bist schon wieder beinahe hart."

Daraufhin fing er an, meine Jeans zu bearbeiten. Begieriges, hartes Ziehen an dem Stoff, bis er über meinen Hintern geglitten war. Ich wand mich aus dem

Denim, sprang dann zurück ins Bett. In diesem Moment sah ich seine Eichel aus dem Saum seiner Unterwäsche hervorlugen. Meine eigene Unterwäsche fühlte sich erneut eng an.

Mads packte meine Hüften und hielt mich fest. Dann fing er an, mir auf sich einen herunterzuholen. Der Kontakt und das Rascheln von Baumwolle waren unerträglich köstlich, genau wie seine brennenden Küsse und die Art, wie er nach oben pumpte, wenn ich nach unten kam. Wenn er nur zulassen würde, dass ich meinen Mund auf ihn legte. Er rollte mich ohne Vorwarnung auf meinen Rücken, seine Augen brannten vor Begehren, als ich mein Bein zwischen seine schob. Den Mund über meinem versiegelt, fing er an, mich hart trocken zu ficken. Das Bett donnerte bei jedem kraftvollen Stoß gegen die Wand. Ich krallte über seinen Rücken und seine Arme, versuchte, genügend Luft in meine Lungen zu bekommen. Dann kam er. Sein Kopf fiel auf meine Schulter und all seine harten Muskeln spannten sich an. Ich spürte, wie sein Schwanz zuckte, dann die heiße Flut von Wichse, die sich in unsere Unterwäsche saugte. Meine Eier zogen sich erneut zusammen und ich stürzte wieder von der Klippe.

„Tennant, du wirst mich umbringen", flüsterte er neben meinem Ohr, dann nahm er das Ohrläppchen zwischen seine Zähne.

Dieser spontane Kommentar erschreckte mich. „Ist es dein Herz?"

Natürlich wusste ich von seinem Zustand. Jeder in der Familie – zur Hölle, jeder in der Welt des Profi-Hockeys – wusste von seinem Herzen. Und ich hatte ihn dazu gedrängt, Sex zu haben. Was, wenn er keinen Sex haben durfte?

„Scheiße, es tut mir leid. Solltest du das nicht tun? Bekommst du einen Herzinfarkt?!"

„Tennant, nein, es geht mir gut. Das war ein Witz." Er knabberte spielerisch an meinem Kiefer.

„Verdammt, Mann, tu mir das nie wieder an." Ich dachte, ich würde vor Erleichterung ohnmächtig werden.

„Das werde ich nicht, versprochen. Aber du wirst mich fertigmachen."

„Du wirst mit einem Lächeln sterben, Mads." Mit etwas Humor zu antworten war gut – es beruhigte die Panik ein wenig. Ich hoffte, es war für ihn in Ordnung, Witze darüber zu machen. „Ich habe mit dem Sterben nur Spaß gemacht." Ich stützte mich auf die Ellbogen, damit ich meinen Mund auf seinen pressen konnte. „Du weißt, ich habe nur Spaß gemacht…"

„Ich weiß", murmelte er zwischen sanften, suchenden Küssen.

Ich fiel erleichtert zurück auf das Bett, Jared kuschelte sich an mich, sein Gewicht unglaublich reizvoll, als es sich über mich legte.

Und so fingen die Trockensex-Sessions zu Hause an. Wenn wir unterwegs waren, gab es kein Petting mehr. Mads hatte diese Regel nach dieser einen Nacht aufgestellt und ich konnte es irgendwie verstehen. Wir bewegten uns mit dieser Beziehung auf einem schmalen Grat…, wenn es das überhaupt war. Mit unseren Hosen im wahrsten Sinne des Wortes um die Knie erwischt zu werden, wäre ein riesiges Problem für Mads und das

Team. Zu wissen, dass er nur wenige Türen entfernt war, wenn wir unterwegs waren, war reine Folter. Wenn wir zu Hause waren, hielt ich mich bei ihm auf, weil ich nur ein Klavier und eine PlayStation besaß, was er die ganze Zeit über erwähnte. Ich fand seine Sorge über meine mangelnde Inneneinrichtung lustig.

Mads war anders als jeder andere Liebhaber, den ich je gehabt hatte. Er war zärtlich, methodisch, geduldig und entschlossen, die Dinge L-A-N-G-S-A-M anzugehen. Er hatte Humor, war schlagfertig, clever und vergötterte Ryker. Die einzige Beschwerde, die ich hatte, war, wie langsam Jared Madsen sich wirklich bewegte. Ich hatte gedacht, langsam würde bedeuten, ein oder zwei Dates, ehe wir mit dem wilden Sex anfingen. Nein. Bei Mads bedeutete, es langsam anzugehen, sich mit der Geschwindigkeit eines verdammten Gletschers zu bewegen.

„Ich will nicht, dass du es bereust, mit einem alten Mann zusammen zu sein", sagte er, wann immer ich bettelte, bat oder verlangte, dass er mich fickte oder mir zumindest erlauben würde, seinen fetten, unbeschnittenen Schwanz zu lutschen. Ich hatte ihm mehrmals während dieses langen, unglaublichen Monats gesagt, dass ich auf gar keinen Fall je so empfinden würde, aber er blieb bei seinen Prinzipien. Und dabei lernte ich etwas darüber, mir Zeit zu lassen, meinen Partner zu erfreuen und mich nicht nur auf den Hauptpreis zu konzentrieren. Jedes Mal, wenn wir in den Armen des anderen kamen, kam ich dem Mann ein wenig näher, vertraute ihm ein wenig mehr und verliebte mich ein wenig mehr.

. . .

ER UND ICH brauchten eine lächerliche Menge an Unterwäschen zwischen Mitte September und Halloween, aber ich beschwerte mich nicht. Na ja, nicht zu sehr. Na schön, ich nörgelte ständig. Dann kam das erste Wochenende im November und mit ihm das Wissen, dass wir bei einem Sonntagsnachmittagsspiel gegen Boston und Brady spielen würden.

Brady würde irgendwann spät am Samstag ankommen. Wir würden uns bei diesem clubartigen Pub am Capitol treffen und gemeinsam zu Abend essen. Brady wollte vor allem nach mir sehen und sich mit Mads unterhalten, nahm ich an. Was auch immer. Ich war zu sehr damit beschäftigt Coach Benning dazu zu bringen anzuerkennen, wie viel besser ich für den ersten Block geeignet war, als mir Sorgen darüber zu machen, dass Brady versuchte, mein Leben zu organisieren. Benning, der dumme Scheißer, hatte diese mentale Blockade, dass die alten Veteranen spielen sollten, ganz egal, ob er jemanden hatte, der schneller, jünger, stärker und hungriger war. Es machte mich – und mehrere Sportjournalisten – verrückt.

Während ich saubere Kleidung in einen kleinen Koffer stopfte, zirpte mein Handy. Es war meine Mutter. Schuld überflutete mich auf der Stelle. Ihre Anrufe waren in den letzten sechs Wochen in neun von zehn Fällen auf den Anrufbeantworter gegangen. Nicht, dass ich nicht mir ihr reden wollte. Das wollte ich. Es war nur Mads. Wirklich, Mads und Hockey waren jetzt mein Leben. Aber trotzdem, sie war meine Mom…

„Hallo Mom", sagte ich fröhlich und aufgekratzt.

„Tennant, ich versuche seit Tagen, dich zu erreichen. Was bringt es, ein Handy zu haben, wenn du nie rangehst? Dein Vater hat angefangen, sich Sorgen zu machen, dass du irgendwo in einem Straßengraben liegst."

„Genau, Dad hat sich Sorgen gemacht, dass ich im Straßengraben liege." Ich musste über sie lachen. Ich warf eine Handvoll sauberer Unterwäsche in meine Tasche.

„Werd nicht frech. Es gibt zwei Gründe, warum ich anrufe. Einer war, dich zu fragen, ob du Klavier gespielt hast. Und?"

Ich warf einen Blick auf mein staubiges Klavier. „Nein, nicht in letzter Zeit." *Ich war zu sehr damit beschäftigt, Hockey zu spielen und mich an Mads zu reiben, Mom.*

„Das hatte ich befürchtet. Leg hin und wieder die Steuerung der PlayStation beiseite und spiel auf diesem Klavier. Du wirst es mir eines Tages danken."

Ich verdrehte die Augen, murmelte aber etwas, um sie zu beruhigen.

„Zweitens, du erinnerst dich an Jennifer Gates?"

Ich erstarrte mit einem sauberen T-Shirt in meinen Händen. „Äh, ja…"

„Sie hat gerade ihr Studium abgeschlossen und ist nach Hause zurückgekommen, um im Kindergarten in deiner Grundschule anzufangen. Ist das nicht aufregend? Sie wohnt bei ihren Eltern, bis sie ein Apartment findet. Nun, du weißt, wie viel dein Dad und ich immer von Jennifer gehalten haben, darum habe ich sie und ihre Eltern zum Thanksgiving Essen eingeladen. Tennant? Honey?"

„Ich… äh, ich bin da, Mom, ich denke nur nach."

Ich ließ das T-Shirt, das ich gepackt hatte, in meine Tasche fallen. Jennifer Gates. Nette, süße, lebhafte Jennifer. Meine Tarnung während der High-School. Zur Hölle, ich hatte in der Nacht der Junior Prom sogar mit ihren Brüsten gespielt, nur um die Täuschung aufrecht zu erhalten. Als sie nach Colorado gezogen war, um ihr Studium in Erziehung zu machen, hatte ich so getan, als würde ich sie vermissen, wie ein fester Freund seine Freundin vermissen würde. Meine Augen schlossen sich. Mom fing an, über alte Zeiten zu reden und dass Jennifer immer so klug und clever gewesen war. Oh, und ihre großen braunen Augen funkelten immer.

„… nachdem wir gegessen und den Abend miteinander verbracht haben. Vielleicht könnt ihr beide das Feuer wieder entfachen?"

Ich öffnete meine Augen und starrte auf die Tasche, die ich packte, um zu Mads zu gehen. „Mom, können wir einen Videochat machen?"

„Oh, sicher. Lass mich meinen Kaffee holen." Sie eilte davon.

Ich setzte mich neben meine Tasche. Die Tasche, in der sich die Kleidung befand, die ich mit zu meinem Geliebten nehmen würde. Wow. In Ordnung. So hatte ich das nicht geplant. Tatsächlich hatte ich es gar nicht geplant.

„Okay, ich bin wieder da. Dad sagt Hallo."

„Sag Dad, dass er in der Nähe bleiben soll, ja?"

Ich eröffnete den Videochat, meine Finger zitterten

dabei so sehr, dass ich mein Handy beinahe ein paar Mal hätte fallen lassen. Sie nahm den Anruf an und dann waren sie zu sehen, die Köpfe nebeneinander, und lächelten mich an. Nein. Nein. Ich konnte das nicht. Nicht so. Nicht über das Telefon.

„Hier ist Dad." Mom tätschelte seine Wange. „Er freut sich auch sehr darüber, dass Jennifer nach Hause kommt."

Gut. Ja. Es musste jetzt sein… auf diese Weise. Fuck. Scheiße.

„Mom, Dad, ich bin wirklich froh, dass Jennifer wieder zu Hause ist." Mom zwinkerte Dad wissend zu. „Aber ich werde nicht wieder etwas mit ihr anfangen, weil… nun ja, weil es da nichts gibt, was man wiederbeleben könnte."

„Oh, Tennant", sagte Mom, während Dad vornübergebeugt über ihr stand, seine dunklen Augen auf mich gerichtet. „Natürlich gibt es das. Du hast dieses Mädchen zu jedem Tanz ausgeführt. Sie war bei all deinen Spielen und hat dich angefeuert. Alle wussten, dass ihr beide ein Paar seid. Du und Jen wurdet im Jahrbuch sogar als „Werden höchstwahrscheinlich für immer glücklich zusammen leben" gewählt."

„Sie ist Single, Sohn", mischte Dad sich ein. „Deine Mutter hat gefragt."

„Oh Gott", stöhnte ich.

„Ich habe nicht Jennifer gefragt", erklärte Mom schnell. „Ich habe ihre Mutter gefragt. Du musst immer alle wichtigen Einzelheiten mit angeben", rügte sie sanft den Mann, der hinter ihr stand.

„Mom, das hat nichts mit der Tatsache zu tun, dass sie zur Verfügung steht. Ich tue es nicht."

Sie beide brauchten eine Sekunde, um diese Ankündigung zu verdauen. Sie schockierte mich irgendwie auch, aber jetzt, wo ich es gesagt hatte, fühlte es sich richtig an. Mads war die einzige Person, mit der ich zusammen sein wollte.

„Oh, nun ja, du hast nie erwähnt, dass du dich mit einem neuen Mädchen triffst…"

Ich holte tief Luft und schaute meiner Mutter direkt in die Augen. „Das liegt daran, dass es kein Mädchen ist."

Und alle Luft auf dem Planeten Erde wurde in ein schwarzes Loch gesaugt. Das musste so sein, weil das Atmen verdammt schwierig wurde. Mom sah erschüttert aus. Dad… Dad drehte sicher durch.

„Willst du damit sagen, dass du schwul bist?", fragte Mom schließlich.

Ich saugte einen riesigen Schluck Luft ein und nickte. Mom saß in unserer Küche und sah mich an, als ob sie mich nicht kennen würde. Dad ging weg. Ich spürte Tränen in meinen Augen. Fuck. Mein Vater war gerade gegangen…

„Tennant, Honey, warum hast du uns das nicht früher erzählt? Ich hätte dir Jennifer nicht aufgedrängt, wenn ich… Bruce, komm zurück vom Fenster. Guter Gott, er wird denken, du wärest weggegangen."

Oh. *Mein*. Gott. Er hatte nur auf den Garten geschaut. Das machte er immer, wenn er aus dem Nichts mit irgendeinem Scheiß konfrontiert wurde. Er schaute sich den Garten an, während er alles verarbeitete. Er sagte, dass er den Garten beruhigend fand.

Er hat sich den Garten angeschaut. Er ist nicht weggegangen. Oh verdammt. Ich fing an zu weinen.

„Tennant? Sohn. Oh, Bruce!" Mom fing auch zu weinen an.

„Sohn." Das war Dad. Ich weinte noch heftiger, meine Tränen spritzten auf den Bildschirm meines Handys. „Tennant, nicht weinen. Bitte. Das waren nur... unerwartete Neuigkeiten, das ist alles."

„Ich wollte es euch nicht auf diese Weise erzählen..." Ich hustete, schniefte, dann benutzte ich das T-Shirt, das ich gerade eingepackt hatte, um mein Gesicht und das Handy abzuwischen. „Die Sache mit Jennifer. Mom, ich will nicht, dass sie denkt, da wäre irgendetwas zwischen uns. Das war es nie. Nicht auf diese Weise. Ich habe sie angelogen. Ich habe so viele Menschen angelogen. Dad, bitte geh nicht wieder weg."

„Das werde ich nicht, Sohn. Mach dir keine Sorgen. Niemals."

Das brachte mich dazu, noch lauter zu weinen. Ich bin mir nicht sicher, wie lange Mom und ich dasaßen und flennten und versuchten, zu reden. Wir sagten alle möglichen Dinge, wir drei. Das meiste waren dämliche Entschuldigungen von beiden Seiten. Mir tat es leid, dass ich schwul geboren war und ihnen tat es leid, dass sie keine besseren schwulen Eltern gewesen waren, was mich so heftig Schnauben-Lachen ließ, dass meine Nasennebenhöhlen vibrierten. Dann sagte ich ihnen, dass ich sie liebte. Und sie sagten mir dasselbe.

„Dieser feste Freund", fragte Mom, nachdem die

Tränen langsam auf unseren Gesichtern trockneten. Dad hatte ebenfalls ein wenig angefangen. „Ist er nett? Behandelt er dich gut?"

„Ja, das tut er. Ich fühle mich noch nicht wirklich wohl dabei – mit euch darüber zu reden – aber er ist großartig." Ihnen zu sagen, dass es sich bei dem Mann, mit dem ich zusammen war, um Mads handelte, würde heute einfach nicht passieren. Auf gar keinen Fall konnte ich noch mehr Drama ertragen.

„Vielleicht kannst du mit Brady oder Jamie über ihn reden? Ich nehme an, dass sie es schon seit einer Weile wissen. Eltern sind immer die Letzten, die es erfahren." Mom seufzte. Dad rieb ihre Schulter. Ich hatte ihren Tag ganz sicher durcheinandergebracht.

„Nein, keiner von ihnen weiß es. Nur du und Mads und ein paar aus dem Railers Team und das Management. Nicht das ganze Team, nur der Kapitän. Ich habe mich zuerst vor Mads geoutet. Es gab einen Kampf auf dem Eis." Ich versuchte, es zu erklären. Sie wurden beide richtig wütend wegen der Beleidigung. Und das brachte mich dazu, wieder weinen zu wollen, aber ich hielt die Tränen zurück. „Bitte sagt es Brady oder Jamie nicht. Lasst es mich auf meine Weise machen, in Ordnung?"

„Ja, natürlich, Sohn", beeilte Dad sich zu sagen.

Mom nickte, nahm einen zittrigen Schluck von ihrem Tee. Ich wollte wetten, dass sie beide etwas *viel* Stärkeres trinken würden, sobald dieses Gespräch vorüber war.

„Tennant? Sollen wir GLAAD beitreten?", fragte Dad.

„Oh, Bruce, ich denke, das sollten wir", schwärmte Mom, als ob GLAAD beizutreten die beste Sache seit Erdbeermarmelade oder Sir Elton John war. „Wir können mit Tennant während der Pride-Woche marschieren. Hättest du das gerne, Tennant?"

„Das wäre super."

Ich glaube wirklich nicht, dass ich sie mehr lieben konnte als in diesem Moment. Ich weinte wieder. Sie auch. Ich arbeitete immer noch daran, den Flennenden Ten unter Kontrolle zu bringen, als ich mich endlich so weit im Griff hatte, um zu Mads zu fahren. Das hier war riesig und ich brauchte ihn.

KAPITEL NEUN
Mads

Caseys neueste Textnachricht besagte, dass es ihr gut ging und Entschuldigung, aber ihr Dad, Rykers Großvater, würde derjenige sein, der ihn abholte und nach Hause brachte und dass es vor dem Spiel dieses Wochenende sein würde. Sie war immer organisiert und streng. Sie hatte nicht erlaubt, dass Ryker für das Spiel gegen Boston blieb, hatte gesagt, dass er nach Hause musste, um auf Prüfungen zu lernen, und Ryker hatte nicht widersprochen. Er respektierte seine Mom und obwohl er enttäuscht war, dass er das Spiel verpassen würde, gab er zu, dass er die zusätzliche Zeit zum Lernen brauchte. Casey war eine gute Mutter, verantwortungsbewusst auf eine Art, die ich bewunderte. Sie hasste Ev ebenso sehr, wie ich das tat, musste aber damit umgehen, dass er Teil ihres Lebens war, während ich damit durchkam, ihn zu meiden.

Ich beneidete sie überhaupt nicht.

Die Textnachricht war irgendwann in der Nacht angekommen, aber wir waren erst jetzt gerade aufgewacht, ich immer noch auf dem Sofa, wo Ryker mich irgendwann spät in der Nacht zurückgelassen hatte und er taumelte aus dem Gästezimmer mit einem ernsten Fall von Betthaaren.

Kaffee. Ich brauchte Kaffee, eine Dusche und mehr Kaffee. In dieser Reihenfolge.

Rykers Großvater würde in dreißig da sein, wenn ich die Nachricht richtig gelesen hatte.

„Ich weiß nicht, was mit deiner Mom los ist, aber Großvater holt dich ab", informierte ich Ryker mit einem Gähnen und als er nicht antwortete, schaute ich ihn neugierig an. Er sah schuldbewusst aus, als ob sich einhundert Geheimnisse hinter diesen kristallblauen Augen verbergen würden. „Ryker?", fragte ich.

Er warf einen Blick aus geweiteten Augen auf mich und ging zurück in sein Zimmer.

Es ist zu früh für diesen Scheiß. Auch wenn es schon halb elf ist, ist es immer noch viel zu früh.

Ich machte Kaffee, duschte und hatte immer noch zehn Minuten Zeit, bevor Ev an meiner Tür auftauchte. Ich schnappte mir ein Kissen, um es aufzuräumen, warf es dann wieder auf den Boden zurück. Ich würde die Art, wie ich wohnte, für Ev nicht verändern und meine Wohnung war sauber und heimelig und mein.

Als ich an Rykers Tür klopfte, hörte ich ein gedämpftes „herein" von drinnen und öffnete sie. Das

Zimmer war sozusagen sein Reich in meinem Reich. Die Poster waren von den Railers, alle mit Autogramm, aber er hatte auch ein paar Bilder von mir und ihm zusammen aufgehängt und eines, das seine Mom von uns dreien an seinem fünften Geburtstag gemacht hatte. Dieser Tag wer der allererste gewesen, an dem ich vor dem Gesetz in die Nähe meines Sohnes durfte. Ein wunderschöner Tag. Hockeyausrüstung in der Ecke füllte das Zimmer mit einem abgestanden, schweißigen Geruch, aber es war einer, an den ich gewöhnt war und er war ein männlicher Teenager. Ihre Zimmer stanken.

Ein sehr niedergeschlagen aussehender Ryker saß auf dem Bettrand, trug einen meiner Railers Hockeyjerseys. Das Dunkelblau stand ihm gut, aber er zupfte am Saum und löste die Naht auf.

„Was ist los?", fragte ich und setzte mich neben ihn.

„Es tut mir leid, Dad", murmelte er, sah mich aber nicht an.

Ich war mir nicht sicher, was ich davon halten sollte, dass mein Sohn dasaß und nicht in der Lage war, mir in die Augen zu sehen oder von der Tatsache, dass er mich tatsächlich freiwillig Dad genannt hatte, anstatt wie gewöhnlich Jared.

„Was tut dir leid?"

„Ich habe Großvater erzählt, was du gesagt hast, dass ich in der Schule bleiben sollte, aber er hat gesagt, dass ich nichts von dem tun muss, was du sagst und dass er für alles bezahlen würde, dass ich dein Geld nicht brauche…" Er hörte zu reden auf.

„Er wird wofür bezahlen?", fragte ich, ignorierte das ganze Konzept, dass mein eigenes Kind keinen Zugang zu meinem Geld hatte. Fünfundzwanzig Prozent von allem, was ich verdiente, floss in einen Fonds für Ryker, nicht dass er das schon wusste, nicht, bis er einundzwanzig wurde. Natürlich würde er dann wahrscheinlich schon seine eigenen Millionen verdienen, aber ich war sein Vater und ich sorgte für mein Kind, genau wie ich weitere fünfundzwanzig Prozent jeden Monat an Casey schickte, auf die Sekunde pünktlich.

„CHL", murmelte er.

Ich konnte ihn nicht deutlich verstehen. „Schluss mit dem Gemurmel", schnappte ich, weil ich mich nicht beherrschen konnte.

„Die CHL", sagte Ryker und dieses Mal hob er den Kopf und begegnete meinem Blick und er sah vollkommen aufgewühlt, fix und fertig und traurig aus.

„Dein Großvater möchte, dass du in die Canadian Hockey League gehst?", sagte ich, sprach genau aus, was CHL bedeutete, nur um mir Zeit zu geben, das alles zu begreifen.

„Großvater sagt, dass ich gescoutet werde und dass ich da oben richtig spielen könnte, bereit für die Auswahl."

Wut rollte sich tief in mir wie eine Feder zusammen. Das nächste Mal, wenn ich Ev sah, würde ich den Bastard umbringen. Natürlich wurde Ryker gescoutet – er war schnell und treffsicher und sein Gefühl für Hockey war hervorragend. Jedes Team wäre glücklich, ihn zu haben. Aber gescoutet zu werden bedeutete nicht, dass er irgendwo einen Platz annehmen musste.

„Wir haben darüber gesprochen", sagte ich so ruhig

wie möglich. „Du hast mir versprochen, dass du in der Schule bleiben und deinen Abschluss machen würdest."

Das Klopfen an der Haustür war laut und drängend und ich stand auf, mit wütenden Worten direkt auf der Zungenspitze. Ich marschierte durch mein Haus und riss die Eingangstür auf, das Holz klatschte gegen die Garderobe. Ev stand da in einem Anzug, sah auf hunderte Arten selbstzufrieden aus. Ich wandte mich von ihm ab und er folgte mir ins Haus, schloss die Tür hinter sich. Ich dachte, ich hörte etwas wie „nettes Willkommen", aber es kümmerte mich kein bisschen, was der Mann sagen wollte.

Wir durchquerten die große Eingangshalle und betraten das Wohnzimmer. Ich hielt direkt hinter der Türschwelle an und ließ ihn vorbeigehen.

„Ist Ryker fertig?", fragte er, während er sein Jackett mit der Hand bürstete und gerade zog. „Wir haben um zwölf ein Meeting."

„Ein Meeting", sagte ich und wie ich meine Stimme ruhig hielt, wusste nicht einmal ich.

„Mit einem möglichen Agenten, der herfliegt, um sich in Harrisburg mit uns zu treffen", sagte er und dann wartete er einfach darauf, dass ich meinen Teil sagte. Er sah aus, als würde er jeden Moment genießen.

„Ein Agent", wiederholte ich.

Er öffnete seinen Mund, um etwas zu sagen, und ich weiß nicht, vielleicht hatte ich ein Gesicht wie Donner oder vielleicht war es, weil ich größer, stärker und jünger als er war, aber mit einem Mal sah er nicht mehr selbstzufrieden, sondern besorgt aus, als ich auf ihn zuging.

„Setz. Dich", sagte ich und deutete auf mein Sofa.

„Wie bitte?"

„Ich rede mit meinem Sohn und du wirst hier draußen sitzen und warten."

Er schaute demonstrativ auf seine Uhr. „Ich kann dir fünf Minuten geben."

Ich trat näher. Er blieb, wo er war. Noch ein Schritt und dieses Mal wich er zurück, fiel beinahe über das am Boden liegende Kissen.

„Setz. Dich", sagte ich erneut.

„Jetzt hör mir mal zu -"

Daraufhin war ich direkt vor ihm. „Du wirst dich, verdammt noch mal, setzen und du wirst warten, bis ich damit fertig bin, mit *meinem* Sohn zu reden, und du wirst kein einziges verdammtes Wort sagen."

Ich stach mit dem Finger in seinen Brustkorb und er erwischte meine Hand und drehte sie. Die Sache war die, zwischen uns lagen nur zwanzig Jahre. Er war ein fitter Typ, ein ehemaliger Hockeyspieler und er hatte ein paar Sachen drauf.

Aber als ich ihn mit wild rudernden Armen und schockiertem Gesicht auf das Sofa beförderte, wusste er ganz sicher, dass dieser Verteidiger immer noch die Stärke und Kraft hatte, jeden Mann zu Fall zu bringen.

„Jetzt setz dich dahin und halt den Mund oder geh", sagte ich.

Ich ging zurück in Rykers Zimmer, schloss die Tür hinter mir und trat ans Fenster. Frische Luft, sogar die kalte Herbstluft, war genau das, was ich brauchte, um einen klaren Kopf zu bekommen.

„Dad?" Er klang so unglaublich verloren.

Ich setzte mich neben ihn und zog ihn in eine seitliche Umarmung. Keine Bro-Umarmung, keine freundschaftliche Umarmung, sondern die Art Umarmung, die ein Vater seinem Sohn gab. Zu meinem Entsetzen drehte Ryker sich und vergrub sein Gesicht an meinem Hals, seine Haare waren nass von der Dusche und seine Schultern bebten. Weinte er?

Nun, er wird nicht lachen, du Idiot.

„Fang von vorne an, Ry", sagte ich in meinem besten sanften Tonfall, was nicht schwierig war, weil die Wut, die ich Ev gegenüber verspürt hatte, sich auflöste, sobald mein Sohn wollte, dass ich ihn tröstete.

„Ich habe ihm gesagt, dass ich mit dir geredet habe und er hat gesagt, dass du keine Ahnung hast, dass du verbraucht und fertig bist und ich habe ihn angeschrien und er hat Mom gedroht, gesagt, sie wäre schwach und das hat mir Angst gemacht und dann hat er gesagt, dass er mich von dir abholen würde, weil ich, ob es mir nun gefällt oder nicht, ein Meeting mit einem Agenten habe und jetzt weiß ich nicht, was ich tun soll."

Für mich klang es so, als würde Ryker gleich anfangen zu hyperventilieren. Ich schob ihn sanft von mir und rutschte nach hinten, damit Platz zwischen uns entstand. Er *hatte* geweint, seine Haut war fleckig und seine Augen rot.

„Was willst du tun?", fragte ich sanft. Denn ging es nicht im Grunde darum? Ich hatte meine Meinung, über Burn-out und darüber, dass Ryker in seinen Körper wachsen und Erfahrung sammeln und Fähigkeiten lernen und seine Ausbildung beenden sollte. Ev sah Ryker als den nächsten großen Star und wollte ihn drängen, jetzt daran zu arbeiten, um der nächste verdammte Crosby zu werden.

Das würde nicht passieren. Für mich war Ryker der coolste Hockeyspieler, den ich je gesehen hatte, mit den erstaunlichsten Fähigkeiten und dem Talent, von jeder Stelle des Eises aus zu schießen. Auch wenn mein Stolz redete, konnte ich sagen, dass er so talentiert war wie Gretzky. Aber ich wusste auch, dass, obwohl er gut war, er nicht der nächste große Star war. Er war ein solider linker Flügel mit einer Zukunft in der NHL, aber er musste langsam machen und lernen und in seinen Körper wachsen.

„Ich weiß nicht, was ich machen will", sagte Ryker. „Außer Hockey. Ich liebe Hockey. Ich will in der NHL spielen. Das verstehst du, oder?"

„Ja, du weißt, dass ich das tue. Ich wollte dringender in der NHL spielen, als ich atmen wollte", antwortete ich und wir tauschten ein trockenes Grinsen.

„Aber du hast die Schule nie zu Ende gemacht." Er war nicht anklagend, er klang nur so, als ob er es wirklich verstehen wollte.

„Das war aus einem anderen Grund, Ry. Deine Mom und ich, wir hatten eine Schlacht auszustehen und ich arbeitete verdammt hart, um Geld zu verdienen, damit ich…"

Ich hatte nicht erwartet, dass es in diese Richtung gehen würde. Wir hatten die ganze komplizierte Geschichte, wie er entstanden war, durchgekaut und sogar einige der Hürden erwähnt, die wir hatten überwinden müssen, nur, damit ich ihn sehen konnte. Casey und ich waren dagesessen und hatten dem elfjährigen Ryker erklärt, dass wir ihn beide liebten, dass wir das Beste für ihn wollten. Was ich nie erzählt habe und auch nie erzählen werde, ist, dass ich jeden einzelnen Cent des Geldes, das ich durch den Vertrag bekommen hatte, über die Jahre hin verwendet hatte, nur um für ihn zu kämpfen. Zur Hölle, ich hatte einen Großteil dieser Jahre damit verbracht, bei Freunden oder in billigen, beschissenen Wohnungen zu schlafen. Aber das würde ich sofort wieder tun, für die Chance, ein Teil von Rykers Leben zu sein.

„Okay, lass uns wieder über dich reden, Sohn. So wie ich es sehe, sind deine Optionen folgende. Du hörst jetzt mit der Schule auf und beeindruckst die Scouts und fängst in der CHL an. Oder du bleibst bis zu deinem Abschlussjahr in der Shattuck und stehst dann für die Auswahl zur Verfügung, aber du wirst dein Spiel verbessert haben und in deine Größe hineingewachsen sein. Zur Hölle, vielleicht gehst du sogar aufs College. Wer weiß?"

Er sah für einen Moment unsicher aus und dann senkte er den Blick. „Ich weiß nicht, was ich tun soll, Dad. Soll ich nehmen, was ich bekommen kann, wenn ich es kann? Was würde ein Agent sagen?"

Verdammt, er sah so verloren aus, als ob er alles an den Gedanken hing, dass ein Agent die Antwort auf alle Dinge war. War es das, was Ev ihm erzählt hatte? Agenten führten und halfen, aber diese Art Entscheidung lag weit über der Gehaltsstufe eines Agenten.

„Jeder Agent, dem der Spieler wirklich wichtig ist –

und es gibt eine Menge da draußen, gute – würde dich fragen, was *du* tun willst."

Ryker sah aus, als ob er gleich wieder anfangen würde zu weinen. Jesus, der Druck, den Ev auf *meinen* Sohn ausübte, zerriss ihn von innen.

Ich rutschte weiter auf das Bett, die Beine im Schneidersitz und wartete, bis er dasselbe tat. Als er noch ein Kind war, hatten wir immer ein Spiel gespielt. Ich sagte ein Wort und er sagte das Erste, was ihm in den Kopf kam. Ein dummes Spiel, bei dem jede Antwort mit Hockey zu tun hatte. Ich wünschte, ich könnte dieses Spiel jetzt spielen, aber das hier war viel ernster. Ich musste die richtigen Worte zusammenbekommen. Ich musste hier der Erwachsene sein.

„Stimmst du deinem Großvater zu, dass du der nächste große Star bist?"

Ich konnte nicht anders, als an Ten zu denken, als ich das sagte. Ten war immer weit oben auf all diesen Listen gestanden, die Fähigkeiten bewerteten und wenn ich ihm auf dem Eis zuschaute, hatte er einen Hockey-Sinn, der selten war. Er war schnell und selbstbewusst. Aber unter all dem war er alles, was ich für Ryker wollte – eine Person, die glücklich in ihrer Haut war, endlos optimistisch, zumindest, wenn es um Hockey ging.

„Nein", sagte Ryker und sah mich an, als ob ich ihn eines schrecklichen Verbrechens beschuldigt hätte. „Aber…"

„Aber was? Du kannst sagen, was du willst. Es wird dieses Zimmer nicht verlassen."

„Ich bin gut", fügte er mit der Prise Selbstbewusstsein hinzu, die ich sehen wollte.

„Ich weiß."

Er schaute mich direkt an, mit diesem Fokus, den ich an ihm bewunderte und lächelte schief. „Wirst du mein Agent sein?"

„Gott, nein!", rief ich. Ich wünschte, ich hätte die Worte nicht so nachdrücklich gesagt, als Rykers Gesicht lang wurde. „So habe ich es nicht gemeint", ruderte ich zurück. „Ich bin ein Fußsoldat, ein Spieler, ein Coach. Ein Agent muss sich mit allem möglichem legalen Scheiß auskennen."

Das brachte Ryker zum Lächeln und das Lächeln erreichte seine Augen. „Ist das eine technische Erklärung, Dad?"

„Willst du mit deinem Großvater zu diesem Meeting gehen?"

„Nein. Aber er hört nicht auf mich und er sagt immer wieder, dass du falsch liegst und dass du mit mir reden musst, als…" Er hielt inne und ich wartete auf mehr, weil er so todernst aussah. Er biss sich auf die Lippe, eine schlechte Angewohnheit, die er von seiner Mutter hatte. Ich konnte mich erinnern, gesehen zu haben, wie sie sich in der Nacht, als er empfangen wurde, ziemlich oft auf die Lippe gebissen hatte. Ein Zimmer für dreißig Dollar, ein Experiment und Ryker war gemacht, einfach so. Vielleicht nicht aus Liebe, aber ganz sicher aus einer starken Freundschaft heraus, die erst ins Wanken geriet, als Caseys Dad sich einmischte.

Ryker war die besten Teile von mir und Casey. Ich konnte auf meinen Sohn nicht stolzer sein.

„Sag schon", ermunterte ich ihn. „Du willst, dass ich wie rede?"

„Nicht wie mein Dad", sagte er schließlich und senkte den Blick erneut, als er rot anlief.

„Du willst, dass ich dir einen Rat von Mann zu Mann gebe?" Ich lächelte ihn an.

„Nein, Jesus, nein." Er sah wieder entsetzt aus und ich brachte es nicht übers Herz, ihn wegen seines Fluchens zu tadeln, denn zur Hölle, seine Mom war nicht da und er würde Schlimmeres auf dem Eis sagen. „So richtig, von Hockeyspieler zu Hockeyspieler."

Nun, *das* konnte ich machen.

„Gut, so sehe ich das. Wenn ich mir deine Fähigkeiten ansehe, sehe, wie du dich auf dem Eis bewegst, denke ich, dass du mehr Zeit für deine Entwicklung brauchst. Du hast jede Menge ungeschliffenes Talent, du bist schnell, konzentriert, du siehst den Puck, du schaust dir das Spiel an, nicht den Spieler... das ist alles gut." Sein Lächeln war breit, als ich das sagte. „Ich bin so stolz auf die Arbeit, die du investiert hast und wenn ich in den Rängen bei deinem ersten NHL Spiel stehe, werde ich dich wahrscheinlich blamieren, weil ich die Schiedsrichter verfluche und Spielzüge herausbrülle."

„Dad... Mann..."

„Schau, wenn ich du wäre, würde ich in Shattuck bleiben, meine Schule beenden, zu einem linken Flügel werden, auf den man sich verlassen kann, ich würde größer, schneller werden und mich mit achtzehn in die Auswahl begeben, verdammt, vielleicht würde ich sogar darüber nachdenken, aufs College zu gehen und in einem College-Team an meinen Fähigkeiten feilen."

„Ja?" Er sah so hoffnungsvoll aus – beinahe gesetzt. „Du denkst, ich könnte aufs College?"

„Natürlich tue ich das, zur Hölle, du bist ein kluger Junge. Du könntest einen Abschluss machen, du könntest beides haben. College und Hockey." Ich wusste nicht, was das College für ihn bedeuten konnte, ich war nicht auf dem College gewesen, oder hatte nur die Schule ordentlich abgeschlossen, aber ich wusste, dass er dazu in der Lage war.

Er warf einen Blick auf die Tür, sein Selbstbewusstsein sank ein wenig. „Was ist mit Großvater?"

„Ich werde mich um ihn kümmern. Und ich werde mit deiner Mom reden. Sie und ich sind derselben Meinung."

„Sie bietet Großvater aber nicht die Stirn."

Ich erinnerte mich an den Tag, als sie mir die Tür vor der Nase zugeschlagen, Ev mir gesagt hatte, dass Casey abtreiben würde. Ich hatte Casey hinter ihm gesehen, weinend und sie hatte nichts gesagt, obwohl ich ihren Namen gerufen hatte. Ich erinnerte mich auch an die Gerichtssäle, die Artikel in der Zeitung, die Lügen und diesen einzigartig schönen Tag, als sie sich zu ihrem Dad umgedreht und zwei Worte gesagt hatte. Er hatte gerade wieder getobt – etwas darüber, dass ich ein schlechter Einfluss war, zu viel trank, herumhurte – und sie hatte einfach nur *es reicht* gesagt. Sie hatte ein Rückgrat, das ich bewunderte, sie wusste nur auch, wie sie den Frieden mit ihrem sich aufplusternden Arschloch von einem Vater halten konnte.

„Das würde sie, wenn sie sicher wüsste, was du willst, Ry."

„Wirklich?"

„Das verspreche ich."

„Dad? Können wir noch über etwas anderes reden?"

Uh-oh, das klang ominös, als ob in diesem einfachen Satz eine ganze Welt des Schmerzes für mich verborgen wäre.

„Ja, klar", sagte ich, stellte sicher, dass ich viel gleichgültiger gegenüber aufgeladenen Fragen wie dieser klang, als ich es war. Wenn es eine Frage zu Sex war, würde ich Rückgrat zeigen und tatsächlich so reden müssen, wie ein echter Erwachsener das tat, über Verantwortung und Scheiß. Ich würde *keine* vulgären Witze reißen und Empfehlungen für die besten Kondome geben.

„Du hättest ihn einladen können, während ich hier war", fing Ryker an. „Deinen neuen festen Freund, meine ich."

Für einen Moment blinzelte ich ihn an, dachte über seine Worte nach, versuchte, eine Antwort auf die Reihe zu bekommen, aber alles, was herauskam, war eine Kette von „Ich habe nicht…" und „Ich kann nicht…"

Er schüttelte traurig seinen Kopf. „Ich habe letztes Mal meinen alten Railers Jersey hiergelassen und konnte ihn nicht im Schrank finden, darum habe ich im zweiten Bad nach der Wäsche gesehen, weil du immer vergisst, sie leer zu machen. Ich fand eine Menge Sachen dort –

zwei Jerseys, ein paar Boxerunterhosen. Sie gehören nicht dir."

„Das tun sie", log ich, dachte darüber nach, wann zur Hölle ich das zweite Bad benutzt haben könnte. Der Einzige, der je einen Fuß dorthinein setzte, war… Scheiße.

„Dad", fing Ryker oh-so-verdammt geduldig an. „Wenn dein Name nicht Rowe und deine Nummer vierundneunzig ist, gehören sie nicht dir."

„Er ist nicht… Ich habe nicht…" Es ging schon wieder los. Meine Fähigkeit zu rationaler Sprache flog aus dem Fenster.

„Dann war da die Textnachricht."

„Welche Nachricht?" Das hier wurde mit jeder Minute schlimmer. Wie Ryker von Tennant erfuhr, war etwas, das ich hatte kontrollieren wollen. Die Informationen nach und nach preiszugeben.

„Die, die Ten dir wegen des Blowjobs geschickt und dann mit ‚Suck you later, J' unterschrieben hat, mit ungefähr zwanzig Küssen."

Oh verdammt. Ich war tiefrot. „Ich wollte nicht, dass du es so erfährst", sagte ich. „Ten ist nicht geoutet, er ist -"

„Ist es gut?", fragte Ryker.

Ich wich bei dieser Frage zurück und meine Bestürzung musste mir ins Gesicht geschrieben gewesen sein.

Ryker schnaubte lachend. „Nicht der Sex, Dad. Ich meine, seid ihr beide glücklich? Weil Mom und Martin glücklich sind und ich will dich im Alter genauso sehen."

Ich sah das Funkeln in seinen Augen und stieß ihm gegen den Brustkorb. Dann wurde ich ein wenig ernster. „Denkst du, ich bin zu alt für ihn?"

Warum zur Hölle ich dachte, meinem Teenager-Sohn eine solche Frage zu stellen würde helfen, wusste ich nicht, aber sie kam heraus. Ich wartete mit nervöser Anspannung in meinem Brustkorb.

„Martin ist Jahre älter als Mom", stellte er trocken fest. „Ist es ernst?"

„Ich liebe ihn", sagte ich, ohne nachzudenken. „Wir sind es langsam angegangen. Ich will jetzt mehr, aber es ist schwierig. Er ist nicht geoutet – du darfst es niemandem erzählen."

„Das würde ich niemals tun, aber dir ist klar, dass wenn er sich outet, er der Erste wäre, der das in der NHL tut? Ich hoffe, das funktioniert für ihn, weil ich Ten mag. Er hat diesen tollen Butterfree, den er zur Evolution gebracht hat."

„Ich habe keine Ahnung, was du meinst, aber das ist etwas Gutes, oder?"

„Gib mir dein Handy, Dad", sagte er mit diesem Gesichtsausdruck, den nur ein technologisch fitter Teenager fertigbrachte. Er drückte ein paar Knöpfe, dann hielt er es für einen Moment still. „In Ordnung, da hast du es. Pokémon."

„Ich will das nicht auf meinem Handy -"

„Dad, du musst dich in die Jugend von heute, wie mich und Ten, einfühlen." Er konnte ein Grinsen nicht unterdrücken.

Das brachte ihm einen weiteren Piks ein, dann ein

volles Wrestling, an dessen Ende wir auf dem Boden lagen.

Die Tür zu Rykers Zimmer schlug auf und Ev stand im Eingang. „Was zur Hölle?", sagte er, starrte auf uns beide, wo wir auf dem Boden saßen.

Ich warf einen Blick auf Ryker, der nickte. Ich würde ihn unterstützen, war für ihn da. Wie der beste Verteidiger, der ich sein konnte, würde ich seinen Rücken stärken.

„Großvater", fing er selbstbewusst an. „Ich nehme mir keinen Agenten. Ich werde in der Schule bleiben, an meinem Spiel arbeiten, auf die Auswahl zielen, ich gehe vielleicht sogar aufs College und ich werde mich von Dad heute Nachmittag zum Flughafen bringen lassen. Ich habe eine Geschichtsarbeit, dich ich schreiben muss."

Ev sah wie ein Goldfisch aus und ich wollte das auch sagen, aber ich musste der Erwachsene hier sein.

Ev verschränkte seine Arme vor seinem Brustkorb. „Ich werde vor Gericht gehen", drohte er, sah mich direkt an.

Da konnte ich mich nicht mehr beherrschen. Ich schnaubte lachend und musste es hinter meiner Hand verstecken. Irgendwie hatte ich mich zurückentwickelt und ich fragte mich, ob der Einfluss des Pokémon-Spiels so schnell wirkte. Als Ev sich nicht rührte, zog ich den Mantel des Erwachsenseins fester um mich und erhob mich vom Boden.

„Ich werde dich zur Tür bringen", sagte ich mit meiner höflichsten Stimme.

„Ryker?", sagte Ev und in seiner Stimme lag ein Hauch Wut. „Du hörst auf ihn? Er ist ein Loser, der nicht einmal acht Jahre in der Liga durchgehalten hat."

Ryker stellte sich neben mich und unsere Schultern stießen aneinander. „Er ist mein Dad."

Und so geschah es, dass wir Ev vom Grundstück eskortiert haben. Dann sahen wir uns ein altes Spiel mit mir in hervorragender Verteidiger-Form an und fuhren zum Flughafen.

Das Letzte, was mein Sohn zu mir sagte, als ich neben dem Auto stand, war ein „Ich liebe dich, Dad" aus tiefstem Herzen.

Manchmal haben einfache Worte wie diese die Kraft, dich in die Knie zu zwingen. „Ich liebe dich auch", rief ich. „Spiel ernsthaft. Halt den Kopf hoch."

„Immer", schrie er und betrat das Terminal.

Ich fuhr mit lauter Musik nach Hause und das Gewicht der Welt hob sich von meinen Schultern. Ich hatte diese Vater-Sache voll im Griff und war der beste Dad auf der ganzen Welt oder so fühlte es sich zumindest an.

Ich war eine gute Weile, bevor Ten kommen würde, zurück und Aufregung erfüllte mich bei dem Gedanken, ihm zu erzählen, worüber Ryker und ich gesprochen hatten und auch darüber, ihn dafür aufziehen, dass er seine schmutzige Wäsche in meinem Wäschekorb gelassen hatte.

Ja, es war ernst, ja, ich wollte Ten ebenso sehr wie zu atmen und ja, ich verliebte mich Hals über Kopf in ihn. Ich schrieb Casey eine schnelle Nachricht, was mit

Ryker passiert war. Sie schickte mir ein lächelndes Smiley und ein einfaches Danke zurück.

Sie musste mir für nichts danken. Nicht wirklich. Ich machte nur meinen Job.

Und jetzt wollte ich unbedingt Ten küssen und mit ihm reden und ihn lieben und er konnte nicht schnell genug herkommen.

Kapitel Zehn

TENNANT

„Du musst wirklich nicht klopfen", informierte Mads mich, nachdem er die Tür geöffnet hatte.

Ich warf mich auf ihn, klebte meine Lippen an seine, meine Tasche fiel mit einem dumpfen Knall zu Boden, als wir gegen die nächste Wand taumelten. Die Tür fiel krachend zu.

Mads zog mich enger an sich. „Das war eine überschwängliche Begrüßung."

„Ich habe es ihnen erzählt", keuchte ich, der Kuss raubte mir den Atem.

Er sah mich fragend an, hielt mich aber an sich gedrückt, seine Hände auf meinen Hüften.

„Meinen Eltern. Ich habe ihnen gesagt, dass ich schwul bin und sie hatten überhaupt kein Problem damit!"

„Wow." Sein Mund hing ein wenig offen. „Das ist… wow. Hast du ihnen von uns erzählt?"

„Nein. Nun, nicht wirklich. Ich habe gesagt, dass es da jemanden gibt, aber ich habe keine Namen genannt." Sein Aufatmen war gewaltig. „Ich würde dich niemals so überfahren. Dafür bedeutest du mir zu viel."

Mads vergrub sein Gesicht an meinem Hals, schmeckte die Haut unter meinem Ohr, wich dann zurück, damit er mein Gesicht umfassen konnte. Er verbrachte eine ganze Minute damit, mich einfach nur anzusehen. Meine Hände bewegten sich an seinen Armen auf und ab.

„Ich würde dich sehr gerne lieben."

„Ich wäre sehr gerne in dir."

Mein erster Gedanke war, die Faust in die Luft zu heben und „Endlich!" zu rufen. Ich hielt diese Reaktion zurück.

„Das würde mir sehr gefallen."

Mads nahm meine Tasche, bot mir dann seine Hand an. Aus irgendeinem Grund, nach all der Zeit, die ich damit verbracht hatte, mich wegen des mangelnden Sex aufzuregen, fühlte ich mich jetzt, wo er darauf wartete, dass ich seine Hand nahm, um tatsächlich Sex zu haben, dumm und schüchtern.

Er hob eine Braue. „Wenn du nicht bereit bist, Ten, ist das in Ordnung."

„Nein, ich bin bereit." Ich legte meine Hand in seine. Mein Herz fing an, unregelmäßig zu tanzen. „Machst du Witze, ich bin seit Wochen bereit. Monaten."

„Es besteht ein Unterschied darin, körperlich bereit zu sein und mental bereit zu sein." Wir standen in seinem ordentlichen Wohnzimmer – in dem sich alle möglichen Möbel befanden – und hielten uns an den Händen, während er versuchte, mich zu durchschauen. „Bist du sicher, dass du mental bereit bist?"

„Ich bin mir sicher." Ich trat auf ihn zu und küsste ihn mit allem, was ich hatte, unsere verschränkten Hände waren zwischen seinem Brustkorb und meinem eingezwängt. Als wir uns trennten, stellte ich fest, dass sein Blick auf mir ruhte. „Ich bin mir so sicher. Ich will dich in mir."

„Guter Gott, Tennant."

Er seufzte, nahm sich einen leichten Kuss, führte mich dann in sein Schlafzimmer. Es war ein schönes Zimmer. Gefüllt mit einer Kommode und einem Bett. Ich war schon mindestens ein dutzend Mal hier drin gewesen, aber jetzt, da wir mehr tun würden, als uns aneinander zu reiben oder den Schwanz des anderen durch die Unterwäsche zu streicheln, kam mir das Zimmer größer, das Bett riesig vor. Zur Hölle, mein Liebhaber schien mit einem Mal einen halben oder einen Meter gewachsen zu sein.

„Du siehst aus, als wärest du drauf und dran wegzulaufen", sagte er.

„Ich fühle mich dumm und klein."

Er ließ meine Hand los, stellte dann meine Tasche neben die Kommode aus heller Eiche.

„Also, ich habe eine Menge Schwänze gelutscht, klar?" Meine Nerven zitterten. Mads nickte. „Darin bin ich gut. Aber das andere Zeug…"

„Tennant, es gibt keine Regel, die besagt, dass wir Analsex haben müssen."

„Nein, verstehst du, ich will es, aber das letzte Mal ging es irgendwie schief. Es hat wehgetan und er war ein unwissender Idiot, genau wie ich. Versteh bitte, ich will, dass es für dich perfekt ist."

„Und das wird es sein. Warum schauen wir nicht einfach, wohin unsere Lust uns führt?" Er zog sein Railers T-Shirt aus und ließ es auf den Boden fallen, dann öffnete er den Reißverschluss an der alten Jeans, die er trug. Sie glitt hinunter zu seinen Knöcheln, zusammen mit seiner Unterwäsche. Guter Gott, es gab so viel Mads. Sein Körper war hart und schlank, größer als meiner in jeder Hinsicht. Er ließ zu, dass ich ihn ansah, solange ich es brauchte.

Ich beeilte mich, meine Kleidung auszuziehen, fühlte mich dann im Vergleich zu ihm ein wenig inadäquat. Sein Schwanz war so kräftig und männlich. Dick und lang und unbeschnitten, hart und voller fetter Adern. Und dann war da meiner, von dem ich bisher gedacht hatte, dass er ziemlich beeindruckend war.

„Bei Gott, du bist so wunderschön", sagte er, was mich erröten ließ. „Sieh dir das an. Ich hatte nicht gedacht, dass Tennant Rowe wüsste, wie man rot wird. Das steht dir gut."

Meine Gefühle waren ganz durcheinander. Ich fühlte mich auf einmal wie ein Kind. Wie ein dummes Kind, das endlich dort war, wo es sein wollte und dem jetzt klarwurde, dass es überfordert war.

„Kannst du mich bitte anfassen?", fragte ich, hoffte, das war keine zu schwache Bitte.

„Liebend gerne." Er tappte zu mir herüber, sein Blick blieb auf meinen gerichtet. „Warum sagst du mir nicht, was du willst, Tennant?"

„Dich", schaffte ich zu krächzen, meine

Fingerspitzen schrien danach sich auszustrecken und ihn zu berühren. „Ich will, dass du mich überall berührst. Mich überall küsst. Dann will ich dich in mir."

„Bist du sicher?"

Mads machte diesen letzten Schritt – denjenigen, der seinen nackten Körper an meinen drückte. Sein Schaft ruhte an meinem. Ich wimmerte ein wenig. Er schob eine Hand um mich herum, zog mich eng an sich und senkte seinen Kopf, um mich auf den Hals zu küssen. Mein Kopf fiel zurück und mein Körper wurde zu seinem Eigentum, mit dem er tun konnte, was er wollte.

„Bist du dir sicher, Tennant?"

„Ja, ja, ich bin mir sicher."

Er platzierte ein paar sanfte Bisse an meiner Kehle, legte mich dann auf das Bett, sein Gewicht kam auf mir zu ruhen. Er fühlte sich perfekt an. Stark und lang, fest, mit scharfen Ebenen und rollenden Muskeln unter meinen Fingern. Ich schlang mich um ihn wie eine dieser blumigen, klammernden Kletterpflanzen, die Mom neben dem Laternenpfahl im Garten pflanzte. Mads küsste mich. Ich erblühte unter seinem Mund und seinen Händen. All die Zeit hatte ich gedacht, ich wäre so erfahren und so ein erstklassiger Liebhaber, aber Mads zeigte mir, dass jemanden zu lieben etwas ganz anderes war, als jemanden einfach zu ficken.

Er war so zärtlich, so geduldig, brachte mich dazu, mich in seinen Armen zurückzulegen, während er mich streichelte und liebkoste, meinen Brustkorb küsste und mit meinem Hintern spielte.

„Wenn du aufhören möchtest, sag es einfach",

wiederholte er, während er mich immer heißer machte. Als er einen Finger in mich schob, konnte ich keine Worte mehr formulieren. Animalische Laute und Grunzen waren alles, was ich hervorbrachte. Er arbeitete diesen glitschigen Finger in mich hinein, während er Küsse auf meine Wangen und Augen drückte. „Wie geht es dir?"

„Großartig. Ah, Mann, das ist unglaublich." Ich stöhnte, schauderte dann, meine Finger krallten sich in die Laken.

„Gut, gut." Er stahl sich einen Kuss, zog dann den Finger heraus. Ich wölbte mich auf, wollte unbedingt mehr. „Das hier wird sogar noch besser." Er stieß zwei Finger hinein, fing dann an, sie zu drehen, drückte sie tief, spreizte sie und stupste meine Prostata an. „Shh, shh", flüsterte er, als ich wild um mich schlug, meine Eier hart wurden. Die Finger hielten inne, als ich vom Klippenrand zurückrutschte.

„Ich bin so kurz davor, Mads... so kurz. Ich will kommen, wenn du in mir bist..."

„Wir sollten uns Zeit lassen."

„Das willst du mir jetzt ernsthaft erzählen?"

Er kicherte, küsste mich sachte, leckte und knabberte sich dann einen Weg an meinem Schwanz nach unten. Den Arm über meinen Bauch drapiert, saugte er mich tief in seinen Mund, während er meine Eier umfasste. Ich bockte nach oben, begierig darauf, alles von mir in seine Kehle zu bekommen. Er drückte meinen Hintern zurück auf das Bett, fing dann an, hart und schnell zu saugen. Seine Zunge tanzte über die Spitze, dann nahm er mich tief auf. Es gab kein Halten mehr. Auf gar keinen Fall konnte ich den Orgasmus aufhalten, der mich überfuhr. Mads ließ meine Eichel auf seiner Zunge ruhen, seine Finger umschlossen die Basis. Ich pumpte auf der Matratze. Er leckte jeden Tropfen auf, der auf seinen Lippen und Fingern landete.

„Du schmeckst besser, als ich es mir vorgestellt habe", knurrte er, während er meinen Schwanz ein letztes Mal streichelte.

Ich bebte immer noch, als er sich bewegte, von mir wegrollte. Ich berührte ihn überall. Seinen Rücken, seine Arme, seine Hüfte, seinen Bauch. Ich setzte mich, rutschte näher an seinen Rücken, rieb meine Hände über seine Schultern, während ich seinen dicken Nacken küsste. Er bekam Gänsehaut, was mich zum Lächeln brachte. Als er sich mir zuwandte, glitt ich auf dem Bett zurück, mein Blick fiel auf seinen mit Latex bedeckten Schwanz. Als ich nach ihm griff, hielt er mich nicht auf. Sein Schaft war glatt und hart in meiner Hand. Ich fiel auf meinen Rücken, führte ihn nach oben und über mich, drückte meine Finger fest um ihn zu.

Mads machte es sich zwischen meinen Beinen bequem, hob meine Oberschenkel an, bis sie auf meinem Brustkorb ruhten. Die ganze Zeit über glühten seine Augen, als ob er eine seltene Auszeichnung erhalten hätte oder etwas in der Art.

„Bist du dir sicher?" Sein Griff auf meinen Knien war fest, aber nicht schmerzhaft.

Ich nickte, während ich daran arbeitete, meine Atmung ein wenig zu beruhigen. „Mads, ich schwöre, mir geht es gut. Wenn du dich jetzt zurückziehst, werde ich wahnsinnig. Ich will dich in mir. *Bitte.*"

Er beugte sich nach unten, um einen Kuss zu bekommen, seine Spitze stupste meine Öffnung an. „Entspann dich, Ten", schnurrte er, ehe er seinen Schwanz ein wenig hineinstieß.

Das Brennen war vertraut. Ich zuckte zusammen.

Er hielt inne. „Alles in Ordnung? Wenn es zu viel wird, sag es mir."

„Mehr", schnaufte ich und krallte mich in seinen Bizeps.

Er gab mir mehr und noch mehr, Zentimeter für Zentimeter, gewöhnte mich langsam daran, besessen zu werden, gab meinem Körper Zeit, sich zu dehnen und anzupassen.

„Ich kann nicht atmen", keuchte ich, als er sich auf meine Beine lehnte. „Verdammt, es ist…"

„Ja, das ist es wirklich." Er machte eine schnelle Bewegung mit den Hüften. Ich wölbte mich vom Bett auf. „Geht es dir gut?"

„Oh, verdammt, ja", antwortete ich, wobei meine Finger über die Oberfläche seiner verschwitzten Haut glitten. „Gib mir mehr, Mads."

Wir fanden einen Rhythmus. Er war zunächst zögerlich, ruhig. Dann wurde er heftiger, schneller. Ich hielt mich an seinen Armen fest, mein Blick war auf Mads geheftet, als er mich füllte, sich dann zurückzog, jeder Stoß bewegte mich ungefähr einen Zentimeter über das Bett. Ich bat ihn erneut um mehr. Er gab mir mehr Geschwindigkeit, mehr Tiefe, mehr rollende Hüften. Mein Kopf glitt an der Seite der Matratze nach unten. Er zerrte mich zurück auf das Bett, ohne sein Tempo einzubüßen. Meine Beine fingen an zu krampfen. Das Bett untermalte unsere Geschwindigkeit, traf die Wand mit einem stakkatoartigen *Bumm-Bumm-Bumm*.

„Ten, Scheiße, Ten", knurrte er.

Ich schlang meine Finger um seine Unterarme, als er kam. Er grub sich mit seinen Knien in die Matratze, schob sich nach oben und tiefer, bei dem Stoß, der seinen Orgasmus brachte. Seine Muskeln zogen sich zusammen, sein Kiefer spannte sich an und sein Schwanz zuckte tief in mir. Er war der atemberaubendste Mann, den ich je gesehen hatte und das war alles, was ich denken konnte, als ich kam.

Er war wunderschön. Und er gehörte mir.

Kratzend wie eine Katze wand ich mich unter ihn, die Tiefe seines Eindringens gleichzeitig schmerzhaft und lustvoll.

„Es tut mir leid, Scheiße… es tut mir leid, Ten", schnaufte er und zog sich aus mir zurück. Meine Beinmuskeln verspannten sich. Ich rollte mich auf die Seite, um die Krämpfe aus meinen Oberschenkeln zu dehnen. „Es tut mir leid." Er strich mit einer Hand über meine Seite, dann an meinem Rücken nach oben.

„Nein, alles gut, es sind nur Oberschenkelkrämpfe." Ich stöhnte.

Er legte sich hinter mir hin, zog mich an sich und leckte das Tattoo an meinem Nacken. Seine Hände wanderten an meiner Seite nach unten zu meiner Hüfte und dann zu meinem Oberschenkel. Seine Finger bearbeiteten die nach Sauerstoff gierenden Muskeln. Ich stöhnte und seufzte, als die Krämpfe nachließen.

„Geht es dir jetzt gut?" Seine Worte waren heiße

kleine Wolken auf meinem Tattoo. Ich verwandelte
mich in Pudding, schmolz in ihn, während er meinen
Oberschenkel massierte. „Bist du sicher, dass es nur
Krämpfe waren?"

„Ja, es waren nur Krämpfe. Du warst ganz zärtlich."

Ich rollte meinen Kopf nach links und bekam einen
feuchten Kuss. Seine Hand kam auf meinem Bauch zu
ruhen, während seine Zunge mit meiner tanzte. Wir
lagen für eine lange Zeit da, küssten und berührten uns.
Ich rollte mich herum, um ihn ansehen zu können.

„Das war das Warten wert."

„Es freut mich, das zu hören. Ich muss mich um
dieses Kondom kümmern."

Er drückte einen Kuss auf meine Stirn, glitt dann
von dem zerwühlten Bett. Ich dachte darüber nach,
aufzustehen und etwas zu trinken zu holen, aber meine
Beine schmerzten und mein Hintern war wund. Auf gar
keinen Fall würde ich ihn sehen lassen, wie ich
herumhumpelte, darum zog ich die Decke nach oben
und schloss meine Augen, inhalierte den Geruch von
mir, Mads und Sex in der Luft.

„Hey du."

Ich schwamm durch den Nebel aus post-koitalem
Schlaf. Mads saß neben mir auf dem Bett, mit einer
Flasche Wasser und einem selbstzufriedenen Grinsen.

„Trink alles aus."

Ich setzte mich auf. Die Decke glitt an meinem
Brustkorb nach unten und sammelte sich auf meinem
Schoß.

„Danke."

„Brauchst du noch etwas?" Er war so aufmerksam.

Es war so niedlich. Ich schüttelte meinen Kopf, während ich einen halben Liter austrank. „Ich habe alle möglichen Sachen zum Essen."

Ich warf die leere Flasche auf den Boden und griff nach ihm, meine Hand kam auf seiner Schulter zu ruhen. Ich zog seinen Mund an meinen.

„Ich will mehr von dir", erklärte ich ihm, gab ihm einen Schubs, der ihn zurück auf die Matratze taumeln ließ, dann musterte ich seinen schlaffen Schwanz hungrig. „Ja, mehr von dir wird ausreichen."

Zum Glück für mich war er willens, mir so viel Mads zu geben, wie ich bewältigen konnte.

DAS INNERE VON MADS' Kühlschrank sah wie der meiner Eltern aus. Er war voller Essen. Gutem Essen. Milch, Eier, Früchte und frisches Gemüse. Joghurt und Saftflaschen. Sportdrinks und abgefülltes Wasser mit zugesetzten Vitaminen und Mineralien. Das genaue Gegenteil meines Kühlschranks, in dem sich eine halbe Pizza, immer noch im Karton, eine Flasche Milch mit einem Zentimeter saurer Milch auf dem Boden und eine Flasche Ketchup befanden. Oh ja, und ein Sixpack Miller Lite, in dem jetzt nur noch eine ungeöffnete Flasche stand. Ich musste wirklich einkaufen gehen.

Mein Magen knurrte, erinnerte mich an die Tatsache, dass ich letzte Nacht einiges an Energie verbraucht hatte. Ich schnappte mir die Flasche Orangensaft und eine kleine Schachtel mit Erdbeeren, schloss die Tür dann mit meiner Hüfte. Da ich wusste, dass ich auch etwas Flüssigkeit in Mads' Bett verloren hatte, öffnete ich die Flasche und nahm einen langen Schluck. Er war nicht gesüßt und voller Fruchtfleisch, die fleischigen Teile der Orange klebten an meinen Zähnen. Ich brauchte unbedingt eine Zahnbürste und eine Dusche. Ein Rumpeln aus meiner Bauchgegend erinnerte mich daran, dass Nahrung auf Nummer eins der Prioritätenliste stand.

Ich wühlte in seinen Hängeschränken herum, nippte die ganze Zeit über Orangensaft, bis ich eine Schüssel fand. Die Stille in dem Haus fing an, an meinen Nerven zu zerren, darum holte ich mein Handy aus der Gesäßtasche meiner Jeans, öffnete Spotify und fand eine Playlist, die mir zusagte. Jetzt da die Glass Animals spielten, konnte ich besser denken. In einem Haus mit drei Jungs aufzuwachsen bedeutete Lärm. Jede Menge Lärm und jede Menge Müll, der herumlag. Orte wie dieser, ganz schalldicht und sauber, machten mich nervös.

Die Fliesen unter meinen nackten Sohlen waren kühl, als ich zur Spüle tappte und die fetten, roten Beeren wusch, indem ich den kleinen Behälter unter das laufende Wasser hielt. Mom sagte immer, dass man seine Früchte waschen sollte, aber ein kurzes Abbrausen musste ausreichen. Ich war zu hungrig, um noch mit irgendetwas anderem herumzuspielen. Ich nahm mir eine riesige Erdbeere und biss sie an ihrem blättrigen Stiel ab. Die Beere war reif, gefüllt mit süßem rotem Saft, der meine Zunge bedeckte.

„Oh Mann", seufzte ich, nahm mir dann die Nächste.

Ich hatte ungefähr ein Drittel des Behälters geleert, als seine Arme sich um meine Mitte legten, was mich so sehr erschreckte, dass ich beinahe die Beere verloren hätte, die sich nahe an meinem Mund befand. Mads strich mit seiner Zunge über mein Tattoo, schickte einen Speer glühend heißer Lust in mein Gemächt. Seine Hände tanzten über meinen nackten Bauch.

Ich lächelte, als er kleine Kreise auf meinem Bauch rieb.

„Was ist das für ein Scheiß, der da auf deinem Handy spielt?"

„Im Ernst? Du kennst die Glass Animals nicht?"

Ich sah nach hinten und stellte fest, dass seine blauen Augen auf mich gerichtet waren. Ich hielt ihm eine Beere über meine Schulter hin. Seine Zähne waren weiß und eben, als er sachte in die Frucht biss. Saft rann über meine Finger, tropfte auf die nackte Haut meiner Schulter. Ich ließ den Stiel fallen. Er rollte an meinem Brustkorb nach unten. Mads strich mit seiner Zungenspitze über meine Fingerspitzen, saugte dann meinen Zeigefinger in seinen Mund. Mein Schwanz fing an, sich zu füllen. Zwischen seinem Saugen an meinem Finger und seinen Händen, die sich unter den Bund meiner Jeans schoben, war ich ziemlich komplett verloren.

„Und du hast ein Pokémon-Tattoo auf deinem Nacken."

„Das ist deine Antwort auf alles. Lahm und alt, wie du." Ich lehnte mich an ihn, seine Erektion presste sich gegen meinen Hintern. „Was schmeckt besser? Meine Finger oder mein Nacken?"

„Bist du kokett, Tennant?"

Ich zuckte mit den Schultern, weil ich mir nicht ganz sicher war, was kokett wirklich bedeutete.

„Ich habe bis jetzt noch keinen Teil von dir gefunden, der schlecht schmeckt."

Das war der Moment, als ich mich in seinen Armen umdrehte, meine Finger in seine kurzen blonden Haare schob und ihn so tief küsste, wie ich konnte. Seine Zunge glitt über meine. Er schob seine Hand in meine Jeans, seine Finger streichelten über die empfindliche Eichel meines Schwanzes. Ein rollendes Schaudern löste sich, breitete sich von meiner Mitte in meine Arme, Beine, Hände und Füße aus. Als seine Finger sich um meinen Schwanz schlossen, keuchte ich, brach das feuchte Siegel unserer Lippen.

„Ich dachte, ein Typ deines Alters würde einen oder zwei Tage zur Erholung brauchen… Ah, Mann, das ist so gut." Er streichelte mich von der Basis bis zur Spitze, während er an der Linie meines Kiefers knabberte. Seine Zunge wanderte an meiner Wange nach oben.

„Du hast einen ziemlich beeindruckenden Bart für ein Kind deines Alters", schnurrte er, drückte dann einen sanften Kuss auf meinen Augenwinkel. Aufrecht zu bleiben wurde schwierig. Meine Knie fühlten sich weich an.

„Ich bin kein Kind", erinnerte ich ihn mit mehr als ein wenig Feuer. Er neigte sich einen Zentimeter oder so zurück und drückte den Daumen gegen meine Eichel. Ein stockender Atemzug flatterte über meine Lippen.

„Nein, du bist ganz sicher *kein* Kind. Tut mir leid."

Er drang sanft in meinen Mund ein, stimulierte mich

mit kleinen Stößen seiner Zunge am Rand meiner Zähne entlang, während er die ganze Zeit über meinen Schwanz mit fester Faust bearbeitete. Gerade als ich mich in den Rhythmus seines Pumpens einfand, hörte er auf. Sobald seine Hand aus meiner Jeans heraus war, fand er meinen Reißverschluss.

„Überhaupt kein Kind", stellte er fest, ehe er meinen Schwanz befreite und vor mir auf die Knie fiel.

„Oh Scheiße", keuchte ich, als er mich in seinen Mund saugte.

Mit den Fingern nach Halt suchend, fand ich den Rand der Küchenarbeitsplatte, nachdem ich die Erdbeeren auf den Boden gestoßen hatte. Mads schloss seine Augen und ging tief, saugte meinen Schwanz seine Kehle hinunter, während seine Finger meine Pobacken hielten. Meine Jeans sammelte sich um meine Knie. Er schien kein Problem damit zu haben, sie dort zu lassen, sein Kopf bewegte sich auf und ab, während er seine Zunge um die Basis meines Schwanzes zucken und tanzen ließ. Der Mann wusste, wie man einen blies. Er hatte praktisch das Können eines Escorts oder was ich annahm, dass ein Escort konnte. Ich hatte nie einen genutzt. Wenn ich es getan hätte, hätte er genau wie Mads ausgesehen, der seine Reife und sexuelle Erfahrung im Griff hatte. Es stand ihm so gut…

„Kommst du gleich?"

Ich grunzte und stieß zu, das Kratzen seiner Zähne an meinem Schwanz schmerzhaft, aber nicht ausreichend, um mich von der Klippe zurückzuziehen. Mads umfasste meine Eier, drückte fest zu, fing dann wieder an. Eine Hand auf meinem Bauch, um mich an

Ort und Stelle zu halten, saugte er und schloss seine Hand, saugte und schloss seine Hand, bis ich mich auflöste. Mein Kopf fiel brutal nach hinten, sein Name fiel aus mir heraus, als ich kam. Er schluckte schnell, summte voller Lust, während ich bockte und stöhnte.

„Oh, oh, oh Scheiße, Scheiße." Meine Eier kontrahierten in seinem Griff.

Mads leckte mich sauber, kam dann auf die Füße. Seine Augen waren wie Becken aus blauem Feuer.

„Willst du, dass ich dir einen blase?", fragte ich.

„Nein, ich will, dass du die Erdbeeren aufhebst, sie wäschst und dann ins Bett bringst." Er tappte davon, bot mir einen großartigen Blick auf seinen knackigen Hintern und die muskulösen Oberschenkel.

Ich zog meine Jeans nach oben, schloss den Reißverschluss und sammelte und wusch die Erdbeeren, so schnell ich konnte. Ich lief ins Schlafzimmer, hatte einen tropfenden Plastikbehälter voller frisch gereinigter Erdbeeren in meiner Hand. Mads lag auf dem Bett ausgebreitet, füllte das Ding mit harten Muskeln, langen Gliedmaßen und einem fetten, harten Schwanz und schweren Eiern aus. Ich konnte meinen Blick nicht von seinem Schwanz wenden. Man sollte meinen, dass ich letzte Nacht genug von ihm bekommen hatte, aber das schien nicht der Fall zu sein.

„Guter Mann. Jetzt bring sie hierher." Er klopfte neben sich auf die Matratze, sein sündiger Mund verzog sich zu einem schalkhaften Lächeln.

„Was werden wir mit ihnen machen?" Ich war mir nicht sicher, ob es mich überhaupt kümmerte. In diesem

Moment fiel mir nichts ein, was er mit einer Beere anstellen konnte, gegen das ich Einwände hätte.

„Nichts, das du nicht lieben wirst."

„Ja?"

„Ja. Jetzt bring sie hierher und leg dich zu mir."

Ich durchquerte das Zimmer, kickte die zerknüllte Bettdecke auf dem Boden zur Seite und platzierte zunächst ein Knie, dann das andere auf der Matratze. Das Laken war vollkommen zerknittert und entblößte die rechte Ecke der Matratze neben Mads' Kopf. Er nahm den Behälter, ignorierte die Wassertropfen, die auf das Laken und seinen Bauch fielen. Ich konnte sie aber nicht ignorieren. Ich beugte mich vor und leckte sie auf, genoss das Gefühl seiner Haut, die zuckte, als meine Zunge darüberstrich.

„Halte das über deinen Bauch", wies ich ihn an und er tat es. „Schütteln."

Wasser entkam durch die Luftlöcher, betupfte seinen Bauch. Ich legte einen Arm über seinen Brustkorb, machte mich dann an die Arbeit, leckte und jagte jeden Tropfen Wasser. Er gab tiefe, zu Kopf steigende Geräusche von sich, als ich ihn sauber machte. Ich hatte mich schon fast bis zu seinem Schwanz hinunter gearbeitet, als seine Finger in meine Haare glitten und mich sanft wieder nach oben zogen.

„Sobald du dir etwas in den Kopf setzt…"

Er öffnete den Behälter und wählte eine fette Beere aus. Ich warf ein Bein über ihn und setzte mich auf seine Oberschenkel. Mein Blick fiel auf seinen Schwanz.

„Hey", rief er und ich schaute zu ihm auf. „Meine

Augen sind hier oben", zog er mich auf, fütterte mir dann die Beere. Ich kaute und schluckte.

„Aber dein Schwanz ist da." Ich strich mit einem Fingerrücken über den samtigen Schaft. „Und im Moment interessiert mich dein Schwanz viel mehr als deine Augen. Es tut mir leid. Vollkommen oberflächlich, ich weiß."

„Vollkommen männlich."

Er kicherte, bevor er eine weitere Beere auswählte. Diese legte er auf seinen Brustkorb, nahm sich die Zeit, sie so zu platzieren, dass sie nicht von seinem Nippel herunterrollte. Mir gefiel dieses Spiel jetzt schon. Ich beugte mich über ihn, schloss diesen fetten, heißen Schwanz zwischen uns ein, hob dann mit meiner Zunge die Erdbeere von seiner Haut, stellte sicher, dass ich dabei seinen festen kleinen Nippel gut leckte. Er seufzte rau. Eine weitere Beere kam auf seinem anderen Nippel zu ruhen. Eine kleinere. Diese packte ich mit meinen Zähnen, kaute schnell, schluckte, stieß dann seinen Nippel mit meiner Zunge an. Mein Schwanz wurde langsam fest. Mads' Schaft war wie ein Brandeisen, das mir in den Bauch gestoßen wurde.

„Kannst du mich noch einmal ficken?", fragte ich, während ich mit seinem Nippel spielte.

„Geduld", sagte er.

Er gab mir eine weiche Beere, auf die ich mich konzentrieren konnte. Sie war superreif. Ich zerdrückte sie an meinem Gaumen. Er griff nach mir, zog mich nach unten und leckte über meinen geschlossenen Mund, verlangte Einlass. Ich öffnete mich für ihn, teilte den Saft und das Fleisch, die klebrige Süße, schmierte dann alles mit meiner Zunge über seine Lippen und sein Kinn. Sein Griff um meinen Hinterkopf wurde fester, während wir an den Lippen und der Zunge des jeweils anderen saugten. Dann rollte er mich auf meinen Rücken.

„Fuck, ja", stöhnte ich, begierig darauf, ihn endlich in mir zu haben. Ich hob meine Beine, aber er drückte sie wieder nach unten.

„Geduld", sagte er erneut, senkte sich über mich, stahl einen Kuss, während er seinen Schwanz gegen meinen Hintern pumpte.

„Arsch", knurrte ich spielerisch. „Du sagst einem Mann, dass er geduldig sein soll und dann stimulierst du ihn derartig?"

„Du musst lernen, dass es nicht immer darum geht, deinen Schwanz in die erste zur Verfügung stehende Öffnung zu schieben." Er strich mit seinen rauen Handflächen an meinen Armen nach oben, hielt meine Hände am Kopfteil fest, während er Küsse auf meinem Kiefer verteilte.

„Doch, irgendwie tut es das." Ich wölbte mich auf, war wild darauf, ihn endlich wieder in mir vergraben zu haben. Er hielt mich unten, leckte und saugte, knabberte und kaute an meiner Kehle und meinem Mund, bis ich dachte, ich würde verrückt werden. „Mads, komm schon! Verdammt noch mal, ich sterbe hier."

„Tennant, du bist schon einmal gekommen. Dir wird nichts passieren."

Oh, genau. Ich *hatte* in der Küche eine Ladung verspritzt. Da waren die Beeren her. Und Mads war an diesem Morgen noch nicht gekommen. Der Kerl musste schrecklich dicke Eier haben.

„Genieß einfach das Spiel."

„Genau, genieß das Spiel."

Ich wand mich unter ihm, hoffte, ihn dazu zu bringen, mich zu penetrieren. Immerhin ruhte sein Schwanz *direkt* an meinem Hintern. Ein Zucken und er wäre in mir. Er ließ meine Handgelenke los und setzte sich auf, rollte seine Hüften, sodass sein Schaft jetzt an der Basis meines Schwanzes lag. Ich schaute nach unten, sah seinen Schwanz, der auf den dunklen Locken ruhte, ein glänzender Liebestropfen trat hervor.

„Mads, lass mich deinen Schwanz haben", bettelte ich, aber nein, der Mistkerl schnappte sich die dämlichen Beeren und holte eine weitere reife aus dem Behälter.

„Weißt du, was ich mit der hier machen werde?"

„Ein Frappé?" Ich griff nach seinem Schwanz. Er schlug sanft meine Hand zur Seite.

„Nein, ich werde das damit machen."

Er zerdrückte die Frucht an meinem Brustkorb, schmierte die Masse in den dunklen Kreis meines linken Nippels. Dann saugte er ihn sauber. Er suckelte heftig, zog die kleine Knospe in seinen Mund, kratzte dann mit seinen scharfen Zähnen darüber. Ich jaulte vor Lust, grub meine Fersen in das Bett und krallte über seinen nackten Rücken.

„Willst du, dass ich das auch mit dem anderen mache?"

„Ja, ja, Scheiße, ja." Die Worte explodierten in kurzem, heftigen Keuchen aus mir heraus.

Mads ließ sich Zeit mit dem Beeren-Scheiß, zerdrückte Erdbeere um Erdbeere an meinem Fleisch, zuerst an meinem Brustkorb, dann an meinem Kinn, dann unten an meinem Nabel, den er wie wild mit der Zunge bearbeitete.

„Ah, Jesus, Scheiße, verdammt, zur Hölle, ich kann nicht... Ah, Mads, Scheiße, Mann...“

„Ja, du stehst kurz davor“, murmelte er, seine Finger zerrieben zwei Erdbeeren zu einer feinen Paste. „Ich will, dass du deine Knie an deinen Brustkorb ziehst, in Ordnung?“

Er musste mich nicht zweimal bitten. Unsere Blicke trafen sich und verharrten. „Wirst du mir das von meinem Damm lecken?“

„Und ein paar anderen Stellen. Du wirst für mich kommen, während ich es tue und kein Schwanz wird einen Hintern penetrieren.“

Ich stöhnte so lange und so heftig, dass Mads leise lachte. Das Lächeln verschwand aus seinem Gesicht, als seine Finger meinen Hintern fanden. Er arbeitete die Beerenpaste auf langsame, quälende Weise in mich ein. Ein Finger, dann zwei, rein und dann raus, über meine Eier nach oben und wieder nach unten. Seine Zunge tauchte in mich ein, wirbelte über und um meinen Eingang. Seine Vorhersage traf zu. Ich kam für ihn, während er mich rimmte und alles, was er dafür zu tun hatte, war, meinen Schwanz zu packen und einmal hart zuzudrücken.

„Siehst du“, sagte er, als er sich eng an mich lehnte, die Oberseite seiner Oberschenkel an meinen Pobacken zu ruhen kam, während meine Knie immer noch eng an meinen Brustkorb gepresst waren. „Kein Schwanz im Hintern."

Er legte meine Hand auf seinen Schwanz und zeigte mir, wie er gerne gepumpt wurde. Ich streckte meine Beine aus, schlang sie über seine Schultern. Sein Blick verharrte auf meinem und er kam hart und schnell, heiße Wichse bedeckte meine Finger, meinen Brustkorb und meinen Bauch. Er war im Orgasmus wunderschön. Ich könnte mich so leicht in ihn verlieben.

„Süßer Jesus", keuchte er, als ich ihn molk. „Du bist so ein hübscher Mann."

Er schnaufte, als das Nachglühen seiner Erlösung sich über seinen breiten Rücken zu senken begann. Er fiel auf eine Seite, seine Hände zu beiden Seiten meines Kopfes zu Fäusten geballt und küsste mich liebevoll, rollte seine Zunge mit langsamen, sanften Strichen über meine.

„Ich glaube, dass mir Beeren am Rücken kleben", erzählte ich ihm, als er sich kurze Zeit später vom Bett schwang.

„Ja, das Bett ist jetzt ein Obstsalat", gab er zurück.

„Ha, ha, lustiger Mann."

Ich streckte mich wie eine alte Katze in einem neuen Sonnenstrahl, meine Finger berührten das Kopfteil und meine Zehen kitzelten das Fußteil. Ich spürte Mads' Blick auf mir, darum rollte ich meine Hüften und bekam dafür das bewundernde Stöhnen, auf das ich gehofft hatte.

„Ich werde mich waschen. Bleib, wo du bist – ich bringe dir einen Waschlappen."

„Cool."

Er verschwand im großen Bad. Ich rollte mich ein wenig herum, sprang dann auf. Ja, überall waren Beeren. Auf dem Boden, auf dem Bett. Einige waren in die Matratze gedrückt worden, wo das Laken heruntergezogen worden war. Jared drehte im Bad das Wasser auf. Ich fand den Behälter und fing an, die noch ganzen Beeren vom Boden und vom Bett aufzusammeln. Es klingelte an seiner Tür.

„Mads, jemand ist an der Tür. Soll ich nachsehen, wer es ist?", rief ich und stellte den Beeren-Behälter auf die Kommode.

„Wahrscheinlich der Zeitungsjunge. Ich habe Geld auf dem Tisch neben der Eingangstür." Er warf einen Blick durch die Tür, einen seifigen Waschlappen an seinen Brustkorb gepresst. „Bezahl den Jungen und komme dann wieder, damit ich die großen Brocken von deinem Rücken waschen kann." Er wackelte mit einer Braue, duckte sich dann wieder ins Bad.

Ich fand meine Jeans in Rekordzeit und zog sie über meinen Hintern. Das Klingeln verwandelte sich in hämmerndes Klopfen.

„Scheiße, in Ordnung, bleib ruhig, Junge", schrie ich, während ich joggte und gleichzeitig meine Hose schloss. Ich erwischte eine klebrige Beere, die zwischen meinen Schulterblättern klebte mit einer Hand, während ich die Tür mit der anderen aufriss. „Wie viel schuldet er dir?"

„Tennant?", fragte Brady mit quietschender, erstaunter Stimme.

Worte taumelten in meinem Schädel herum, aber keines kam heraus.

„Was zur Hölle geht hier vor sich?"

„Ten, hast du das Geld auf dem Tisch gefunden?", rief Mads, betrat dann das Wohnzimmer mit einem Handtuch um seine Taille. Seine Augen leuchteten überrascht auf, aber seine Stimme war kühl und ruhig. „Brady."

„Du Arschloch", knurrte Brady.

Er warf seine Übernachtungstasche auf den Boden und ging wie ein wütender Wolf auf Mads los. Die beiden großen Verteidiger kollidieren wie zwei Lastwagen. Mads' Rücken rammte gegen die Wand. Das Porträt der Madsen-Familie hüpfte von seinem Nagel und fiel zu Boden, der Rahmen brach, wodurch das Glas herausfiel. Ich tauchte zwischen die beiden, versuchte, sie zu trennen, ehe einer der Schläge, die mein bescheuerter Bruder austeilte, sein Ziel fand. Traurigerweise war ich zu spät. Brady schaffte es, einen sauberen rechten Haken um Mads' fleischige Unterarme herum zu bekommen. Der Mann würde morgen ein ziemlich blaues Auge haben. Ich schubste Brady und zerrte an ihm, mein Arm schlang sich schließlich um seine Kehle, das Einzige, was seine Wut zu durchdringen schien. Nicht atmen zu können kühlt das Gemüt. Ich hing wie ein Lemur an ihm, der Schwitzkasten, den Jamie mir vor all den Jahren einmal beigebracht hatte, wurde endlich ordentlich ausgeführt.

„Geh... von... mir... runter", knurrte Brady, während wir uns in Kreisen drehten.

Wir stießen einen Tisch um, zerbrachen eine Lampe und kippten das Sofa um, aber ich bekam ihn endlich von Mads weg. Ich löste den Schwitzkasten und tanzte vor meinen Bruder, legte eine Hand auf seinen wie wild arbeitenden Brustkorb.

„Ich werde dich *umbringen*! Was machst du mit meinem kleinen Bruder?", bellte Brady um mich herum.

„Hey, Arschloch, es ist eine Beziehung zwischen zwei Erwachsenen." Ich legte beide Hände auf seinen Brustkorb, meine Finger ruhten auf seiner schönen Anzugjacke und dann schubste ich ihn. Fest. Er taumelte ein paar Schritte rückwärts, starrte mich an, als ob er mich zum ersten Mal wirklich sehen würde. „Ich bin zweiundzwanzig verdammte Jahre alt!"

„Und er ist so alt wie ich!", brüllte Brady mit einem zuckenden Winken in Mads' Richtung.

„Brady, ich weiß, das war nicht die beste Art für dich, es zu erfahren, aber -", versuchte Mads zu sagen.

„Nein! Du darfst *nicht* darüber reden, *Mads*." Brady schüttelte einen Finger vor meinem Liebhaber. „Du bist eigentlich ein Freund. Freunde ficken nicht die kleinen Brüder anderer Freunde."

„Ich bin nicht mehr dein Baby-Bruder, Brady. „Zur Hölle, ich bin ein Mann!", schrie ich, so laut ich konnte. Hoffentlich würde die ganze Stadt hören, wie müde ich es war, von meinen Brüdern ständig als Kind angesehen zu werden. „Ich bin ein Mann, der sich aussucht, mit wem er schläft. Ich habe mir Mads ausgesucht. Komm damit klar oder hau ab, aber keine Fäuste mehr."

Im Zimmer war es so ruhig und still wie im Weltraum. Ich stand zwischen meinem älteren Bruder und Mads, meine Arme baumelten an meinen Seiten, meine Muskeln waren angespannt, für den Fall, dass ich

Brady wieder würgen musste. Er hob die Hand, um über seine Kehle zu reiben.

„Seit wann bist du schwul?", fragte Brady, seine Stimme war jetzt weicher, schwach, voller Emotionen und Verwirrung.

„Schon immer." Ich schaute zurück zu Mads, der nicht von meiner Seite wich, obwohl sein linkes Auge tränte.

„Jesus, Mom und Dad werden ausflippen, wenn sie das erfahren", murmelte mein Bruder.

„Sie wissen es bereits. Und sie haben *viel* besser reagiert als du."

Brady hätte nicht schockierter sein können, wenn er unisolierte Kabel in der Hand gehalten hätte.

„Vielleicht sollte ich euch beide allein reden lassen." Mads schlüpfte um uns herum in die Küche, wahrscheinlich um sich Eis oder eine Packung gefrorener Erbsen für sein Auge zu suchen.

„Du hast es Mom und Dad vor mir erzählt?" Brady schien ehrlich erstaunt und verletzt zu sein.

„Nun, ja." Das war meine Antwort. Bradys Gesicht verzog sich vor Wut. „Ich wusste, dass du und Jamie Arschlöcher sein würdet, sobald ihr es erfahrt. Nun, du würdest ein Arschloch sein. Jamie würde wahrscheinlich nur Jamie sein."

Seine Schultern sanken nach unten. „Du bist schwul. Scheiße, ich habe es nie gesehen."

„Weil du nie hingeschaut hast. Du warst zu beschäftigt damit, mein verdammtes Leben für mich zu organisieren. Mir zu sagen, mit wem ich ausgehen und für welches Team ich spielen, wie ich mich anziehen und welche Musik ich mir anhören sollte. Hast du auch nur einmal versucht, nicht der Boss der Welt zu sein und mich zu fragen, was ich wegen all der Dekrete und Urteile, die du von oben abgegeben hast, empfinde?"

Er rieb sich abwesend über seine Kehle, seine Augen waren stumpf. „Nein, das habe ich wohl nie getan."

„Warum zur Hölle hätte ich es dir also sagen sollen? Mom und Dad waren cool. Scheiße, das Team ist offener, als du es bist."

„Das Team weiß es?"

Ich zuckte mit den Schultern. Sie mussten es wissen, oder? Wenn der Kapitän es sich zusammengereimt hatte, konnte der Rest des Teams ganz sicher nicht weit hinter ihm sein.

Seine Hand fiel von seiner Kehle. „Sie wissen von dir und Mads?"

„Nein, das nicht, aber sie wissen wahrscheinlich alle, dass sich schwul bin."

„Jesus, du hast es Fremden erzählt, bevor du mit deinem eigenen Bruder gesprochen hast?" Er setzte sich schwer hin. Es war gut, dass das Sofa hinter ihm stand oder sein Hintern wäre auf den Boden gefallen. „Weiß Jamie es?"

„Ich habe es dem Team nicht erzählt und Nein, ich habe es auch Jamie noch nicht gesagt. Ich wollte es ihm verkünden, wenn wir nächste Woche in Florida spielen."

„Wann wolltest du es mir sagen?"

Darauf hatte ich keine Antwort.

Brady atmete lange aus und vergrub dann sein Gesicht in seinen Händen. „Du wolltest es mir nicht erzählen, oder?"

„Irgendwann schon, ja, weil es sich nicht hätte vermeiden lassen." Ich ging durch das Zimmer und hob das zerbrochene Bild auf, ehe jemand auf das Glas trat.

„Christus. Hasst du mich so sehr?"

Ich warf ihm von dort, wo ich in der Hocke war, einen Blick zu. Er hatte seine Hände fallen lassen. Seine dunklen Augen waren feucht. Scheiße. Würde er weinen? Ich stellte ein Knie auf den Boden, während ich den kaputten Rahmen an mich drückte, der ein schönes Bild von Mads und Ryker zeigte.

„Es ist nicht so, dass ich dich hasse. Du bist schließlich mein Bruder... ich liebe dich. Aber du bist immer so ein elitärer Arsch."

Sein dunkler Kopf hob sich bei diesem Kommentar ruckartig.

„Das bist du. Du hast nichts anderes getan, als jede verdammte Entscheidung, die ich je getroffen habe, kleinzureden." Ich stand auf und legte das zerbrochene Bild auf den Tisch. Dann rückte ich den Sessel zurecht.

„Ich habe nur versucht, sicherzustellen, dass du keine dummen Fehler machst, Tennant."

„Vielleicht *muss* ich diese Fehler machen, Brady." Ich setzte mich in den Sessel, den ich gerade wieder aufgestellt hatte. „Vielleicht musst du mich Fehler machen lassen."

„Aber warum solltest du deine Chance, der nächste große Name im Hockey zu sein, zunichtemachen wollen? Du hast Talent. Viel mehr als ich oder Jamie jemals hoffen können zu haben. Warum bist du nach Harrisburg gegangen? Jesus, warum hast du etwas mit einem deiner Coaches angefangen?" Er rieb sich mit beiden Händen über das Gesicht und warf mir dann einen Blick zu. „Wenn das Team von euch beiden erfährt, wird das heftig werden. Warum solltest du dich ausgerechnet für Mads entscheiden?"

„Ich habe mich nicht für ihn entschieden, es ist einfach passiert. Liebe passiert einfach."

In Ordnung. Oh, wow. Lass uns diesen Buggy zurücksetzen, Tennant. Liebe? Ernsthaft? Scheiße. Ja. Liebe. Alle Arten von Liebe.

„Ich liebe ihn." Das klang lustig – haspelnd und irgendwie wackelig – aber Mann, fühlte es sich richtig an. „Und wenn wir wegen uns brennend vom Himmel stürzen, dann gehen wir eben in Flammen auf. Ich bin bereit, dieses Risiko auf mich zu nehmen, um mit ihm zusammen zu sein."

Brady starrte mich eine Ewigkeit lang an. „Wann bist du erwachsen geworden?"

Ich schnaubte über diese Bemerkung. „Ich bin mir nicht sicher, ob ich das schon bin, aber ich arbeite daran. Aber versteh bitte, ich muss das *selbst* machen. Ich muss die Entscheidungen über mein Leben treffen. Ich muss es verbocken und ich muss herausfinden, wie ich es in Ordnung bringe, wenn ich es verbocke. Du oder Jamie, ihr könnt das nicht für mich machen. Also halt dich verdammt noch mal raus und lass mich mein Leben leben. Du lebst deines."

„Ich würde sagen, dass du in den letzten Monaten ziemlich erwachsen geworden bist", murmelte er, warf dann einen kurzen Blick in die Richtung, in die Mads gegangen war. „Bist du sicher, dass es Mads sein muss?"

„Ja, ich bin mir absolut sicher, dass es Mads sein muss."

„Genau. Und ich muss mich bei ihm entschuldigen, oder?"

„Oh *ja*", sagte ich, zuckte dann mit meinem Kopf in Richtung der Küche. „Warum gehst du nicht und versuchst es? Ich räume hier auf."

„Du weißt, dass ich dich herumkommandiere, weil ich dich liebe, oder?"

„Ich weiß. Du kannst nichts dafür, dass du ein herrischer Idiot bist. Ältestes Kind und all das. Geh und rede mit Mads."

Brady erhob sich, öffnete seine Krawatte, schob sie in die Gesäßtasche seiner Hose und ging in die Küche, um mit Mads zu reden.

Ich fiel in den Sessel, starrte an die Decke und versuchte die Erkenntnis zu verdauen, dass ich mich unwiderruflich in Jared Madsen verliebt hatte.

Kapitel Elf

MADS

ICH HÖRTE JEDES EINZELNE WORT, aber das war einfach, weil sie so laut brüllten, dass die Leute in der nächsten Straße sie wahrscheinlich hören konnten.

Liebe passiert einfach. Das hatte Ten zu Brady gesagt. Er hatte gesagt, dass er mich liebt, dass er *in* mich verliebt war. Die Worte waren zu gleichen Teilen atemberaubend und überwältigend. Denn was passierte, wenn zwei Menschen einander liebten? Das war mehr als nur Sex. Das waren Herzen und Blumen und Versprechen.

Gott, ich habe solche verdammte Angst.

Das Brüllen ließ nach und wurde mehr zu einem ernsthaften Gespräch. Ich begab mich in meine kleine Waschküche und suchte mir eine Jogginghose heraus, fühlte mich weniger verletzlich als nur mit einem Handtuch. Dann wandte ich mich sofort der Kaffeemaschine zu, zerlegte sie Stück für Stück, weil es eindeutig absolut wichtig war, dass ich sie heute reinigte. Mein Gesicht schmerzte, wo Brady den Schlag eines verdammten Lebens gelandet hatte. Ich glaubte nicht, dass er etwas gebrochen hatte, aber ich musste tief in meinen Hockey-Reserven graben, um den Schmerz zu ignorieren. Auf gar keinen Fall würde ich mit einem Eispack im Gesicht in der Küche stehen. Diese Blöße würde ich mir vor Brady nicht geben.

„Mads?", fragte Brady hinter mir.

Ich tauchte den Filterhalter in das heiße Seifenwasser in der Spüle und hielt ihn für eine Weile unten.

„Brady", murmelte ich als Antwort, drehte mich aber nicht zu ihm um.

„Es tut mir leid, dass ich dich geschlagen habe, Kumpel", meinte er auf die in meinen Ohren unaufrichtigste Weise, die möglich war. Es befand sich auf derselben Stufe wie „Scheiße, tut mir leid, ich habe aus Versehen deine Wasserflasche genommen."

Ich ließ den Filterhalter los und er kam hüpfend an die Oberfläche, ein Strom an Blasen strömte daraus hervor. Ich hatte es mit dem Spülmittel vielleicht ein wenig übertrieben.

„Spielt keine Rolle", sagte ich, weil es das nicht tat. Wichtig war, dass Brady und sein Bruder nicht über Kreuz lagen und dass Brady Ten nach ihrem Gespräch anders behandeln würde.

Und dann kam das Verhör.

„Hast du schon damals, als wir noch Kinder waren, gewusst, dass er schwul ist?", fragte Brady vorsichtig.

Diese Frage gefiel mir überhaupt nicht. Wollte er damit sagen, dass ich, weil ich bi war, einen voll funktionierenden Gaydar haben und es gewusst haben musste? Ten war erst zwölf gewesen, als ich mit Brady bei den Junioren gespielt hatte – zur Hölle, er war ein Kind gewesen und hatte wahrscheinlich nicht sicher gewusst, ob er schwul oder hetero oder irgendwo anders auf dem Spektrum angesiedelt war.

Was auch immer Brady mit dieser Frage erreichen wollte, sie kam als Anklage herüber. Ich schnappte mir ein Geschirrtuch und den Filterhalter und trocknete ihn und meine Hände, wandte mich dann endlich von der Spüle ab und Brady zu. Er zuckte zusammen, als er mein Gesicht sah. Ich hatte es nicht geschafft, ihn zu erwischen, jedenfalls nicht so richtig und ein Teil von mir wollte ihm hier und jetzt eine verpassen, um es ihm heimzuzahlen und die Fragestunde zu beenden.

„Nein. Ich bin mir verdammt sicher, dass er es nicht einmal selbst gewusst hat und ich habe keinen verdammten magischen Gaydar. Ich habe es nicht gewusst, bevor er es mir erzählt hat, was, zu deiner Information, erst vor zwei Monaten geschah. Fang also gar nicht erst an, mich zu beschuldigen, dass ich Geheimnisse gehabt hätte."

Bradys Gesicht wurde lang. Ich hatte recht – er hatte mich beschuldigt, die Wahrheit verschwiegen zu haben. Der Teil von mir, der ihm eine verpassen wollte, kam mit aller Macht zurück. Dann sagte er etwas, das meine Wut in Nichts auflöste und die ganze Situation komplett veränderte.

„Scheiße", fing er an. „Ich hatte gehofft, dass er das alles nicht allein durchgemacht hat. Dass er zumindest jemanden hatte, mit dem er reden konnte."

Mein Brustkorb wurde eng. Brady sah mich an, als

ob er gerade das siebte Spiel im Cup-Finale verloren hatte. Am Boden zerstört.

„Brady -"

„Was bedeutet das für ihn?", fragte Brady mich und setzte sich schwer auf einen der Küchenstühle, seine Ellbogen auf der Arbeitsplatte.

Ich wollte in diesem Moment etwas sagen, um die Dinge in Ordnung zu bringen, einen glatten Kommentar darüber, dass Ten ein starker Kerl war und dass es für einen Spieler *nicht so schlimm* war, wenn er anders war als die anderen. Die Railers bestanden aus lauter unterschiedlichen Typen, gleichmäßig aufgeteilt zwischen Amerikanern, Kanadiern und Europäern, so viel stand fest. Dort begannen die kulturellen Unterschiede und das war nur der Anfang all ihrer Andersartigkeiten. Ich war nicht naiv genug, um sexuelle Präferenzen auf die gleiche Ebene zu stellen wie die Provinz, in der ein Typ geboren war, aber ich hoffte, dass das Wissen im Team, dass Ten schwul war, im großen Ganzen keine Rolle spielen würde. Vor allem, wenn das Team zusammenhielt und unbedingt ein Spiel gewinnen wollte.

„Es gab da diesen Jungen auf dem College, den, der sich geoutet hat", sagte Brady. „Er hat Hass-Mails bekommen – sogar Drohungen."

Davon hatte ich gelesen und eine schnelle Email geschickt, um ihn zu unterstützen, aber er war kein Spieler, der dieselben Fähigkeiten hatte wie Ten. Er war nicht derjenige, der es in die NHL schaffen und im Rampenlicht stehen würde. Für Ten konnte es eine Million Mal schlimmer sein. Dann wurde mir klar, wie sehr ich trivialisierte, was jeder Mann im Hockey durchmachte, wenn er schwul war.

„Die Railers unterstützen ihn", sagte ich.

„Und er hat dich", meinte Brady.

Ich hatte noch gar nicht wirklich verstanden, wie ich mich fühlte, aber Brady sah so aus, als wollte er eine Antwort.

„Ich werde immer auf ihn aufpassen", bot ich ihm an.

Brady dachte über meine Worte nach. „Wenn du ihm wehtust -"

„Wirst du mich umbringen. Nun ja, du kannst es versuchen…"

„Fick dich, Mads", sagte Brady ohne viel Überzeugung. „Ich könnte dich jederzeit fertigmachen."

„Fick dich selbst."

Brady rieb sich die Augen. Er sah aus, als ob das Gewicht der Welt auf seinen Schultern lastete, so, wie nur der Kapitän eines NHL-Teams das kann.

„Für Mom und Dad war es in Ordnung?", fragte er mich leise.

Ten antwortete von seinem Platz an der Tür. Wie lange er da gestanden war, wusste ich nicht. „Hast du erwartet, dass es das für sie nicht wäre?", fragte er.

Er hatte sein Handy in der Hand und sah irgendwie anders aus. Selbstsicher, vielleicht. War das nur, weil ich ihn in verliebt war? Betete ich nur, dass Ten selbstbewusst und positiv bleiben und sich nicht von jedwedem Hass, der sich über ihm entladen mochte, unterkriegen ließ? Wie sehr das Management sich auch bemühte, es konnte Schilder bei Spielen geben,

Beleidigungen, Hass, Artikel, Fragen über seine Fähigkeiten als Athlet. Ich hatte das alles auf die ein oder andere Weise gesehen.

Ich hatte auch andere Hockey-Spieler gekannt, die Männer liebten, Männer fickten – Jesus, ein Typ in LA wohnte mit seinem festen Freund zusammen. Das Team tat so, als wären sie Mitbewohner, aber viele Leute kannten die Wahrheit. Ten musste sich nicht öffentlich outen. Er konnte Hockey spielen, bis er vierzig war und seine möglichen Beziehungen konnten diskret bleiben.

Ten stellte eine gute Frage. Bruce und Jean Rowe waren gute Eltern, mit einem toleranten Blick auf das Leben. Hatte Brady erwartet, dass sie anders reagieren würden, wenn einer ihrer Söhne sich outete?

„Nein", sagte Brady sofort, klang aber nicht so überzeugt.

„Mom will einer Unterstützer-Gruppe beitreten und mit mir bei der Pride marschieren."

Brady blinzelte ihn an, überlegte wahrscheinlich, ob Ten ihn verarschte. Zudem bedeutete eine Pride-Parade, dass Ten öffentlich geoutet sein und jeder wissen würde, dass er schwul ist. Ich konnte den Moment, als Brady sich davon abhalten musste, zu hyperventilieren beinahe körperlich spüren und auch den Moment, als er sich wieder fing.

„Ich werde mit dir marschieren", verkündete er.

Ten ging zu seinem Bruder, stieß seinen Arm an, rieb dann fest mit seinen Fingerknöcheln über seinen Kopf, was Brady dazu brachte, wild zu fluchen. „Ich verlasse mich darauf", sagte Ten. Dann schaute er zu mir und ich sah sein Lächeln, die Hitze in seinen Augen und ich konnte nicht anders, als das Lächeln zu erwidern.

„Jesus, Mads, hör auf, meinen kleinen Bruder mit den Augen zu ficken", murmelte Brady.

Dafür er bekam er von Ten einen Schlag auf den Hinterkopf und sie kabbelten für eine kurze Weile. Ich ließ sie machen, wandte mich wieder meiner superwichtigen Aufgabe, die Kaffeemaschine zu reinigen, zu. Das würde ich für eine Weile machen, mir dann eine Entschuldigung ausdenken, um mich in meinem Schlafzimmer zu verstecken, den Brüdern Raum zu geben. Sie brauchten das. Aber wie es schien, hatte Ten andere Vorstellungen, legte sein Handy auf die Arbeitsfläche neben mir und ging seine Kontakte durch, bis er Jamies Nummer fand.

„Bleibst du hier?", fragte er mich leise, als der Klang des eingehenden Anrufs die Küche erfüllte.

Ich hatte vielleicht nur Sekunden, um zu antworten, aber das hier war wichtig für Ten. Wenn er es Jamie sagte, dann wollte ich nirgendwo sein, als direkt neben ihm.

„Ich gehe nirgendwohin", sagte ich ein wenig rau, weil meine Kehle vor Emotionen zugeschnürt war.

„Yo, Ten", nahm Jamie ab. Seine Stimme hallte ein wenig, vielleicht war er im Stadion. Ich wusste, dass Jamie heute spielte, ein Abendspiel, kein Nachmittagsspiel wie bei uns. Wo wir gerade davon sprachen, wir hatten nur noch zwei Stunden, um zum Stadion zu fahren, und Ten brauchte immer noch unbedingt eine Dusche. Er roch nach Beeren und

Sonnenschein und ich wollte ihn am ganzen Körper küssen und das konnte ich in der Arbeit nicht machen.

„Jamie, hey."

„Wird nicht funktionieren", sagte eine andere Stimme, eine Stimme mit einem schweren russischen Akzent. „Kein Wurfspiel für dich, kleiner Rowe."

Es kam zu einem Handgemenge und Fluchen und einem sehr nachdrücklichen „Gib mir mein verdammtes Handy zurück, du Arschloch." Und dann war Jamie wieder da. „Verdammte russische Goalies", murmelte er. „Was ist los, Ten. Geht es dir gut?"

Das war Jamies übliche Reaktion – er fing Gespräche immer damit an, sich zu erkundigen, ob bei der Person, mit der er redete, alles in Ordnung war. Denn wenn es das nicht war, war es selbstverständlich, dass Jamie eine Lösung für deine Probleme hatte.

Lös das, Jamie, dachte ich. Dein kleiner Bruder ist schwul und schläft mit einem Typen, der älter ist als er und, ach ja, er lebt davon, professioneller Sportler zu sein.

„Ich muss dir etwas sagen. Ich wollte -"

„Oh, Scheiße, Ten, haben die verdammten Railers dich verkauft? Was zur Hölle? Arschlöcher. Sag mir, dass du zu einem guten Team geschickt wirst."

Bei dieser Annahme schwoll mir der Kamm. Was war los mit Tens Brüdern und ihrem Anti-Railers Scheiß? Eines Tages würden wir den Stanley Cup in die Höhe halten und sie würden in ihr Bier weinen. Mir wurde klar, dass ich mich gedanklich hatte ablenken lassen, als Tens Stimme erklang und mehr oder weniger dieselben Dinge sagte. Er rundete es ab, indem er seine beiden Brüder als verdammte Idioten bezeichnete.

Ich neigte dazu, ihm zuzustimmen. Die Railers waren ein neues Team, aber wir hatten Tiefe und wir würden diese Liga so durcheinanderwirbeln, dass sie nicht wussten, was sie getroffen hatte. Es würde mir ein Fest sein, zuzusehen, wie mein Team sowohl Boston als auch Florida zur Schnecke machte und dann Brady und Jamie irgendwohin zum Abendessen mitzunehmen, wo alles viel zu teuer war und sie dann zu zwingen zu bezahlen.

„Mein Fehler", sagte Jamie, seine Stimme hallte jetzt weniger. Der Lärm anderer im Hintergrund war ein wenig schwächer geworden, aber er war immer noch mit anderen Typen zusammen. „Die Railers haben dich also nicht verkauft…" Er verstummte erwartungsvoll.

„Ich wollte das nicht über das Handy machen", fing Ten an, sah mich um Unterstützung bittend an.

Ich legte eine Hand über seine und sah die Anerkennung in Bradys Gesichtsausdruck. Hurra, ich hatte endlich etwas richtig gemacht.

„Was machen, Ten? Jesus, Junge, du machst mich ganz nervös", sagte Jamie. „Moment, ich gehe irgendwohin, wo es ruhiger ist." Er redete im Gehen weiter, seine Stimme schwoll mit jedem Atemzug an und ab, während er sich bewegte. „Bist du verletzt? Scheiße, Brady hat gesagt, dein letztes Spiel war brutal, aber ich habe es mir noch nicht angesehen."

„Ich bin nicht verletzt", fing Ten an und hörte dann auf. „Kann ich jetzt reden?"

Es erklang der Laut einer sich schließenden Tür. „In Ordnung, ich bin im Videozimmer."

„Ich bin schwul, Jamie", sagte Ten selbstbewusst und ich drückte seine Hand.

„Oh", meinte Jamie nach einer kurzen Pause. „In Ordnung."

„Hast du irgendwelche Fragen?", erkundigte Ten sich, als es still wurde. „Sollten wir reden?"

„Worüber?", gab Jamie zurück. „Ich werde mit dir nicht über Sex reden."

„Arschloch, ich meinte über mich."

„Nein."

Ten sah mich an und zuckte mit den Schultern. Sogar Brady wirkte verwirrt.

„Du bist nicht wütend?", fragte Ten vorsichtig.

„Wütend wegen was?"

„Dass ich es dir nicht gesagt habe?"

„Nein", sagte Jamie sofort. „Warum? Sollte ich das sein?"

„Brady war es."

Eine weitere Pause. „Du hast es Brady erzählt?", fragte Jamie. „Was hat er gesagt? Lass dich von ihm nicht anschreien, Ten. Er ist ein arrogantes, herrschsüchtiges Arschloch, das versuchen wird, dir zu sagen, was du tun sollst, aber im Kern wird er sich Sorgen machen. Er ist nur beschissen darin, Zuneigung zu zeigen."

Brady schnaubte. „Ich bin hier", verkündete er.

Jamie reagierte darauf nicht einmal. „Ich wusste, dass du das bist", sagte er. „Pass auf, Ten, mir ist es egal, in wen du dich verliebst. Ich bin dein Bruder und ich will, dass du glücklich bist. Bin ich wütend, dass du es mir nicht erzählt hast? Nein. Du musst deine Gründe gehabt haben."

„Ich wollte es dir nächste Woche sagen, wenn wir in Florida sind."

Ten klang so glücklich, dass Jamie ihn unterstützte, dass Brady mich nicht wieder verprügelte. Seltsam, wie Sentimentalität einen trifft, wenn man jemanden wirklich gut kennt und man nur möchte, dass derjenige immer glücklich ist. So empfand ich für Ten. Das war wohl Liebe, nahm ich an.

„Warum hast du es dann auf heute vorgezogen? Weil Brady da ist? Ihr habt ein Nachmittagsspiel gegen Boston, oder?"

Ten blies leise seinen Atem aus und ich hörte auf, seine Hand zu drücken, und verflocht stattdessen unsere Finger. Ich wusste nicht, ob er diese Ermutigung brauchte, ich aber definitiv schon.

„Brady hat mich und meinen festen Freund erwischt." Er sah mich an, als er das sagte.

„Gut, du hast also einen festen Freund. Cool."

„Ich musste es dem Management sagen und meinem Agenten und das Team kommt als Nächstes dran, nach dir und Brady."

„Moment, hast du es Mom und Dad schon gesagt?"

„Ja, sie haben ihre drei Söhne für die nächste Pride-Parade gebucht."

„Cool", sagte Jamie. „Da bin ich dabei. Moment, mit wem bist du zusammen?" Er senkte seine Stimme zu einem Flüstern. „Ist es ein anderer Spieler?"

„Es ist Mads."

„Mann, ich dachte, du hättest gerade Mads gesagt."

„Habe ich."

„Jared Madsen? Dieser Mads?"

„Ja."

Ein sehr nachdrückliches und langes Stöhnen erklang von Jamies Ende der Verbindung. „Er ist ein guter Kerl", meinte er schließlich. „Sag ihm, dass wenn er dir wehtut, ich ihn umbringe."

Ich tippte einen Finger auf die Arbeitsfläche der Küche, um zu zeigen, dass ich reden wollte. „Jamie, hier ist Mads. Ich verspreche dir, wenn ich Ten je wehtue, dürft ihr mich abwechselnd umbringen."

Stille. Warum war da Stille? Ich fühlte mich nervös, als die Verbindung still blieb. Jamie war so – der Friedensstifter, der Denker, derjenige der diese seltsamen Episoden des Schweigens hatte, in denen er nicht wirklich viel sagte.

„Ich liebe ihn", sagte ich, um diese Leere zu füllen, und dann, weil es für mich so lebenswichtig war wie mein nächster Atemzug, löste ich unsere Finger voneinander und umfasste Tens Gesicht. „Ich liebe dich", sagte ich, während ich in seine wunderschönen Augen starrte. „Ich bin zu alt für dich, ich habe ein Kind und Ev, der mir ständig im Nacken hängt. Ich mache nicht mehr die große Kohle, aber ich koche ein hervorragendes Omelett und ich liebe dich, Ten."

Seltsam, dass meine erste Liebeserklärung vor Zeugen stattfand. Irgendwie war es wichtig, dass ich es in diesem Moment sagte. Als ob es vor seinen Brüdern auszusprechen Ten zeigen würde, dass es real war. Ich hoffte, Ten dachte nicht, dass ich der Sache ihre Wichtigkeit genommen hatte.

Das tat er nicht. Er rieb seine Wange an meiner Hand, die Seide seiner Haare an meinen Fingern. „Ich liebe es, dass du älter bist als ich und ich liebe Omeletts", sagte er. „Solange keine Pilze drin sind. Und ich liebe dich auch."

Nö, er dachte eindeutig nicht, dass es billig oder falsch war, das vor seinen Brüdern zu sagen.

Nein, es waren Brady und Jamie, die den Moment ruinierten, indem sie gleichzeitig würgende Geräusche von sich gaben und dann Ten aufzogen.

Die drei in Ruhe reden zu lassen war ziemlich einfach. Sie hatten einander Dinge zu sagen und ich ging in mein Schlafzimmer. Das hier war mein Bereich. Persönliche Fotos, dunkle Bettwäsche, eine herrliche Aussicht über den See aus einem Fenster und auf den Garten durch das andere. Die Decke war hoch, das Bett riesig und es gab jede Menge Platz für zwei Hockeyspieler.

Darum war das wohl nicht mehr länger mein Zimmer. Und mit diesem Gedanken, und weil ich Ten bei mir haben wollte, wenn ich morgens aufwachte und abends ins Bett ging, fing ich an, eine Seite des Schranks auszuräumen, um Platz für seine Sachen zu schaffen. Es war eine Erklärung, die ich da abgab – ihm Raum zu geben, das hier dauerhaft zu machen.

Ich konnte mir sein Lächeln vorstellen, wenn er sah, was ich getan hatte und das ließ mir das Herz in der Brust aufgehen. Ich war, wenn es um Ten ging, ein rührseliger, schmalziger Idiot und es war mir egal, wer davon wusste. Oder zumindest, wer in der Familie es wusste. Ich war nicht bereit, derjenige zu sein, der Ten vor der ganzen Welt outete und wir würden diese Brücke überqueren, sobald wir sie erreichten.

„Frühstück", sagte Ten hinter mir, schob seine Hände unter den Bund meiner Jogginghose. „Ich liebe dich."

Ich drehte mich ungeschickt um, küsste ihn und er umarmte mich so fest, dass ich zuerst nicht atmen konnte. Er hatte einen höllisch starken Griff.

„Du weißt, dass ich es dem Team sagen muss", meinte er, während ich ihn an mich gedrückt hielt.

Er hatte recht. Die Railers waren eine Gruppe guter Männer, eine Familie. Ich war überzeugt, dass sie ihn unterstützen würden und wenn sie das nicht taten, würde ich ihnen *Lehrstunden* geben. Mit meinen Worten natürlich. Nicht meinen Fäusten.

Ich bin kein Neandertaler.

Kapitel Zwölf

TENNANT

FRÜHSTÜCK MIT BRADY. Wow, das war etwas Besonderes. Ich meine damit, mit meinem älteren Bruder – der in der Regel ein großer Sack Arschlöcher war – an Mads' Seite zu sitzen und offen über Dinge zu reden, war eine unglaubliche Erfahrung. Auch wenn er immer noch diese elitäre Einstellung über Hockey und die Railers hatte, schien er einen gewissen Respekt für mich als Mann gefunden zu haben. Alles in meinem Leben fügte sich an den richtigen Platz. Sicher, es gab Dinge, die wir noch klären mussten. Wie mit Mads auszugehen, aber nicht wirklich mit Mads *auszugehen*, wenn das Sinn ergibt. Wir waren unterwegs, aber wir achteten darauf, uns nicht auf intime Weise zu berühren oder irgendwelche Hinweise darauf zu geben, dass wir mehr waren als Freunde oder Spieler/Coach. Das war irgendwie doof. Nein, es war *wirklich* doof. Ich fing an mich zu fragen, ob mich vor der Welt zu outen vielleicht der richtige Weg war. Dann zumindest würden wir uns im Kino an den Händen halten können und müssten

uns nicht ins Heim des anderen schleichen. Heim, wie
in zwei. Das war noch etwas, worüber wir nachdenken
mussten.

Aber für den Moment musste ich mich auf
Nachmittagshockey gegen das Team meines großen
Bruders konzentrieren.

Darum ging es. Die Menge, die meinen Namen rief,
der Geruch von Männern in verschwitzter Kleidung,
das Spritzen des Eises, der Klang von Körpern und
Pucks, die an der Bande abprallten, das Wissen, dass
man seinem großen Bruder gerade den Puck geklaut
und eine hervorragende Torchance hatte. Heh, ja,
Hockey."

„Du lässt Brady wie einen Spieler in der Junior-Liga
aussehen", sagte Addison während eines Blockwechsels.

Wir stießen unsere behandschuhten Fingerknöchel
aneinander. Ja, Brady arbeitete hart daran, mich zu
decken. Es war das Match-up des Tages. Die Presse
sabberte schon seit Tagen über Rowe vs. Rowe, ritt auf
der „Jugend und Schnelligkeit vs. Alter und Erfahrung"
Diskussion herum. Die Wahrheit war, dass der zweite
Block – der immer noch mein Block war, verdammt und
zugenäht – Boston jedes Mal an die Wand spielte, wenn
wir auf dem Eis waren. Aber dieses an die Wand spielen
kostete etwas. Boston war ein großes, körperliches
Team. Waren sie immer und würden sie immer sein. Sie
spielten hart. Ich hatte keine Zweifel, dass wenn ich das
nächste Mal aufs Eis kam, Brady mich dafür würde
bezahlen lassen, dass ich ihm den Puck so einfach vom
Schläger geklaut hatte.

Wir näherten uns dem Ende des zweiten Drittels,

mit zwei fetten Nullen auf der Toranzeige. Die Railers hielten jedoch gut mit den großen, bösen Jungs aus Boston mit. Wir lagen bei den Zweikämpfen vorne, aber Boston überhäufte uns mit blockierten Schüssen und Bodychecks. Ihre Trefferquote musste inzwischen irgendwo über hundert liegen oder vielleicht fühlte es sich auch nur so an. Brady hatte meinen Hintern so viele Male gegen die Bande geschubst, dass ich aufgehört hatte zu zählen. Ich würde morgen ein großer wandelnder blauer Fleck sein.

Ich spuckte meinen Mundschutz in meine Hand, reinigte meinen Mund mit Wasser, spuckte das auf den Boden zwischen meinen Schlittschuhen, schnappte mir dann eine andere Flasche und trank etwas Gatorade. Noch sieben Minuten in diesem Drittel. Nachdem ich meinen Flüssigkeitshaushalt wieder in Ordnung gebracht hatte, warf mir ein Trainer ein sauberes Handtuch zu. Ich rieb mir über das Gesicht und das Visier, spürte die Vibration des Spiels in meinen Knochen.

Mads gab der Verteidigung Anweisungen, schrie sie also an. Er wollte mehr Druck auf den Goalie von Boston. Das wäre schön. Also übte beim nächsten Spiel einer der Railers eine Menge Druck auf den Goalie aus. So viel, dass er mit einer zwei Minuten Strafe für Behinderung des Goalies auf der Strafbank endete. Idiot.

Ich schob meinen Mundschutz zurück und schwang meine Beine über die Bande. Ich war immer in der ersten Schicht während eines Penaltys. Und natürlich, wenn ein Rowe Junge auf dem Eis war, kam auch der andere.

„Würdest du aufhören, mir ständig zu folgen? Scheiße, kleine Brüder können so verdammt nervig sein", zog Brady mich auf, als er in all seiner „Ich bin der Kapitän, schaut nur mein großes C an" Glorie an mir vorbeifuhr.

Die anderen Spieler von Boston fanden das lustig. Ich irgendwie auch, aber das würde ich ihn nie wissen lassen.

„Ich bleibe nur hinter dir für den Fall, dass du stolperst und umfällst, alter Mann."

Die Railers fanden meine Antwort sehr amüsant. Ich sah einen Funken Erheiterung in Bradys dunklen Augen. Ich glitt in die Position für das Faceoff. Der Boston-Center murmelte etwas über meine Mutter, das mich ein wenig wütend machte. Ich schnappte ihm den Puck unter seiner großen Nase weg und feuerte ihn zu einem Flügelspieler. Der Boston Center und ich blieben beim Punkt und redeten, nachdem das Spiel sich in unsere Zone bewegte.

„Du weißt, dass du gerade die Mutter deines Team-Kapitäns als schmutzige Hure bezeichnet hast, oder?"

„Nein, ich habe *deine* Mutter… Fuck. Dann eben du Schwanzlutscher. Wie ist es damit, du verdammter hübscher Junge?"

Ich schlug zu, denn das war meine Mutter, über die er da redete. Handschuhe schlugen aufs Eis – seine zuerst, muss ich betonen. Auf gar keinen Fall würde ich diesen Kampf gewinnen, aber ich gab mein Bestes. Es gelang mir, einen Schlag auf seiner Schulter zu landen. Er schaffte einen Haken auf mein rechtes Auge, ehe wir auf das Eis fielen, an Sweatern zogen und gegen Schulterpolster hämmerten. Trillerpfeifen erklangen jetzt gleichmäßig. Wir wurden getrennt und zu unseren jeweiligen Strafbänken geführt, wobei wir die ganze Zeit fluchten. Ich ließ mich neben Arvy auf die Bank fallen. Er schlug mir mit der Seite seiner Faust auf die Schulter.

„Gut gemacht, Junge", lobte Arvy.

Mein Bruder fuhr zur Railers Strafbank und reichte mir meine Handschuhe und den Schläger. „Du weißt, dass wir jetzt ein Tor schießen werden, oder? Das war dumm." Er warf mir meine Ausrüstung zu und fuhr dann davon.

Ja, er hatte recht. Es war dumm gewesen, mich aus dem Spiel zu nehmen und uns mit zwei Männern in die Unterzahl zu schicken, aber es hatte sich gut angefühlt, das Arschloch niederzuringen. Meine Mutter war keine schmutzige Hure, obwohl ich *tatsächlich* Schwänze lutschte. *Er hatte wohl zur Hälfte recht.* Und Brady hatte recht, was das Tor betraf, die Ärsche. Arvy und ich wurden beide zur Sau gemacht, als wir zwischen den Dritteln wieder in der Umkleide waren.

Das dritte Drittel schien sogar noch physischer zu werden. Brady hatte irgendein magisches Elixier oder so etwas geschluckt, weil ich ihn nicht loswerden konnte, wenn ich auf dem Eis war. Er klebte ständig an mir, machte Druck, Druck, Druck, bis er ein wenig zu viel Druck machte. Ich hatte den Puck ungefähr zehn Minuten nach Beginn des dritten Drittels und raste auf das Netz von Boston zu. Brady wusste, dass er mich auf gar keinen Fall abfangen konnte, darum hatte er nur eine Möglichkeit, mich von meinem direkten Kurs auf das Tor abzubringen, und das war, meinen Arm zu packen und mich zu halten. Und schon saß er für zwei Minuten auf der Sünderbank. Jetzt, endlich, mit einem Mann in der Überzahl, konnten wir den Sack vielleicht zumachen.

Vor dem Faceoff gab es eine Menge Gehabe auf dem Eis. Ich war zum Ausruhen vom Eis genommen worden und damit ich mich auf die zweite Schicht des Powerplays vorbereiten konnte. Die erste Einheit ging hart auf das Netz von Boston, feuerte Schuss um Schuss, aber alle auf den Brustkorb des Goalies. Als ich auf dem Eis war, entschied ich, dass ich aufhören würde zu versuchen, den Puck bei jedem Schuss in die Luft zu befördern. Der Torhüter von Boston würde nichts durchlassen, was hoch hereinkam. Unten zu bleiben war die einzige Möglichkeit, einen Schuss an ihm vorbei zu mogeln. Hoffentlich konnten wir viele dunkelblaue Sweater in die Zone bringen, um seine scharfen Augen zu blockieren. Wir bekamen unsere Chance, als noch fünfzig Sekunden Powerplay übrig waren. Nach einem Defensivfoul von Boston gab es ein Faceoff in der Defensiv-Zone des Teams, das das Foul begannen hatte, was in diesem Fall Boston war. Meine Flügelspieler waren gut verteilt und die beiden Verteidiger standen eng. Ich und Große Nase lächelten einander an.

„Nettes Auge. Jetzt bist du nicht mehr so hübsch", murmelte er, als der Puck durch die Luft flog.

Ich stürzte mich vor, erwischte den Puck und passte ihn zu Arvy. Er gab ihn an Addison weiter, der einen schwachen Schuss machte, den der Goalie von Boston in der Luft abwehrte. Der Puck kam hinter dem Netz herunter. Ich schüttelte Große Nase mit einer schnellen Bewegung ab, die ihn an mir vorbeifahren ließ, sein Schläger einem Einhaken um meine Mitte gefährlich nahe. Es gab einen Haufen über dem Puck, die Spieler stürzten sich darauf wie ein Rudel hungriger Hunde. Schläger klapperten, Männer knurrten und der Puck schoss aus der Versammlung hinter dem Netz von Boston hervor und prallte an der Eckbande ab. Unser Eis ist seltsam. Ich wusste, dass der Puck von dieser gekurvten Bande abprallen und einen unvorhersehbaren Hüpfer machen würde. Das passierte immer. Das Heim-Team zu sein, hatte seine Vorteile.

Ich riss mich aus dem Knoten an Männern auf Schlittschuhen los, raste zu dem Punkt, von dem ich wusste, dass der Puck dort sein würde und nahm ihn auf, nachdem dieser wackelige Hüpfer stattgefunden hatte. Ich holte aus und schlug den Puck mit allem, was ich hatte. Der Schlagschuss hüpfte wie ein Tennisball, der Puck hob sich in die Luft und kam dann direkt vor dem Bostoner Goalie nach unten. Er rollte zwischen seinen Beinen auf die Seite und in das Netz. Das rote Licht hinter dem Tor von Boston ging an. Die Hupe erklang und ich warf mich gegen das Glas, schlug dagegen, als die Railers-Fans auf der anderen Seite dasselbe machten.

Die anderen Männer auf dem Eis schwärmten um mich herum, klopften mir auf den Helm und gratulierten mir. Während ich an meinem Block entlangfuhr und mit allen Spielern die Fäuste zusammenschlug, schaute ich zu den Coaches. Mads lächelte mich an und nickte. Benning schien erfreut zu sein. Dann tippte ich meinen Helm mit meinen Fingern an, in Richtung des Rowe Bruders, der gerade die Strafbank verlassen hatte. Brady schüttelte nur den Kopf, dann setzte er sich.

Niemand machte danach noch ein Tor. Die Goalies hatten alles dicht verschlossen. Wir kämpften uns durch eine fünfminütige Verlängerung und immer noch keine Tore. Ein Penaltyschießen würde den Gewinner ermitteln. Einen Punkt für das Unentschieden zu bekommen war in Ordnung, aber wir *brauchten* diesen anderen Punkt. Unsere Division war bereits verdammt eng und jeder Punkt war wichtig. Außerdem war Brady zu besiegen etwas, das einfach passieren musste.

Coach schickte mich zuerst nach draußen, um mich dem Goalie von Boston zu stellen. Er klopfte auf die Bande, als ich in die Mitte des Eises fuhr, irgendwie eine „Liefere ab, Junge", Geste. Arroganter Hurensohn. Wie sich herausstellte, hatte er ein Recht darauf, arrogant zu sein. Ich gab mein Bestes, zog einen Trick aus meinem Hut, den ich einmal bei einem Flügelspieler der Rangers gesehen hatte. Es handelte sich um ein langsames Anfahren auf das Netz, gepaart mit einer schnellen Bewegung im Handgelenk, um den Puck am Torhüter vorbeizuschicken. Wie es schien, hatte dieser Stürmer der Rangers diesen Move für sich gepachtet, weil mein Schuss direkt im großen Fanghandschuh des Goalies von Boston landete.

Die Bank war sehr laut, als wir wieder an die Reihe kamen. Unser Kapitän schmuggelte einen hinein, mit einem herrlichen Toe-drag und einem Deke. Danach war es die Stan-Show. Der massige Russe in unserem Netz verwandelte sich in eine Ziegelmauer. Als der letzte Mann für Boston – mein Bruder – es nicht schaffte, einen Schuss an Stan vorbei zu bekommen, sprangen wir alle jubelnd und schreiend auf unsere Schlittschuhe. Dann fuhren wir aufs Eis, um den riesigen Russen zu umarmen, der breit grinste, der große Trottel.

Stan wurde als der erste Star des Spiels gewählt und das mit Recht. Er hatte sich zweiundvierzig Schüssen gegenübergesehen und nur einen durchgelassen. Ich wurde der zweite Star für mein Tor. Es war ein großartiges Spiel. Die Umkleide summte vor Energie. Ich saß an meinem Platz, grinste, mein Blick wanderte über die versammelten Männer. Mein Team. Es war an der Zeit, dass die Männer, mit denen ich spielte, erfuhren, dass sie einen schwulen Mann in ihren Reihen hatten. Aber es ihnen hier zu sagen fühlte sich falsch an. Ich wollte die Stimmung nicht mit einer Ankündigung trüben, die vielleicht schlecht aufgenommen wurde. Vielleicht beim Essen? Mom backte Dad immer etwas, wenn sie ihm etwas Schlimmes mitteilen musste, wie das eine Mal, als sie mit dem neuen Auto rückwärts gegen einen Baum gefahren war. Er war nach Hause gekommen und hatte einen dreistöckigen weißen Kokosnusskuchen vorgefunden.

„Hey, das Abendessen geht auf mich", schrie ich, damit man mich über dem Chaos hören konnte. „Und ja, das heißt, dass ich bezahle", fügte ich hinzu, als niemand antwortete.

Sobald sie wussten, dass ich die Rechnung

übernehmen würde, jubelte das Team. Was für eine Gruppe Arschlöcher. Wir einigten uns darauf, uns in dieser coolen kleinen Sportbar/Restaurant direkt neben dem Capital Beltway zu treffen.

Ich fand Mads nach dem Spiel in seinem Büro. „Hey", rief ich, nachdem ich an der offenen Tür geklopft hatte.

Er sah von seinem Laptop auf und sein Lächeln riss mich beinahe von den Füßen. Habe ich schon erwähnt, wie attraktiv der Mann ist?

„Ich nehme das Team mit zu Roger's am Beltway, damit wir beim Abendessen feiern können. Kommst du mit?"

„Ich muss Videos für das Spiel gegen Pittsburgh machen."

„Oh Mann, das ist beschissen." Ich lehnte meine Hüfte gegen den Türrahmen. „Dann sehen wir uns später?" Was der geheime, schwuler-Spieler-der-eine-Beziehung-mit-seinem-Coach-hat Code für „Ich sehe dich später bei dir. Ich liebe dich und habe vor, dir im Rahmen einer privaten Feier den Schwanz zu lutschen" war.

„Ja", sagte Mads, wobei sein Blick auf meinem Mund verweilte. „Oh. Nettes Auge." Ja, er würde seinen Schwanz so was von gelutscht bekommen, sobald ich nach Hause kam.

Ich joggte los, um mich mit Stan und Addison zu treffen. Das Boston Team reiste ab. Wir trafen uns im Flur. Brady legte einen Arm um meine Schultern.

„Ihr Jungs hattet dieses Mal Glück", verkündete er

laut, während er mich ein oder zweimal an seine Seite drückte.

„Ja, genau. Ihr seid nur alle fix und fertig, weil ihr von einem Expansions-Team zur Schnecke gemacht worden seid", gab ich zurück. Er drückte seinen Arm spielerisch um meine Kehle zu, schubste mich dann weg.

„Niemand mag einen Klugscheißer", sagte er, als wir nach draußen traten. Der frühe November in Pennsylvania war verdammt kalt. Das gefiel mir nicht. „Kommst du für Thanksgiving nach Hause?"

„Oh, äh, Mann, ich weiß es wirklich nicht. Kommt drauf an." Ein weiterer geheimer Code, der bedeutete, dass ich nicht wusste, was Mads am Truthahn-Tag machte, dass Mom und Dad noch nicht von Mads wussten und ich mir nicht sicher war, wo ich am Ende des Monats wohnen würde. „Ich werde es auf mich zukommen lassen und es ihnen dann sagen."

„Nein, nichts von diesem Scheiß. Du schwingst deinen Arsch nach Hause. Das wird toll."

„Danke", sagte ich so ernst, wie ich konnte. „Danke für die zwei Punkte."

„Mistkerl", kicherte er.

Er schüttelte mir die Hand, dann eilte er zu dem wartenden Charter-Bus, der sie zum Flughafen und zurück nach Boston bringen würde. Nachdem ich gewinkt hatte, rannte ich zu meinem Jeep, parkte aus und drehte die Hitze auf Kochend. Jesus, es musste da draußen minus vier Grad haben. Der Winter im Norden würde für diesen Strandjungen hart werden.

Als ich bei Roger's Ribs ankam, erhielt ich Jubel und

Applaus von den Kunden der Sportbar und des
Restaurants. Die Fans verließen ihre Sitzplätze und
Mahlzeiten, um mit mir zu reden, Selfies zu machen
oder mich etwas unterschreiben zu lassen.

„Mann, Rowe, all die Ladys lieben dich!", schrie
Arvy, als ich mich endlich aus der Ansammlung
kichernder und mit den Wimpern klimpernder Frauen
gelöst hatte. „Was ist dein Geheimnis?"

Ich zuckte mit den Schultern und setzte mich neben
Connor. Mein Kapitän neigte seinen Kopf, fing dann
mit einer langatmigen Geschichte über die Zeit an, als
er in der Junior-Liga oben in Saskatoon gespielt hatte.
Es war ein cooler Schachzug, obwohl ich daran gewöhnt
war, Kommentare über Frauen abzuwenden. Das Essen
wurde serviert, zusammen mit Krügen voller Limonade.
Steaks und Schweinekoteletts, ganze gebratene Hühner,
Platten voller Pasta jeglicher Form und Größe. Wir
langten zu, aßen und scherzten, erzählten unsere
eigenen Geschichten und durchlebten noch ein paar
dutzend Mal unseren Sieg über Boston. Das Essen
verschwand schnell. Zwanzig hungrige Hockeyspieler
können ordentlich spachteln. Zwischen all dem
Gelächter und den dreckigen Witzen konnte ich spüren,
wie wir eine Verbindung aufbauten. Die Bedienungen
mussten ziemlich arbeiten, waren aber freundlich und
niedlich, flirteten ein wenig mit den Jungs, als sie die
Teller wegbrachten und Nachspeisen und Kaffee
servierten. Ich nippte an meinem Kaffee und sah zu, wie
die Jungs interagierten. Dann beugte ich mich zur Seite
und flüsterte Arvy zu:

„Hey, ich bin schwul. Gib es weiter."

Er lehnte sich zurück und sah mich, als ob ich gerade verkündet hätte, ich wäre Queen Victoria. „Wirklich?"

„Das ist die Wahrheit, Mann." Ich lächelte und deutete dann mit dem Kinn, damit er anfing, Flüsterpost zu spielen.

Wir hatten dieses Spiel ständig gespielt, als ich noch ein Kind war. Jeder Mann bekam das Flüstern, schaute zu mir, gab es dann weiter. Als es um den Tisch herumgewandert und in Stans Ohr gelandet war, kicherte ich. Der große Goalie starrte mich offen an, kratzte seine lange Nase und fragte dann den Tisch: „Tennant Queen of May? Was bedeutet das?"

Wir fingen alle zu lachen an und blieben *viel* länger, als es vernünftig war. Ich schlich mich um zwei herum in Mads' Haus. Er schlief tief und fest, seine langen Arme und Beine nahmen den Großteil des Bettes ein. Ich zog mich aus und kroch unter die Decke, suchte seinen Körper in der Dunkelheit. Er bewegte sich kaum, als ich meinen kalten Hintern in seine Seite drückte. Er gab jedoch eine Art schnurrenden Laut der Zufriedenheit von sich, fing dann aber wieder an, leise zu schnarchen. Ich schlief schnell ein, jetzt da mir warm war und ich neben Mads lag.

Als ich aufwachte, rollte ich mich herum, müde und verwirrt, versuchte herauszufinden, was mich geweckt hatte. Es war nicht Mads, weil er nicht einmal im Bett war. Ich ließ mich auf den Rücken fallen und gähnte, dann hörte ich ihn reden. In Ordnung, vielleicht war es doch Mads gewesen. Und reden war nicht der richtige Ausdruck. Er schob Worte durch zusammengebissene

Zähne. Wütend. Knurrend. Wer auch immer angerufen hatte, hatte den Mann so richtig auf die Palme gebracht. Ich rollte meinen Kopf und sah, dass es fünf Minuten nach sechs war. Um aller Fucks willen, wer rief so früh an, um Jared blöd anzumachen? Ich trat die Decke nach unten und taumelte ins Wohnzimmer, rieb mir die Augen, während ich die trockene Haut an meinem Bauch kratzte. Kälte und Winter.

Das sorgte dafür, dass es mich juckte. Ugh. Ich brauchte südliche Hitze und Feuchtigkeit, sofort.

„Mann, was ist los? Es ist noch nicht einmal sieben", sagte ich und bekam einen Blick von meinem festen Freund. War es cool, ihn so zu nennen? Und war es cool, von dem Mann, dem man vorhatte, einen zu blasen, so scheißfrüh am Morgen mit den Augen erdolcht zu werden? Nein. Nein, war es nicht.

„Ten, bitte", schnappte Mads. „Ev, wir haben schon darüber gesprochen. Er wird das auf meine Art machen."

Mads' finsterer Blick ruhte immer noch auf mir. Ich zeigte ihm den Mittelfinger, fiel dann mit dem Gesicht voran auf das Sofa.

„Es ist niemand. Wen ich in meinem Haus habe, geht nur mich etwas an. Genau wie Ryker. Ja, das ist mein letztes Wort. Jetzt lass es gut sein oder ich werde… Ev? Du Arsch, hast du etwa aufgelegt?"

Mit dem Gesicht im Kissen vergraben hörte ich das knirschende Geräusch eines Handys, das gegen die Wand schlug. Ich drückte mich auf meine rechte Seite. Mads stand vor mir, sah aus, als wäre er nur einen

Wimpernschlag von einem totalen Zusammenbruch entfernt.

„Willst du einen Blowjob?", fragte ich.

Lasst uns den Tatsachen ins Gesicht sehen, oraler Sex macht alles besser. Und er war nackt und sein Schwanz war besonders verführerisch und ich war irgendwie geil. Mads senkte seinen Blick von dem Handy-und-Wand Massaker auf mich. Ich wackelte schnell mit einer Augenbraue. Ein knarzendes Lächeln erschien.

„Ich meine es absolut ernst", sagte ich. „Blowjobs sind das Beste."

„Sex löst nicht jedes Problem, Tennant."

„Willst du damit sagen, dass du nicht willst, dass ich dir einen blase?"

„Ich will damit sagen, dass Sex Ev nicht zu einer weniger kontrollierenden… welchen Ausdruck verwendest du immer?"

„Schwanzsocke?"

Das brachte ihn zum Schnauben. „Okay, nicht das, aber es passt."

„Ja. Was diesen Blowjob betrifft…"

Er setzte sich neben mich, zog mich auf seinen Schoß und hielt mich einfach nur fest, sein Kopf war an meine Schulter geschmiegt. Er redete mit mir, während er mich hielt. Erzählte mir jede einzelne verdammte kranke Sache, die Ev – der Schwanzaffe – je ihm, seinem Sohn und Rykers Mutter angetan hatte.

„Geht es dir gut?", fragte ich, nachdem mehrere Minuten vergangen waren, in denen er das Tattoo auf meinem Nacken gestreichelt hatte.

„Das wird es mir gehen, sobald ich dich noch ein wenig länger berührt habe."

„Willst du, dass ich deinen Schwanz anfasse?"

Sein großer Körper schüttelte sich vor Lachen. „Mein Gott, du bist stur. Das wird dich im Leben weit bringen."

„Wird es mich in dein Schlafzimmer bringen?" Ich wand mich, mein nackter Hintern rieb über entblößte Oberschenkel.

„Nein, aber es wird dich ein wenig tiefer in mein Herz bringen."

Er log. Es brachte mich in sein Schlafzimmer, nach nur ein wenig mehr Wackeln. Gib niemals auf. Regeln, nach denen jeder Coach und Spieler leben sollte.

„GIBT ES EINEN GRUND, warum du dastehst und den Schrank anstarrst?", fragte Mads, als wir uns an diesem Abend zum Schlafen bereit machten.

Ich wandte mich ihm zu. „Du hast Platz für mich gemacht."

Er nickte und fuhr dann damit fort, sein Hemd aufzuknöpfen. Ich hatte mich aus meinem Anzug geschält, sobald wir eingetreten waren, und hüpfte jetzt nur in meiner Unterwäsche herum. Mads schien es nichts auszumachen.

„Sind wir uns sicher, dass wir das wollen?", fragte ich.

„'Wir' wie in ‚wir beide' oder ‚wir' wie in ‚ich'?" Er warf das schmutzige Hemd in den Wäschekorb.

„'Wir' wie in ‚du', weil ich mir nicht sicher bin, ob du verstehst, was diese Geste bedeutet." Ich wedelte mit der Hand in Richtung des Schrankes hinter mir.

„Tennant, mir ist vollkommen klar, was Platz für deine Kleidung zu machen bedeutet." Ein Lächeln umspielte seine Lippen. Der Mann war *so* verdammt sexy, sogar mit dem Veilchen, das in seinem Gesicht blühte. Verdammter Brady.

„Wenn ich das mache, bedeutet das, dass ich mich outen muss. Auf gar keinen Fall können wir zusammen wohnen, ohne dass ich geoutet bin."

„Die Leute machen das ständig." Er hob meine Hose vom Ende des Bettes hoch und warf sie in den Wäschekorb.

All das wurde überwältigend. Platz im Schrank, seine Kleidung, die mit meiner im Wäschekorb intim wurde, sich vielleicht zu outen.

„Ja, aber wir sind keine ‚Leute'." Ich malte Gänsefüßchen in die Luft. „Ich bin Tennant Rowe. Du bist Jared Madsen. Wir machen professionellen Sport. Wir haben die ganze Zeit über Kameras im Gesicht, Mads."

„Und das macht dir Angst."

„Ich weiß nicht. Ein wenig vielleicht, ja." Ich schob meine Finger durch meine Haare. „Ich wollte nie das schwule Hockeyspieler Aushängeschild sein, Mads. Ich will nur Hockey spielen und lieben, wen ich liebe."

„Das wäre ich."

„Ja, du Riesentrottel, das wärest du."

Er zwinkerte. Ich kicherte. Der Druck löste sich ein wenig.

„Jetzt bin ich total aufgedreht, weil der Gedanke, hier bei dir einzuziehen, mir das Gefühl gibt, als hätte ich gerade einen lebendigen Oktopus gegessen."

„Und das ist ein gutes Gefühl, nehme ich an?" Er zog seinen Gürtel aus den Schlaufen seiner Hose, rollte ihn ordentlich zusammen und legte ihn in eine Schublade. Meiner lag auf dem Boden am Fuß des Bettes.

„Nun, zum größten Teil, ja", sagte ich, tappte dann los, um meinen Gürtel aufzuheben. Ich reichte ihn ihm. Er nickte, rollte ihn dann zusammen und legte ihn neben seinen. Ich stellte fest, dass ich unsere beiden Gürtel anstarrte, die in dieser Schublade zusammengerollt lagen. „Ich will wirklich bei dir einziehen. Meine PlayStation und mein Klavier herbringen und einfach mit dir zusammen sein, aber…"

„Aber die Welt." Er strich mit der Hand über meinen Bizeps, lenkte meine Aufmerksamkeit von Gürteln, die miteinander kuschelten, ab. „Tennant, ich werde dich nicht drängen." Seine Augen waren strahlend und warm. Wie ein Frühlingshimmel oder das Ei eines Rotkehlchens. „Der Platz gehört dir, *wann immer* du dich entscheidest, ihn in Anspruch zu nehmen. Ich weiß, dass du nicht einfach heute Abend nach Hause eilen und dein Klavier holen kannst."

„Genau, weil das alte Miststück schwer ist und in *keine* Tasche passt, die ich besitze", bemerkte ich. Mein Blick wanderte zu dem Spiegel, der an der Kommode angebracht war. Ich sah Mads und mich, wie wir nebeneinander dastanden, in dem Glas. „Was soll ich tun?", fragte ich den blonden Mann im Spiegel.

„Du tust, was sich richtig anfühlt, wenn es sich richtig anfühlt", erklärte er meinem Spiegelbild.

„Das ist überhaupt nicht hilfreich."

„Das ist das Beste, was ich zu bieten habe. Lass uns ins Bett gehen, Tennant. Ich bin müde und wir haben morgen ein Spiel."

„Ja, stimmt." Ich schloss die Schublade mit den Gürteln, ließ aber den Schrank offen.

Kapitel Dreizehn

MADS

DER SCHLAG WAR NICHT HEFTIG. Es war nicht einmal ein voller Check, eher eine Ansammlung von Körpern in und um das Netz, aber er hätte zu keinem schlechteren Zeitpunkt kommen können.

Eins zu null für uns und der Puck prallte von dem beschissensten Eis ab, das ich in der gesamten Saison gesehen hatte. Ich hatte mein erstes Verteidiger-Paar ausgewechselt, hatte sie in einem makellosen Manöver aufs Eis gebracht und nahm mir einen Moment Zeit, um einfach zu bewundern, wie das Spiel sich entwickelte. Ich konnte das Tor fühlen, wie man manchmal einfach weiß, dass der Puck am Torhüter vorbei ins Netz finden wird. Ihr Goalie war an diesem Abend eine Bestie gewesen und unser Team war frustriert, weil es ihn brechen wollte. Aber mit nur noch fünf Minuten zu spielen, sah es nicht so aus, als würde er anfangen, jetzt Schüsse durchzulassen.

Aber wir hatten den Puck. Mac passte zu Arvy hinter dem Tor hervor, Arvy gab ihn zurück, nahm seine

Position ein, wartete auf den nächsten Wechsel, der erste Block war auf dem Eis und dann ging es los. Zwei schnelle Pässe, ein wunderschöner Saucer von Lee und dann hatte Connor Hurleigh den Puck, stabilisierte das Hüpfen, hob den Kopf und ließ die Schönheit einfach fliegen. Ihre Verteidigung stürzte sich auf Connor, der Goalie ging zu Boden, streckte die Hand nach dem Puck aus, aber er war zu schnell, hundertsechzig Kilometer in der Stunde und die Railers waren mit zwei Toren in Führung.

Das Buhen und die Rufe der gastgebenden Menge war etwas, das man ignorieren konnte. Der Jubel der Railers Fans hinter unserer Bank und die Schreie des Teams überlagerten alles, was von den Unterstützern des Heimteams kam. Die Verteidigung des anderen Teams lungerte immer noch am Tor herum, es ging etwas zwischen unserem ersten Block und ihnen vor und dann wichen alle zurück und wir sahen Connor, unseren Kapitän, der vornübergebeugt war und eindeutig Schmerzen hatte.

„Was zur Hölle?", schrie Coach und noch während er das sagte, waren unsere Mediziner schon aufgesprungen und über die Bande, direkt zu ihm. Die Männer des Blocks versammelten sich und eine seltsame Stille erfasste die Menge. Ich konnte von dort, wo ich stand, nicht ordentlich sehen, und tauschte einen Blick mit Ten, der sich über die Bande beugte und auf das Eis starrte.

Wie schlimm war Connor verletzt? War sein Jahr vorbei? War es ein gebrochener Knochen oder ein verdrehtes Knie, ein gerissenes Kreuzband oder, schlimmer noch, dieser Geist aus der Hölle, eine Gehirnerschütterung. Mir wurde erst klar, dass ich mir an die Brust griff, als Coach mir auf die Schulter tippte.

„Alles in Ordnung?", fragte er und deutete auf die Faust direkt über meinem Herzen.

Ich ließ sie sofort sinken, aber nicht, bevor Ten es nicht auch gesehen hatte. Er wusste nicht, wohin er schauen sollte – zu seinem Kapitän, der mit Hilfe der Mediziner in die Höhe kam oder zu seinem Liebhaber, der wahrscheinlich aussah, als würde er gleich tot umfallen.

„Ja", sagte ich und wollte dann unbedingt das Narrativ der ganzen Situation ändern. Niemand erwähnte meine medizinischen Probleme noch – nicht das Team, nicht meine Freunde, nicht einmal mein Sohn. Sie waren unter „Dinge, die Hockey und sein Körper ihm angetan haben" abgelegt.

Natürlich wurde ich immer noch als Jared Madsen vorgestellt, „ehemaliger Verteidiger der Sabres. Hat nach einem Schlag im Finale des Stanley Cups aufgehört – Herzprobleme, wissen Sie", von jedem, der klarmachen wollte, warum ich nicht mehr spielte. Ich brauchte niemanden, der mich verteidigte oder erklärte, warum ich aufgehört hatte zu spielen. Genauso wenig wollte ich diesen Ausdruck auf Tens Gesicht sehen. Er sah aus, als ob jemand seinen Welpen getreten hätte.

„Wie sieht es aus?", fragte ich Emma, unsere oberste Medizinerin, als sie wieder zu uns gefahren kam. Sie schüttelte ihren Kopf, wir würden auf gar keinen Fall medizinische Informationen über einen Spieler mit jedem Arschloch teilen, das Lippenlesen konnte. Aber ihr Gesichtsausdruck war ernst und Cole, unser zweiter Mediziner, musste Connor mithilfe von Arvy aufrecht halten.

Das sah nicht gut aus und der Schmerz auf Connors Gesicht war etwas, das ich bei keinem Spieler sehen wollte.

„Konzentriert euch wieder auf das Spiel", schrie Coach.

Das ganze Team sah ihn an, bevor er unseren zweiten Block rausschickte, aber Ten zurückhielt und den Center unseres dritten Blocks losschickte. Er mischte die Blöcke, um den Schwung zu erhalten, und Ten verfolgte das Spiel intensiv. Als er zusammen mit den Flügelspielern des ersten Blocks aufs Eis ging, Center seines eigenen ersten Blocks, klopfte mir das Herz bis zum Hals. Ihre Verteidiger klebten an unseren Stürmern und dieser Spielzug stellte ihn gegen dieselben großen Jungs, die gerade unseren Kapitän aus dem Spiel genommen hatten.

Es war kein Desaster, nicht wie die *Titanic* ein Desaster gewesen war, sondern eher ein Experiment, das nicht ganz funktionierte. Ten hatte mit diesen beiden Jungs noch nicht gespielt. Er war schneller als sie, so viel war offensichtlich. Bei seinem eigenen Block hatte er gelernt, diese Geschwindigkeit zu nutzen. Bei diesen Jungs ging das gründlich schief und er verlangte zu viel, als dass seine Flügelspieler nachkommen konnten und das waren die besten, die wir hatten.

Die drei waren Puzzlestücke, die nicht wirklich zusammenpassten. Es waren noch zwei Minuten übrig und das andere Team machte ein Tor. Eine Minute und es stand unentschieden, als Ten den Puck in der neutralen Zone verlor. Das Spiel endete unentschieden, wodurch wir in die Verlängerung mussten. Das drei gegen drei war genauso brutal. Irgendwie war niemand im Team dort draußen in der Lage, mit den anderen eine Verbindung aufzubauen, als ob Connors Verletzung die Struktur des Teams für dieses Spiel geschreddert hätte und wir allen Zusammenhalt verloren hätten. Sogar Coach fluchte nicht, wie er das normalerweise tat. Connor verletzt war eine große Sache. Etwas, das alles veränderte.

Als unsere Gegner bei drei siebenundzwanzig in den fünf Minuten Verlängerung ein Tor schossen, explodierten die Fans und wir verließen die Bank, gingen direkt in die Umkleide. Die Spieler zuerst. Untröstliche Spieler, die alle eines wissen wollten. *Wie geht es Connor? Ist Connor in Ordnung? Spielt er im nächsten Spiel?*

Das war gefährlich. Das konnte alles aus dem Takt bringen.

„Wir wissen nichts", erklärte Coach dem stillen Raum. „Es ist halb zehn. Ich will uns um halb elf im Bus haben, in Ordnung? Wie fliegen um elf."

Alle nickten und ich sah, wie Ten auf seinem Platz zusammensank, die Hände zwischen den Knien, den Kopf gesenkt. Ich wollte ihm sagen, dass es in Ordnung war, dass einen verletzten Kapitän zu haben nicht das Ende der Welt bedeutete, dass wir es schaffen würden, dass er seinen Platz einnehmen konnte, dass wir die nächsten zehn Spiele in Folge gewinnen konnten.

Wenn ich diesen Optimismus nur auch verspürt

hätte. Ten war da draußen verletzlich und ich konnte nicht sehen, wie sich das bis zum nächsten Spiel ändern würde.

IM FLUGZEUG WAR ES STILL. Connor war ohne Hilfe hineingehinkt. Die Verletzung würde seine Karriere nicht beenden, aber niemand aus dem medizinischen Team sagte uns irgendetwas. Sie meinten nur, dass es eine Weile dauern würde, bis sie eine genaue Diagnose hatten, dass er wahrscheinlich zwei Wochen aussetzen musste. Ich dachte darüber nach, mit wem wir es zu tun haben würden. Sechs Spiele in den nächsten zwei Wochen – vier Heimspiele hintereinander, die anderen beiden in Florida.

Ten ging zur Toilette, an mir vorbei, seine Hand strich über meine Schulter und Gott, wie sehr ich ihn in diesem Moment in die Toilette schubsen und einfach nur…

Halten wollte.

Ich wollte ihm nur all diese Dinge sagen, um ihn aufzumuntern. Und wie dumm war das? Als er zurückkam, hatte er immer noch diesen niedergeschlagenen Gesichtsausdruck und ich hielt ihn mit einer Hand auf dem Oberschenkel an.

„Du hast gut gespielt. Lass diese Niederlage hinter dir und schau nach vorne", sagte ich. Als Coach konnte ich diese Dinge sagen und niemand würde auch nur mit der Wimper zucken.

Ten sah mich einfach nur an und nickte. „Ja, Coach", murmelte er und ich ließ ihn los.

Wir waren um zwei zurück in Harrisburg, fuhren in getrennten Autos nach Hause, immer vorsichtig und als mein Gespräch mit dem Coach beendet war, waren die Autos der Spieler fort und ich wusste, Ten würde zu Hause sein.

Er war im Bett, als ich hereinkam und ich zog mich aus, putzte meine Zähne und rollte mich hinter ihm im Bett zusammen.

„Wie ernst ist es?", fragte Ten.

„Sie sagen, er hat sich die Leiste gezerrt. Hätte schlimmer sein können, er hätte gegen die Bande knallen können."

Ten schmiegte sich wieder in meine Umarmung und es dauerte eine Weile, aber endlich schlief er ein.

AM NÄCHSTEN TAG beim Meeting der Coaches, verfassten sie ein offizielles Statement über eine Verletzung im unteren Körperbereich und dann ging es darum, wen wir wohin setzen sollten. Ein großer Teil dessen, was sie sagten, fokussierte sich auf Ten.

Coach schien seine Meinung bei jeder einzelnen Bemerkung seiner Coaches zu ändern.

Ten war stark. Ten war schnell. Ten war *zu* stark. Ten war *zu* schnell.

Ich fand, dass sie eine wichtige Sache übersahen und als ich an der Reihe war zu reden, musste ich den

Instinkt niederringen, dass meine Meinung vielleicht von der Tatsache getrübt wurde, dass ich Ten liebte.

Ich liebte Hockey – seine Reinheit, die Anmut und Schönheit und den Stil – und war dem Spiel immer treu gewesen, als Spieler und als Coach. Darum musste ich darauf vertrauen, dass was ich sagen wollte, rein technisch war und ich mich nicht auf Tens Entschlossenheit konzentrierte und sein großes Herz, das bedeutete, er würde für dieses Team alles opfern.

„Ich stimme zu", fing ich vorsichtig an. „Ten ist viel zu schnell für die Flügelspieler des existierenden Blocks, aber ich denke wirklich, wir sollten diesen Block nicht aufgeben. Wir müssen Ten dazu bringen, sich anzupassen, aber meiner Meinung nach ist er ganz sicher erster Block."

„Ich werde mit den dreien arbeiten", sagte Coach und nickte Pikey zu, dem Associate Coach. „Holt sie rein."

WIR VERLOREN DAS NÄCHSTE SPIEL, nicht wegen eines Blocks im Speziellen, sondern weil das Team als Ganzes vollkommen durcheinander war. Ich war heiser vom Schreien und schwindlig von dem Versuch, die Blöcke zusammenzufügen. Wir hatten Glück, dass wir mit einer fünf-zwei Niederlage davonkamen. Es war nicht das, was das Team brauchte. Es war nicht das, was Ten brauchte. Er überkompensierte und verlor jede natürliche Überlegenheit in seinem Lauf. Er war frustriert, das Team war enttäuscht… wir mussten uns zusammenreißen, wir alle.

Wir gewannen das nächste Spiel, weil das andere Team gerade ein Spiel hinter sich hatte und seinen Ersatz-Goalie einsetzte. Es war kein schöner Sieg, er war schmutzig und zusammengestückelt, aber es war ein Sieg. Noch ein Sieg in Nashville und ich sah Tens kurzes Beinahe-Lächeln und in diesem Spiel bemerkte ich, wie etwas da draußen klickte. Ten war anders. Er sprach mit mehr Autorität im Raum, er führte und arbeitete an Spielzügen und er begann, seine Pflichten im ersten Block zu erfüllen.

Nun, auf dem Eis war er das. Im Fernsehen war er das.

Zu Hause? Das war ein anderes Thema. Alles flutete am Tag nach unserem letzten Sieg heraus. Wir waren aufgewacht, hatten uns wie immer geliebt, gefrühstückt wie an jedem anderen Tag, Kaffee getrunken, dumm dahergeredet… wir hatten sogar zusammen geduscht und uns eine Weile geküsst, was ziemlich toll gewesen war.

Aber als es daran ging zu entscheiden, was wir mit unserem Tag machen sollten, entweder irgendwo Mittagessen oder zu Hause bleiben und kitschige Filme anschauen, über die wir uns lustig machen konnten, war Ten eindeutig aufgewühlt. Er konnte nicht entscheiden, er wollte nicht entscheiden. Er hatte keine Meinung dazu, was wir machen sollten und er fing an, auf und ab zu tigern. Ich dachte darüber nach, einen Spaziergang zu machen, ihm Raum zu lassen, damit er das alles mit sich ausmachen konnte, aber wie es schien, wollte er reden.

„Ich bin nicht bereit für den ersten Block in diesem Team", verkündete er bei der ungefähr zwanzigsten Runde vor dem Sofa und mir.

Ah. Das war also das Problem.

„Doch, bist du", sagte ich und glaubte es. Ich würde nicht lügen, denn, wie ich schon sagte, im Hockey muss man ehrlich sein. Ich hatte einem Spieler noch nie Unsinn erzählt und würde jetzt nicht damit anfangen. Ten musste wissen, dass ich offen war, oder? Seine nächsten Worte zeigten jedoch, dass er sehr wenig von dem hielt, was ich sagte.

„Das sagst du nur, weil wir zusammen sind."

„Mein Schwanz in deinem Hintern heißt nicht, dass ich lüge", meinte ich vulgär und sah, wie er zusammenzuckte.

Das war barsch gewesen und mir wurde klar, dass ich meine Coach-Persönlichkeit ablegen und wirklich meine innere Freundlichkeit finden musste. Es klang falsch, weil ich eigentlich sagen wollte, *Rede mit mir, Ten. Lass uns sehen, ob wir das lösen können und ich werde dich voll unterstützen und ein guter fester Freund sein.* Aber was dann herauskam, war, „Zur Hölle, Ten, geh nicht so hart mit dir selbst ins Gericht."

Ja, sogar nach all der dein-Herz-ist-kaputt, Hockey-ist-vorbei Therapie war ich hin und wieder immer noch ein Arsch, der die Dinge nicht auf die richtige Weise ausdrücken konnte.

Ten setzte sich auf den Kaffeetisch vor mir, seine Knie stießen gegen meine. „Ich wollte diesen ersten

Block so unbedingt", gab er zu. „Aber nicht auf Connors Kosten."

„Also, was ist es? Du fühlst dich schuldig, weil Connor verletzt wurde und du seinen Posten übernommen hast?"

„Ja, nein… ja… Scheiße, ich weiß es nicht."

Ten sah anbetungswürdig verwirrt aus und ich beugte mich vor und legte meine Hände auf seine Knie. „Das ist Hockey. Du weißt das, Ten."

Er sah mich an und nickte, aber die Sorge hatte sein Gesicht nicht verlassen. „Was ist, wenn ich besser darin bin, Center des zweiten Blocks zu sein?"

„Das könnte sein", sagte ich, stellte dann sicher, den Teil mit der Aufmunterung anzufügen. „Aber die Coaches und das Management sehen, dass du dich im ersten Block stark verbessert hast und du wirst im zweiten stärker sein, wenn Connor zurückkommt."

Er nickte. „Ich wollte diesen ersten Block", gab er mit leiser Stimme zu, als ob er die schlimmste Sünde der Welt gestehen würde. „Aber ich wollte ihn mir verdienen. Und wie dumm ist das? Weil wir uns in diesem Spiel schon morgen alle verletzen können."

„Genau. Spiel deine Position, spiel sie, so gut du kannst. Teil des Teams."

„All diese Jahre, in denen ich hinter Tate Collins nur der Zweitbeste war, wollte ich zeigen, dass ich der Beste bin, aber vielleicht bin ich an der zweiten Position besser aufgehoben."

„Das ist Unsinn und du weißt es", sagte ich und es musste etwas in meinem Ton gewesen sein, weil Ten mich anlächelte, ein das Herz ins Stocken bringende

Lächeln, das bis zu seinen wunderschönen Augen reichte. Ich war verloren. Ich zupfte an ihm, sodass er neben mir auf dem Sofa saß, zog ihn dann an mich. „Und eines Tages", neckte ich ihn, „wenn du ein großer Junge bist, kannst du Kapitän deines eigenen Teams sein."

Das reichte aus, damit er einen spielerischen Kampf anfing, der wiederum zu Küssen führte, die natürlich unausweichlich zum so ziemlich heißesten Sex führten, den ich in meinem Leben gehabt habe.

Er ist eine Droge und ich abhängig.

THANKSGIVING IST NICHT meine liebste Zeit des Jahres. Ich liebe das kanadische Thanksgiving, aber das amerikanische Thanksgiving ist kein kanadisches Ding. Das spielte jedoch keine Rolle, weil es mit einem Mal, obwohl die Hälfte unseres Teams keine Amerikaner waren, lebenswichtig war, genau zu wissen, wie man den Tag verbringen würde. Sogar Stan machte mit, obwohl mir nicht klar war, wie viel er tatsächlich über Thanksgiving wusste. Als ich ihn fragte, sagte er nur: „Schinken essen. Ham, ham."

Mir kam es so vor, als ob wo jeder von uns diesen einen Tag verbrachte, alles war, worüber alle reden konnten und ich wurde persönlich zu vier verschiedenen Truthahn-Tagen eingeladen, als der traurige Einzelgänger, als den das Team mich sah. Ich erklärte nicht einmal, dass ich Ryker bei mir haben würde, weil seine Mom und ihr Ehemann auf einer Kreuzfahrt zum zehnten Hochzeitstag waren.

Ich kann nur sagen, Danke für Ten.

„Hey, Coach, Brady sagt, dass du ihn zu Thanksgiving besuchen sollst", sagte Ten, laut genug, dass jeder, der sich die Mühe machte, nach dem Spiel noch zu bleiben und zu reden, es hören konnte. Subtil war kein Wort in Tens Vokabular.

„Hat er das?"

„Ja. Er und Jamie werden bei Mom und Dad sein und ich werde auch hingehen. Willst du kommen?"

„Ryker ist bei mir", sagte ich, hob dabei meine Tasche auf. Ich hatte bereits für das Worst Case Szenario einiger Tage ohne Ten geplant, doch als Casey mir von ihrer Last-Minute Reise erzählte, war ich glücklich darüber gewesen, den freien Tag mit Ryker genießen zu können. Star Wars Filme und ein Überfressen an allem außer Truthahn standen auf dem Plan. Ten hatte das Gespräch letzte Woche mitbekommen, darum hatte er gewusst, dass ich Ryker habe, aber keiner von uns hatte so etwas wie einen Plan gemacht.

„Ja, Mom hat gesagt, dass Ryker auch kommen soll."

Und so waren wir dorthin gekommen, wo wir uns jetzt befanden. Wir saßen auf einer Bank und schnürten unsere Schlittschuhe neben der Übungseisfläche der Railers. Wir waren noch nicht in Carolina. Das hier war das Vorspiel zum Thanksgiving-Spaß. Ryker war früh gekommen und er hatte ohne Unterlass darüber geredet, mit mir und Ten aufs Eis zu gehen. Das Gebäude war geschlossen, es war elf Uhr nachts, die

Lichter waren gedimmt, es waren nur wir drei und ich würde zum ersten Mal mit Ten auf dem Eis sein.

Nun, nicht das erste Mal, aber das erste Mal ohne meinen Hut als Coach und vielleicht die Chance, ein wenig zwei-gegen-eins Abwehr zu spielen. Ich hatte immer noch was drauf. Mein Herz mochte mich im Stich gelassen haben, aber das Muskelgedächtnis und die Freude am Schlittschuhfahren waren da, an erster Stelle.

Ten und Ryker plauderten schneller, als ich es für menschenmöglich gehalten hätte, aber hin und wieder sah ich, wie Tens Augen leer wurden. Mit meinem siebzehn Jahre alten Sohn mitzuhalten war eindeutig anstrengend.

Dann waren wir auf dem Eis und ich beobachtete mit großem Stolz, wie Ryker seinen Fuß abstieß und einen Rhythmus fand, der schnell und akkurat war, den Sprint mit ein paar Rückwärtsübersetzern und trägen Kreisen um Ten und mich herum beendete. Ryker raste wieder los, nahm einen Puck mit und wärmte sich mit ein paar langsamen Pässen zu sich selbst an der Bande auf.

„Er ist gut und das sage ich nicht nur als sein Dad", bemerkte ich. „Er ist besser, als er das in seinem Alter sein sollte. Ev will ihn bereits an einen Agenten binden."

Ten warf mir einen Blick zu, dann schaute er wieder zu Ryker. „Nein", sagte er. „Nicht nach dem, was mit Brady passiert ist, erinnerst du dich?"

Ich erinnerte mich nur zu gut. Der Arsch, der Brady betrogen und es schwierig für ihn gemacht hatte, aus der Junior-Liga herauszukommen und beinahe seine

Chancen in der Auswahl, in der wir gemeinsam spielten, ruiniert hatte.

„Ev wird wieder anfangen. Er kommt zu Besuch."

„Er ist hier?" Ten sah sich entsetzt um und ich musste lachen. Ev und Ten hatten, abgesehen von einem Handschlag bei einem Treffen, nicht miteinander geredet, aber Ten hatte alle Horrorgeschichten gehört, die ich ihm erzählt hatte.

„Morgen. Irgendetwas darüber, die ortsansässigen Geschäfte zu unterstützen, zur Hölle, wenn ich das weiß, aber er hat seine Finger in jedem Kuchen, der irgendwie mit mir in Verbindung steht." Ich konnte die Gereiztheit in meiner Stimme nicht unterdrücken und es hörte nicht auf. „Und er wusste, dass Ryker an Thanksgiving bei mir ist, darum war mir klar, dass ich seinen Arsch bei mir zu erwarten habe. Anscheinend wollte er, dass Ryker zu ihm kommt – etwas darüber, dass ich emotional nicht zur Verfügung stehe, was auch immer das heißen soll."

Ryker hielt vor uns an, spritzte Schnee. „Hey, alte Männer, wollt ihr fahren?"

Ten richtete sich neben mir auf und kicherte finster. „Dafür wirst du bezahlen, Junge."

Ryker grinste, als ob er nichts anderes erwartete, und wich vor Ten zurück, balancierte einen Puck auf dem Ende seines Schlägers. Ein Schlag von Ten und der Puck landete auf dem Eis, hüpfte hoch und Ten stahl ihn von Ryker.

Die beiden waren wunderschön zu beobachten. Die beiden Männer in meinem Leben, lachend und sich aufziehend, dann wurden sie, oh, so ernst. Ryker hatte die meiste Zeit über keine Chance gegen Ten, aber hin und wieder – nun ja, genau zweimal – kam er auf Tens linke Seite, schnappte sich den Puck und zwang Ten, zu arbeiten. Ich gesellte mich dazu, spielte meine Rolle als einsamer Verteidiger, stahl den Puck, tat so, als würde ich Ryker gegen die Bande checken. Meine Atmung war in Ordnung, mein Herz war in Ordnung, aber ich konnte mit Ryker nicht mithalten und unter gar keinen Umständen kam ich auch nur in Tens Nähe.

Ich hatte mich mit dem Altersunterschied in meinem Liebesleben abgefunden. Diese zusätzlichen Jahre bedeuteten gar nichts und ich liebte Ten so sehr, dass es wehtat, darum vergaß ich in dieser Liebe alles, aber im Hockey war eine Dekade eine Ewigkeit. Dazu kam, dass ich nicht mehr so trainiert und fit war wie früher. Ich hielt ganz gut mit, verlangte aber als Erster eine Pause. Ich fuhr zur Bande, schwang mich hoch, saß da und sah zu, wie Ryker und Ten über das Eis flitzten.

Mein Sohn hatte eine Zukunft als Spieler. Eines Tages würde er der linke Flügel sein, über den alle sprachen. Zur Hölle, wenn Ten gesund blieb – und warum sollte er das nicht? Schließlich hatte nicht jeder ein kaputtes Herz wie ich – dann würde Ryker vielleicht sogar an Tens Flügel spielen.

Es war wahrscheinlich die beste Nacht meines Lebens.

Und so wie Ryker und Ten im Moment auf dem Eis herumrollten, mit Lachtränen in den Augen und Ryker, der Tens Gesicht mit Schnee einrieb, dachte ich, dass sie das vielleicht auch so empfanden.

DER GROSSARTIGE JIMMY EVERETT, fabelhafter linker Flügel und Star der Red Wings in den Siebzigern, tauchte auf, als das Morgentraining halb vorüber war, das Letzte vor unserer kurzen Thanksgiving Pause. Wir hatten dieses Jahr Glück – kein Spiel am Truthahn-Tag und der Tag davor und danach waren ebenfalls frei. Win/win. Zu Tens Familie zu fahren hieß, die Pause gut zu nutzen, das redete ich mir zumindest ein.

Aber zuerst musste ich mich um Ev kümmern.

Coach rief mich zu sich, neigte seinen Kopf in die Richtung, wo Ev mit dem Management redete. Was er überhaupt so nahe bei den Railers zu suchen hatte, stand noch zur Debatte. Ich hatte gesehen, wie er mit Ryker geplaudert hatte, aber das dauerte nicht lange, da Rykers Körpersprache sein Unwohlsein herausgeschrien hatte. Versteht mich nicht falsch, Ev war als Großvater ganz in Ordnung, aber er war auch darauf fokussiert, Ryker so früh wie möglich in die NHL zu bekommen, und zwar in das beste Team und ich dachte, dass es sogar Ryker mittlerweile zum Hals heraushing.

Ryker, in einer von meinen Railers Kapuzenjacken, stand in diesem Moment neben Ev und er sah aus, als würde er gleich explodieren. Ev plauderte mit der Hälfte des Managements-Teams, die ihn hofierten, als wäre er der verdammte Gretzky oder so.

Ich hörte das Ende eines ziemlich beeindruckenden Zurückruderns.

„Was ich damit meine", sagte Ev, mit begleitenden

Bewegungen seiner Hände, „ist, dass Ryker ganz gewiss gut genug für die Original Six ist."

„Großvater", zischte Ryker, rot vor Scham.

„Ich selbst sehe ihn in Kanada", fügte er hinzu. „Darum habe ich mit meiner O6 Bemerkung nicht beleidigend sein wollen."

„Schon gut", log unsere Marketing Direktorin. Sie tauschte einen Blick mit mir – leidende und langsam ungeduldig werdende Blicke. „Wie dem auch sei, Sie können sich gerne in den Räumlichkeiten umsehen und wir treffen uns zum Mittagessen um eins. Ist das in Ordnung?"

Ev nickte. „Ich esse keine Krustentiere", merkte er an.

Mit einem Mal stellte ich mir vor, wie ich aus Versehen-absichtlich Evs Kopf in einen Eimer Shrimp-Cocktail steckte und das Bild war so gut, dass ich wusste, ich würde Ten später davon erzählen.

„Ryker, willst du mit mir mitkommen?", fragte ich.

Ryker war sofort an meiner Seite und ich führte ihn in den Umkleidebereich, wo ich meine Schlittschuhe auszog. Wir teilten diesen Bereich mit dem Team, die einzige Trennlinie zwischen Coaches und Spielern eine kleine, hüfthohe Wand. Ich liebte dieses Übungsstadion, einfach nur, weil ich mich fühlte, als wäre ich im Team, als ob es keine Grenzen gäbe.

Unglücklicherweise folgte Ev uns, dräute über mir.

„Patrick McNulty will mit dir reden. Ich habe ihm deine Nummer gegeben", verkündete er, seine Stimme laut genug, dass alle ihn hören konnten. McNulty hatte viele der großen Jungs, aber ich wusste aus Erfahrung, dass die meisten von ihm wegwollten.

„McGemein?", fing ich geduldig an. „Der Agent? Derjenige, dessen Erpressungsvideo des Leafs Jungen viral gegangen ist?"

Ev schnaubte. „Er ist der Beste im Geschäft und ich will ihn für Ryker."

„Verdammt, nein."

„Nun, ich habe ihm deine Nummer gegeben." Ev verschränkte seine Arme vor seinem Brustkorb, als wäre die Sache erledigt. „Du wirst mit dem Mann reden."

„Nein."

Ev wandte sich an Ryker. „Ich gebe mein Bestes für dich, Ryker, aber siehst du, womit ich klarkommen muss? Dein *Vater* ist wie eine Ziegelmauer."

Ich zog meine Schuhe an – lustig, wie ich mich ruhiger fühlte in dem Wissen, dass ich sie trug und ohne Probleme Ev in den Hintern treten konnte, ohne mir einen Zeh zu brechen – und stand auf.

„Zum letzten Mal, Ev. Ryker ist zu jung für einen Agenten. Er bleibt in der Schule, er wird sie abschließen, er wird an seiner Auswahl teilnehmen und er wird nicht ausbrennen. Wenn er achtzehn ist, werden seine Mutter und ich zusammen mit ihm mit so vielen gottverdammten Agenten reden, wie es braucht, um sicherzustellen, dass er hervorragend vertreten wird und es wird seine Entscheidung sein."

Ev nahm eine lustige Schattierung von Lila an und ich konnte die Schlagzeilen sehen – Hockeyspieler stellt sich gegen Pseudo-Schwiegervater und bringt ihn um – aber es war kein Herzinfarkt, nur ein Wutanfall und verdammt, hatte er das lange aufgestaut, weil er mich mit der Wucht eines Tornados traf.

Er beugte sich direkt in meinen persönlichen Raum und spuckte die Worte aus wie Maschinengewehrfeuer. „Denkst du, ich sehe nicht, dass du meinen Enkel in deine entartete Lebensweise ziehst? Denkst du, ich weiß nicht von dir und Rowe? Wenn Ryker bei dir bleibt, werden Rowe und du wahrscheinlich direkt vor den Augen meines Enkels Sex haben."

„Jesus, Großvater", versuchte Ryker zu unterbrechen, aber Ev war in Fahrt und konnte nicht aufgehalten werden.

„In dem Moment, als du meine Tochter ruiniert hast, wusste ich, dass du Abschaum bist und deine Abartigkeit verschmutzt alles, was an Ryker gut sein könnte."

Die Worte glitten über mich hinweg, weil sie keine Bedeutung hatten, aber die Reaktion im Raum war ganz anders.

Dem ganzen Raum, meine ich damit.

Die Coaches und das ganze Railers-Team befanden sich hier und Ev hatte seinen Anfall vor einem Publikum und gab gleichzeitig noch bekannt, dass Ten und ich zusammen waren. Jesus Christus, das passierte nicht wirklich. Ich legte eine Hand beruhigend auf Evs Arm.

„Lass uns woanders darüber reden."

„Mr. Everett, könnten sie bitte diesen Bereich verlassen." Das kam von Coach Benning, der näherkam.

Ev stürzte sich auf ihn und schüttelte gleichzeitig meine Hand ab.

„Ist Ihnen klar, welche Art Mann da für Sie arbeitet?", fragte er Coach.

„Ein guter Mann", war alles, was Coach sagte. Ich hätte ihn küssen können.

Seine Worte beruhigten die Situation nicht. Stattdessen wurde Ev lauter. „Er schläft mit einem Ihrer Spieler. Sie verstehen das, oder? Er zerstört Ihr Team, wie er Rykers Chancen zerstört."

Dann ging alles den Bach runter. Und zwar unvorstellbar schnell. Stan packte Evs Oberarme und hob ihn von mir und Ryker weg, als Ryker sich zwischen uns stellte.

„Mache Hulk", sagte der große Goalie und platzierte Ev hinter sich, blockte ihn. Ich schaute zu Ten, ich schaute zum Team, dann zu den Coaches.

„Ich kann es erklären", sagte ich. Ich würde die Schuld auf mich nehmen, kündigen, allen sagen, dass es nichts war, dass Ten ein guter Mann war und dass sie ihn nicht verkaufen oder lynchen oder sonst etwas mit ihm anstellen sollten.

Ten ruinierte alles. Er legte seine Hände auf meine Schultern und küsste mich. Es war nichts zu Unanständiges, nur ein sanfter Kuss, dann wich er zurück und wandte sich dem Team zu. Einige der Jungs sahen schockiert aus. Bei ein paar wechselten Geldscheine den Besitzer. Ich sah nur ein wirklich unglückliches Gesicht, ein neuer Typ, der gerade zu uns gewechselt war. Adler Lockhart, ganz Großkotz und Einbildung, die er allen ins Gesicht rieb. Er schien überhaupt nicht glücklich zu sein.

„Ich befinde mich in einer festen Beziehung mit Mads", verkündete Ten.

Ryker stand an meiner anderen Seite und ich fühlte mich wie der stärkste und glücklichste Mann auf Erden.

„Also, ja", sagte ich ein wenig spät und ziemlich lahm. „Ich bin mit Ten zusammen."

Ev ließ ein Schnauben voller Abscheu hören. Stan hob ihn einfach mit einem Feuerwehrmanngriff hoch und verließ die Bühne nach rechts. Die Coaches verschwanden und Ryker ging mit ihnen mit, als ob er wusste, dass ich und Ten das mit dem Rest des Teams alleine ausmachen mussten.

„Jungs?", fragte Ten.

„Du machst dem Team die Dinge wirklich gerne schwer", lachte Adler Lockhart. „Können wir vergessen, dass das passiert ist? Wir brauchen den Stress, wer wessen Schwanz in der Umkleide begutachtet, nicht."

„Fick dich, Lockhart", schnappte Arvy.

„Habe kein Problem damit, dass Coach und du zusammen sind", sagte eine andere Stimme.

Sogar Adler murmelte schließlich seine Zustimmung, nachdem alle ihn angestarrt hatten

Dann steckte Connor, der das Training von der Bank aus beobachtet hatte, zwei Finger in den Mund und pfiff laut.

„Das hier bleibt unter uns", sagte er nachdrücklich.

Meine Nackenhaare stellten sich auf. Zur Hölle, ich konnte spüren, wie ich in die Defensive ging.

„Willst du mit mir allein reden?", fragte Ten neben mir, klang besorgter, als es mir gefiel. Ich umschloss seine Hand. Er würde das hier nicht alleine tun.

„Nein." Connor runzelte die Stirn. „Es ist nur so, wenn ihr den Ball flach haltet, wollt ihr nicht, dass die Idioten in diesem Raum anfangen zu tratschten. Wir werden hinter euch stehen, wenn ihr an die Öffentlichkeit geht. In Ordnung?"

Er fragte nicht uns, ob es in Ordnung war, sondern das Team und sie alle sagten Ja.

Dann seufzte er laut und hinkte zu uns. „Aber im Ernst, Jungs, ihr solltet Ev eine Nachrichtensperre auferlegen."

Ich nickte. Das war selbstverständlich.

Jetzt wussten noch mehr Leute davon, dass wir uns liebten.

Und es war ein gutes Gefühl.

Kapitel Vierzehn

TENNANT

ALS ICH DAS Flugzeug am Myrtle Beach International Airport verließ, konnte ich nicht glauben, wie kalt es war. Ich vergrub mich in meiner Railers Kapuzenjacke.

„Mann, es ist eiskalt", beschwerte ich mich, während Mads, Ryker und ich ausstiegen. „Es hat höchstens zehn Grad oder so."

„Verweichlichter Strandjunge", lachte der Kanadier hinter mir.

Ihm als Antwort den Stinkefinger zu zeigen war mein erster Gedanke, aber da vor mir ein paar ältere Leute waren, warf ich ihm stattdessen einen finsteren Blick über meine Schulter zu.

„Zur Hölle, wir tragen Tanktops und Sandalen, wenn es in Ontario zehn Grad hat", sagte Mads.

„Gut für euch", murmelte ich.

Ryker lachte über unsere Kabbelei. Er war ein wirklicher cooler Junge. Ich wusste, dass einige Leute abschätzige Kommentare darüber abgeben würden, wie nahe Ryker und ich uns altersmäßig waren, sobald

Mads und ich an die Öffentlichkeit gingen… *wenn* wir an die Öffentlichkeit gingen. Fick die Hasser und jeden, der wie sie aussah.

Ich eilte ins Terminal, um keine Frostbeulen zu bekommen. Meine Familie war da, grinste wie verrückt. Mom erreichte mich als Erste, zog mich in ihre Arme und hielt mich für eine lange Weile fest. Ich umarmte sie sanft, blinzelte gegen die Feuchtigkeit, die sich in meinen Augen sammelte.

„Mein Baby ist zu Hause", flüsterte sie mir ins Ohr. Ich schickte ein peinlich berührtes Lächeln in Richtung meines Vaters, während Mom sich an mich klammerte wie ein Kapuzineraffe.

„Komm, Jean, wir müssen los. Wir blockieren alles", meinte Dad.

Mom drückte einen Kuss auf meine stoppelige Wange. „*Jetzt* fühlt es sich wie Thanksgiving an."

In ihren Augen stand so viel Liebe, dass ich ein wenig Husten und Schniefen musste, bevor ich einen Schritt zurückmachte und auf die Männer deutete, die mit mir geflogen waren.

„Das ist Jareds Sohn, Ryker."

„Es ist wunderbar, dich kennenzulernen, Ryker."

Mom umarmte auch ihn, aber nicht so heftig und gab Mads dann einen Kuss auf die Wange. Dad schlug Mads auf den Rücken, schüttelte Ryker die Hand und zog mich dann für eine ordentliche Männerumarmung an seinen Brustkorb.

„Es ist gut, dich zu Hause zu haben, Tennant", erklärte Dad mir, als wir uns auf den Weg machten, unser Gepäck zu holen.

Nachdem wir die Koffer in der Hand hatten, marschierten wir auf den Parkplatz. Mom scheuchte uns in ihren neuen roten Dodge Durango. Wir alle plauderten während der Fahrt vom Flughafen zum Haus meiner Eltern.

Wir stiegen aus dem Durango und ich warf einen Blick auf Mads. Er sah gestresst aus, sein Mund schmal und die Augen voller Sorge. Ich dachte darüber nach, ihn zu einem Spaziergang am Strand, der sich nur einen Block entfernt befand, mitzunehmen, aber meine Mutter zog mich bereits auf das Haus zu.

Mads legte einen Arm um Ryker, flüsterte etwas ins Ohr seines Sohnes. Das Brüllen, das durch die Eingangstür drang, als Dad sie öffnete, ließ Rykers Augen aufflackern.

„Zwillinge, zwei Jahre alt", schrie ich über das hohe, quietschende Kichern, das uns an der Tür begrüßte.

Bradys Mädchen trugen beide braune Overalls über weißen Spitzenoberteilen. Ihre dunklen Haare waren zu diesen Pebbles Feuerstein Pferdeschwänzen oben am Kopf gebunden. Die Mädchen sahen Ryker und Mads, liefen dann lautstark brüllend davon.

„Mom, du musst Ohrstöpsel an der Tür verteilen."

Dann wurde es richtig irre. Jamie lief mit einem Zwilling auf seinen Schultern an uns vorbei, Brady hatte das andere Mädchen, beide hielten lange genug an, um „Yo", zu mir, Mads und Ryker zu sagen, bevor sie weiterrannten.

„Willkommen im Irrenhaus", kicherte Dad, als Kinder kreischten und Frauen ihre Ehemänner anschrien, im Haus ihrer Eltern keine Kämpfe

auszutragen. „So wird es sein, bis die Jungs weg sind",
fügte er hinzu, wegen Mads, glaubte ich.

„Es ist so lebhaft, wie ich mich erinnere",
kommentierte Mads, während er seine Jacke auszog.

Mom nahm unsere Jacken und hing sie in der
Garderobe im Flur auf, führte uns dann in den
Wahnsinn hinein. Kinder, Spielzeuge, zwei Lisas, Bradys
schwarzer Labrador, Bourque und meine Brüder. Wir
wurden in das Gemenge geschubst. Es fühlte sich wie zu
Hause an. Laut, wild und ein wenig verrückt. Ich stellte
Mads und Ryker Bradys und Jamies Frauen vor. Der
Blonden Lisa und der Brünetten Lisa.

„Werde ich hier also nicht dazupassen, weil ich ja
keine Lisa bin?", flüsterte Mads mir zu, als wir auf dem
Sofa saßen und plauderten. Das brachte mich zum
Lachen. Ich wollte seinen Oberschenkel tätscheln oder
mich zu einem Kuss vorbeugen, aber ich hatte noch
nicht den richtigen Weg gefunden, meinen Eltern von
mir und Mads zu erzählen. Das würde ich… hoffentlich.

Zum Abendessen gab es an diesem Tag Pizza und
Hühnerflügel, weil Mom sagte, dass sie am nächsten
Tag schon genügend Kochen musste. Als die Pizza
aufgegessen war, hatte Mads einen Teil der Sorgenfalten
um seinen Mund und seine Augen verloren. Wir sahen
uns bis Mitternacht alte Steven Seagal Filme an. Den
ganzen Abend neben Mads zu sitzen, seine Hüfte und
seinen Oberschenkel neben meinem, aber nicht in der
Lage zu sein, ihn zu berühren, hatte mich ein wenig
verrückt gemacht. Ich durchlief eintausend Szenarien
für geheime Stelldicheins in meinem Kopf, aber zwei
Dinge standen im Weg. Die Tatsache, dass Mads mit

seinem Sohn auf dem Ausziehsofa in der Männerhöhle schlafen würde und der Gedanke, Sex im Haus meiner Eltern zu haben. Es war einfach etwas Unanständiges daran, es dort zu tun, wo meine Mutter es hören könnte. Aber es an einem Ort zu tun, wo sie es *nicht* hören konnte…

„Hey", flüsterte ich Mads zu, nachdem alle in ihre Betten gegangen waren. „Triff mich in einer Stunde im Garten."

Seine Augenbrauen zogen sich zusammen.

„Mach es einfach."

Ich joggte zu meinem alten Schlafzimmer und verbrachte die nächste Stunde damit, alte Comics aus einer Kiste in meinem Schrank zu lesen. Als mein Handy-Wecker leise anging, schnappte ich mir eine Railers Kapuzenjacke aus meiner Tasche, zog sie an und schlüpfte leise an all den schlafenden Rowes vorbei, dann die Treppe hinunter, wobei ich die sechste Stufe sorgsam mied, weil sie laut knarzte. Mads stand in der Küche in nichts als einer Fleecehose und einem Tanktop, seine Schultern sahen so viel breiter aus als seine schlanke Taille. Ja, ich brauchte etwas davon.

„Komm", flüsterte ich, öffnete dann vorsichtig die Tür in den Garten. Ich trat in die Nacht hinaus. „Verdammt, es ist kalt."

„Tennant, was zur Hölle soll das?", fragte er, als wir unter der alten Eiche standen, die in der Mitte des gut gepflegten Gartens meines Vaters wuchs. Ich wedelte mit einer Hand über meinem Kopf. Er schaute nach oben. „Da ist ein Baumhaus."

„Ja", sagte ich, huschte dann um ihn herum, um die

Bretter hinaufzuklettern, die als Stufen dienten. „Und
wir werden da drin fetzig werden. Das *ist* der Ausdruck,
den du damals in deiner Jugend verwendet hast, oder?"

„Christus, du bist ein Klugscheißer", hörte ich ihn
sagen.

Ich schob die Falltür nach oben, schob mich durch
die Öffnung, die viel schmäler geworden war, seit ich
zehn war, musterte die niedrige Decke, rutschte dann
zur   Seite,   damit   Mads   versuchen   konnte,
hineinzukommen. Seine Schultern verhinderten beinahe
die ganze geheime Stelldichein Sache, aber wir schafften
es, ihn zu befreien und in die kleine Kiste mit Fenstern
und voller Spinnweben zu manövrieren.

„In meiner Erinnerung ist das Baumhaus größer",
murmelte ich, während ich meine Taschenlampen-App
benutzte, um mich umzusehen. Die alten Marvel-Poster
hingen noch an der Wand. Genau wie eines von Wayne
Gretzky. „Und nicht annähernd so kalt."

„Und du erwartest, dass wir hier drinnen was genau
machen?", fragte Mads. Ich löschte das Licht und kroch
dorthin, wo er neben einem der beiden Fenster saß.

„Ich habe es dir doch gesagt. Wir werden einen
Quickie einschieben", gab ich zurück, während ich
anfing, meine Kleidung auszuziehen. „Scheiße." Ich
zitterte, als ich nackt war. „Ich werde mir die Eier
abfrieren."

„Wir können einfach wieder rein und in unsere
warmen Betten gehen und ficken, wenn wir nach Hause
kommen", stellte er fest, aber seine Hände fühlten sich
an, als wären sie von der Sex-Sache begeistert, als ich
über   seinen   Schoß   glitt   und   mich   auf   seine

Oberschenkel setzte. Er berührte mich überall, seine Finger wanderten über meinen Brustkorb und meine Schultern, als ein einsamer Mondstrahl durch das Fenster linste, Mads und mich mit Elfenbeinlicht überzog.

„Oder wir können hierbleiben und jetzt ficken", stöhnte ich, als seine Berührung nach unten wanderte, seine rauen Finger über meine Eichel glitten.

Ich stieß mich an ihm, verschränkte meine Finger hinter seinem Kopf. Er rollte seine Hüften nach oben. Ich lächelte, als seine harte Länge über meinen Hintern fuhr. Ich senkte den Kopf, mein Mund wanderte über seine rauen Wangen zu seinen Lippen. Er stieß seine Zunge fest hinein, spielte mit meiner, als er mich einmal lang und hart pumpte. Oh ja, er stand ziemlich auf das hier. Sein Kuss war aggressiv, fordernd, erhebend.

„Hast du etwas mitgebracht?", keuchte Jared, nachdem er meinen Mund verlassen hatte, um an meinem Hals zu kauen wie ein verspieltes Tigerjunge.

„Was für ein Meister des geheimen Stelldicheins wäre ich, wenn ich nichts mitgebracht hätte?", fragte ich, während ich in meine Kapuzenjacke griff.

Ich bekam seinen Schwanz aus seiner Jogginghose, kümmerte mich dann schnell um das Kondom und das Gleitgel, damit ich mich ordentlich auf ihn setzen konnte. Die Knie fest an seinen Hüften, die Finger hinter seinem Kopf verschränkt, seine Hände auf meinen Hüften, ließ ich mich auf ihn sinken. Das Brennen und die Dehnung raubten mir den Atem.

„Ruhig, mach ruhig. Langsam. Verdammt, Ten. Mach… Scheiße, verdammt."

Ich kicherte, weil er keine Worte fand. Ich hätte etwas gesagt, aber ich hatte auch mit meinen Worten zu kämpfen. Anstatt zu reden, bewegte ich mich einfach. Das schien die beste Antwort zu sein. Lange, langsame, kreisende Bewegungen meiner Hüften, die ihn immer tiefer und tiefer und noch tiefer beförderten…

Seine Finger gruben sich in meine Hüften. Mit jedem Kreisen meines Unterleibs stupste sein Schwanz meine Prostata an. Jede Bewegung entriss mir ein Stöhnen. Jedes Stöhnen von mir wurde mit einem von ihm beantwortet. Es war eine schnelle, hitzige Paarung. Ich kam mit keiner anderen Stimulation als ihm in mir. Mads pumpte seine Hüften nach oben in mich hinein, als ich meinen Orgasmus zu Ende ritt, sein Griff beinahe schmerzhaft. Ein heftiger Stoß in die Höhe schickte auch ihn über den Klippenrand. Während sein Schwanz in mir zuckte, bedeckte ich seinen Mund mit meinem, saugte an seiner Zunge, als er unter mir bockte.

Ich brach an ihm zusammen, meine Lippen wanderten über seine Wange zu seinem Hals. „Gott, das war episch", murmelte ich an seiner Kehle. Er hielt mich weiter fest, seine Finger lagen immer noch fest auf meinen Hüften.

„Habe ich dir heute schon gesagt, dass ich dich liebe?", fragte er, seine Stimme war schwer vor Leidenschaft.

„Ein paarmal, heimlich." Ich strich mit den Lippen über seinen Hals, knabberte an den Sehnen, küsste ihn an seinem Kiefer entlang, langsam und gründlich.

„Ten, du musst aufstehen, Babe."

„Ich weiß." Ich konnte spüren, dass er weich wurde.

Ich stahl mir noch einen Kuss, einen leichten, dann löste ich mich vorsichtig von ihm. Wir beide gaben einen Laut des Verlustes von uns. „Okay, hier drin ist es wie in einem verdammten Kühlschrank. Was zur Hölle stimmt mit dem Wetter nicht?"

Ich rutschte herum und suchte nach meiner Kleidung. Als ich sie fand, stand ich auf, um meine Hose anzuziehen, und hätte mich beinahe selbst ausgeknockt. Ich fiel auf die Knie, meine Schlafhose um meine Knöchel, hielt mir dabei den Kopf.

„Ah, verdammte Scheiß-Eier! Fuck! Zur Hölle mit diesem dämlichen Hobbit-Haus! Dreimal verfluchte Drecksdecke! Blute ich? Scheiß verfickter *Hurensohn*! Wer baut eine Decke so nahe am Boden?! Jesus Christus auf einer beschissenen Zamboni!"

„Wow, du bist *wirklich* ein Hockeyspieler", kicherte Mads von der Seite. „Müssen wir dich in den Ruheraum für eine Gehirnerschütterungsuntersuchung bringen?"

„Lutsch meinen Schwanz, das hat wehgetan."

Er lachte. „Diesen Eindruck habe ich gewonnen."

Ich fand an einem gebrochenen Schädel nichts lustig, aber Mads kicherte immer noch, als wir ein paar Minuten später aus dem Baumhaus kletterten. Ich ließ das letzte Brett aus und sprang auf den Rasen, bereit einen scharfen Kommentar an meinen Liebhaber abzugeben, bis ich hörte, wie die Schiebetüren des Musikzimmers sich öffneten. Ich wirbelte herum. Brady und Lisa standen zwei Meter von uns entfernt in ihren Pyjamas, sahen verdammt schuldbewusst aus. Mein Bruder hielt zwei Kissen in der Hand und seine Frau hatte eine zusammengeknüllte Decke unter ihrem Arm.

Ihr Blick wanderte wie wild zwischen Mads und mir her, als sie ein paar schnelle Berechnungen anstellte. Hatte Brady ihr von mir und Mads erzählt? Wenn der bestürzte Ausdruck auf ihrem hübschen Gesicht etwas zu sagen hatte, dann nein, hatte er nicht.

„Wow, das ist so gar nicht peinlich oder so", murmelte ich, als Mads neben mich trat. Vier Erwachsene standen im Garten, in ihrer Schlafkleidung, murmelten für einen Moment. „In Ordnung, also, ja, wir gehen rein. Viel Spaß."

Ich lief zur Tür. Mads kicherte jetzt noch lauter. Wir taumelten in die Küche, schnaubend wie Beavis und Butthead.

„Hast du den Ausdruck auf Lisas Gesicht gesehen?" Ich lachte, als ich um den Küchentisch herumging. Mads schloss die Tür, so leise er konnte. „Sie hat absolut nicht erwartet, dich und mich aus diesem Baumhaus kommen zu sehen!"

„Ich muss zugeben, dass ich selbst ein wenig überrascht war", sagte meine Mutter von der Spüle her.

Ich wirbelte herum, sah sie in der Dunkelheit lauern. Mads gab einen rauen, keuchenden Laut von sich. Sie schaltete das kleine Licht über der Spüle an und vertrieb die Schatten.

„Würdest du mir das bitte erklären, Jared?"

Mein Unterkiefer traf auf meinen Brustkorb. Warum nahm sie Mads aufs Korn?

Mads räusperte sich und machte ein paar Schritte, bis er die Lehne eines der Küchenstühle packen konnte. Ich stand neben dem Kühlschrank und fing Fliegen.

„Es ist genau das, was du denkst, dass es ist, Jean."

Sein Blick wanderte für einen Moment zu mir. Oh Mann, er war nicht so cool und ruhig, wie er uns denken lassen wollte. Ich lernte ihn immer besser kennen. Ich konnte den Aufruhr in seinen atemberaubenden Augen sehen. „Tennant und ich sind zusammen."

Moms Mund wurde schmal. Sie warf einen Blick zu mir. „Wie lange seid ihr beide schon ein Paar?"

„Definiere ein Paar sein", sagte ich.

Ihre schmalen Lippen spitzten sich. Ja, da war ich voll reingetreten. Sogar Mads stöhnte bei dieser Bemerkung.

„Du weißt ganz genau, was ein Paar zu sein bedeutet, Tennant. Waren du und Jared ein Paar, als du deinem Vater und mir gesagt hast, dass du schwul bist?"

„Wir hatten nicht wirklich -"

Mads mischte sich in das Gespräch ein. „Ja, Jean, waren wir."

„Danke, dass du ein vernünftiger Erwachsener bist und meine Fragen respektvoll beantwortest, Jared."

Oh. Autsch. Diese Bemerkung schmerzte wie ein Puck ins Gemächt.

„Wir hätten es dir und Bruce schon vor Wochen erzählen sollen. Ich übernehme die volle Verantwortung dafür. Ich hätte mit dir und Bruce reden sollen, ehe Ten und ich anfingen zu daten."

„Im Ernst, Mads? Wo sind wir, im vierzehnten Jahrhundert? Meine Eltern fragen, ob wir einander sehen dürfen? Uh, nein. Das ist meine Entscheidung, nicht ihre."

„Tennant, das ist nicht der Zeitpunkt, um frech zu werden", sagte Jared streng.

„Weißt du, was mir am meisten wehtut?", durchschnitt meine Mutter den Schlagabtausch zwischen mir und meinem festen Freund. Ich wandte den Blick von Mads ab. „Es ist nicht die Tatsache, dass ihr hinausgeschlichen seid, um im Baumhaus herumzumachen. Brady und Jamie benutzen das verdammte alte Ding schon seit Jahren, um heimlich Sex zu haben, wenn sie hier sind."

Und ich hatte gedacht, ich wäre so verdammt clever. „Ich wollte das nicht in deinem Haus machen", erklärte ich ihr schwach.

Dieses Geständnis schien sie nicht weniger wütend zu machen... oder verletzt. Ihre Arme waren um ihre Mitte geschlungen, als ob ich ihr einen Schlag in die Magengrube versetzt hätte und sie einen weiteren erwartete.

„Dein Vater und ich sind uns im Klaren darüber, dass unsere Söhne nicht zölibatär sind." Sie hörte auf, ihre Mitte zu schützen, und verschränkte ihre Arme vor der Brust. „Aber ich weiß zu schätzen, dass du uns genügend respektierst, um dein Stelldichein im Baumhaus zu haben. Ich bin nicht wütend, dass du und Jared hinausgeschlichen seid, um herumzumachen, und ich bin nicht einmal wütend, dass du Jared als deinen Liebhaber gewählt hast. Er ist ein guter Mann und seit Jahren ein Freund der Familie. Dass er ein wenig älter ist, ist gut. Er wird deine Impulsivität zügeln."

Impulsivität? Ich war nicht impulsiv. Oder doch? Was hieß das genau? Ich wünschte, ich könnte es googeln, aber jetzt war wirklich nicht der Zeitpunkt dafür. „Was mich traurig macht, ist, dass du – von all meinen Jungen

– ausgerechnet *du*, diese Beziehung vor mir geheim gehalten hast, sogar nachdem du dich geoutet hast."

„Ich weiß. Es tut mir leid. Es ist nur… Mich zu outen war Drama genug, weißt du? Ich konnte nicht… Es ist nicht so, dass ich es dir nicht erzählen wollte, Mom."

„Wissen deine Brüder es?"

Mads verlagerte sein Gewicht neben mir, der Stuhl knarzte, als er ein wenig mehr Gewicht auf die Rücklehne brachte. Wenn er ihn kaputtmachte, würde Mom uns beide mit den zerbrochenen Stücken schlagen.

„Tennant, schau mich an", sagte sie.

Das musste ich jetzt, aber ich wollte es auf gar keinen Fall. Ihr Blick begegnete meinem. Ich nickte. Mom atmete tief ein, hustete ein wenig und richtete sich auf.

„Brady hat uns erwischt, nachdem wir…" Ich ließ die Erklärung verklingen.

„Und ich dachte, wir stünden uns so nahe." Sie zog ihren Bademantel fest um sich und ging davon, hinterließ eine leichte Wolke ihres blumigen Parfüms. Ich wollte ihr nachgehen. Mads packte meine Schulter, drehte mich zu sich herum.

„Lass sie eine Weile in Ruhe, Ten. Sie fühlt sich verlassen. Ich verstehe das. Wenn Ryker jemanden in seinem Leben hätte, mit dem er schläft, stelle ich mir gerne vor, dass er mir von ihr erzählen würde… oder ihm."

„Aber ich *wollte* es ihnen doch sagen. Scheiße. Mann, das ist blöd."

Jared zog mich an seinen Brustkorb und schlang seine Arme um mich. Ich sank in seine Umarmung. So hatte der Besuch zu Hause auf *gar keinen* Fall ablaufen sollen.

IMPULSIV. Es ist ein Adjektiv. Es bedeutet „etwas tun, ohne gründlich über die möglichen Konsequenzen einer Handlung nachzudenken". Mom hatte gesagt, dass ich impulsiv war. Das bedeutete, sie dachte, ich wäre leichtsinnig oder so. Ich zog die Vorhänge am Fenster meines Schlafzimmers zurück, als die Sonne anfing, den Himmel mit heißen, rosa Fingern zu berühren. Wann war ich je leichtsinnig gewesen? Sicher, ich nahm an, man konnte sagen, dass etwas mit meinem Coach anzufangen ein wenig impulsiv war, aber Liebe passierte einfach. Wir haben keine Kontrolle darüber, in wen wir uns verlieben. Mann. Ich ließ den Vorhang wieder zufallen und setzte mich auf den Rand meines Bettes. Das Bett, in dem ich nicht geschlafen hatte. Wer zur Hölle konnte schlafen, nachdem er seiner Mutter das Herz herausgerissen hatte? Mads warf sich wahrscheinlich auch ruhelos im Keller hin und her, während Ryker neben ihm auf dem Ausziehsofa Wälder abholzte. Ich wünschte mir, ich wäre jetzt neben ihm. Vielleicht hätte er ein paar weise Worte für mich. Er war rau und stark und vom Reisen abgenutzt. Scheiße. Ich hatte gerade das Gepäck meiner Großmutter beschrieben.

Da ich wusste, dass ich nicht würde schlafen könne,

ehe ich die Dinge mit meiner Mutter nicht in Ordnung gebracht hatte, machte ich mich auf die Suche nach ihr. Ich fand stattdessen Dad, der Kaffee kochte, während er sich auf seinem iPad alte Musik aus den Siebzigern anhörte. Er warf mir einen enttäuschten Blick über die Schulter seines Lieblingsbademantels zu, wo er von seinem Arm baumelte. Dad wachte immer langsam auf.

„Ist Mom wach?", fragte ich, ließ mich auf den Stuhl fallen, der Jamie gehört hatte, als wir alle noch zu Hause gewohnt hatten. Ich hob den wie ein Huhn geformten Salzstreuer hoch und musterte ihn.

„Das ist sie, aber sie ruht sich noch ein wenig aus. Sie hat heute einen anstrengenden Tag."

Ich linste von dem Salzstreuer zu Dad, der gerade Wasser in die Kaffeemaschine einfüllte. „Hat sie es dir erzählt?"

Mein Blick wanderte zurück zu der Glashenne in meiner Handfläche. Sie war ein niedliches Huhn. Weiß, mit schwarzen Flecken und einem gelben Schnabel.

„Ja, hat sie. Tennant, warum stellst du das nicht ab und siehst mich an?"

„Weil ich dieses Huhn nicht enttäuscht habe." Ich seufzte, stellte die Henne aber neben den Hahn. Der Serviettenhalter war leer, wie mir auffiel.

„Du hast deine Mutter auch nicht enttäuscht."

„Pfft. Genau."

Er schlurfte zu mir, legte eine Hand auf mein Pokémon Tattoo und drückte fest. „Du hast niemanden enttäuscht. Das ist ihr klar. Warum gehst du nicht ins Musikzimmer und spielst ein bisschen, bis der Kaffee fertig ist? Dann können wir weiterreden, sollte sie noch nicht da sein."

„In Ordnung, ja." Ich drückte mich von meinem Sitz ab, meine Schultern sackten nach unten.

Das Musikzimmer war immer der erste Raum, der die Sonne spürte. Ich platzierte meinen traurigen Hintern auf der langen Bank vor dem massiven Steinway. Aus irgendeinem Grund war dieser Raum wärmer als der Rest des Hauses. Mom sagte, es lag daran, dass Musik die Seele besser wärmte, als irgendeine gewöhnliche Klimaanlage das je könnte. Die Sonne spitzte hinter der Eiche hervor, die das Baumhaus hielt. Ich tippte ein paar Tasten an, schaute mir dann die Notenblätter auf dem Notanhalter an. Weihnachtslieder. Mom liebte sie. Sie hatte wahrscheinlich für die Mädchen gespielt. Ich fühlte mich wie der größte Mistkerl auf der ganzen Welt. Ich zog eines der Blätter aus der Mitte, studierte die Noten und entschied, dass ich das spielen konnte. Vielleicht.

Ich schaffte es zur Hälfte durch den „Tanz der Mäuse" aus dem „Nussknacker", kam dann durcheinander. Versuchte es erneut und lieferte ab. Dann fing ich mit dem „Tanz der Zuckerfee" an, als die Sonne das schwarze Piano und die Seite meines Gesichts traf.

„Ganz gut, aber deine Finger waren schwach." Mom setzte sich neben mich, ihr winziger Hintern nahm wenig Platz ein. Die letzten Noten, die ich gespielt hatte, tanzten in der Luft, gesellten sich zu den Staubpartikeln, die fröhlich in diesem fetten Sonnenstrahl wirbelten, der sich über uns ergoss.

„Mom…"

„Nein, Tennant, du hast nichts falsch gemacht." Sie wackelte ein wenig mit ihrer Hüfte. Ich rutschte ein paar Zentimeter zur Seite, warf dann einen schnellen Blick zu ihr.

Ihre Haare waren gekämmt, sie hatte Lippenstift aufgetragen und ihr Bademantel war ordentlich über ihrem Pyjama geschlossen. Genau wie jeden Morgen an einem Feiertag, an den ich mich erinnern konnte. Nur dass ich bei den Feiertagsmorgen in der Vergangenheit nicht schwul gewesen und Mads als Liebhaber gehabt hatte. Mann, damals waren die Dinge viel einfacher gewesen.

„Es war meine Schuld." Sie seufzte laut, schaute mich dann an. „Ich bin manchmal eine dumme Frau. Wie kann ich es nur wagen zu erwarten, dass du jetzt, wo du erwachsen bist, mir jede verdammte Sache in deinem Leben erzählst, nur weil du das getan hast, als du fünf warst?"

„Mom, ich *schwöre*, ich wollte es dir und Dad heute sagen… irgendwie."

Sie tätschelte meinen Oberschenkel, zupfte dann ein schwarzes Labradorhaar von meiner Jogginghose. Auch das schwebte davon, zu den Noten und Staubpartikeln.

„Weißt du was? Sogar wenn du es uns heute nicht erzählt hättest, wäre das in Ordnung gewesen. Es steht mir nicht zu, zu sagen, wann du mir mitteilst, wen du in dein Bett nimmst. Mein Gott, ich bin so neugierig! Es ist furchtbar." Sie lachte irgendwie über sich selbst.

Ich lächelte ein wenig. „Die Sache ist die, ich war mir damals nicht einmal sicher, was Mads und ich sind, weißt du? Wir waren furchtbar ineinander verschossen, aber… Mann, das ist schwierig." Ich schob meine Hände durch die Haare. Mom griff sofort nach oben, um das Durcheinander wieder zu glätten. Dadurch fühlte ich mich innerlich leichter.

„Ich brauchte nur Zeit. *Wir* brauchten Zeit. Um uns klar zu werden, um sicherzugehen. In unserem Leben ist so viel Scheiße – ich meine, sind so viele Dinge – passiert, seit ich nach Harrisburg gegangen bin. Ich hatte nie vor, dass Brady es als Erster erfährt, er ist nur einfach bei Mads' aufgetaucht, als ich Erdbeeren trug und… Weißt du was, das werden wir nicht vertiefen, aber wenn ich eine Person hätte aussuchen können, der ich es von Angesicht zu Angesicht sagen wollte, dann wärest das du gewesen."

„Du bist ein netter junger Mann, Tennant. Ich hoffe, Jared weiß, wie viel Glück er hat." Sie küsste mich auf die Wange, hob dann die Hand, um ein weiteres Blatt voller Noten herauszuziehen. „Wie wäre es mit noch einem Lied, bevor ich anfangen muss, Pies zu backen und den Truthahn zu stopfen?"

„Sicher, such du aus."

Ich wusste noch bevor ich das Notenblatt sah, was es sein würde. Ihr Lieblingssong von ihrem Lieblings-Piano Man. Er hatte überhaupt nichts mit Weihnachten oder Thanksgiving zu tun, aber er fühlte sich richtig an. Ich spielte und wir sangen. Als wir zu der Stelle kamen, in der es darum ging, dass Levon ein guter Mann war, griff sie nach oben, packte mein Kinn und sang mir diese Worte direkt ins Gesicht. Mom und ich rockten den Song bis zum Ende. Ich gab ihr einen sanften Kuss auf die Wange und machte mich auf, um Mads zu finden. Er kam gerade die Treppe herauf, mit Ryker auf den Fersen.

„Meine Mutter sagt, dass du Glück mit mir hast", erklärte ich ihm, als ich meine Arme um ihn schlang.

„Ich weiß das", murmelte er, ehe er den langen, harten Kuss akzeptierte, den ich ihm vor Gott und meiner halb wachen Familie gab.

Der Rest des Tages war so gut, dass er alle Rekorde brach. Tonnenweise Essen, Football und Kuscheln auf dem Sofa mit Mads. Ich verarsche euch nicht. Mads und ich. Auf dem Sofa. Kuschelnd, wie ein Paar. Und niemandem machte es auch nur das Geringste aus. Nachdem das Essen um vier Uhr beendet war, saß Ryker auf einer Seite von Mads und ich auf der anderen. Die Frauen waren in der Küche und räumten auf. Wir männlichen Männer lagen herum und taten unser Bestes, zu verdauen und nicht einzuschlafen, während wir vorherzusagen versuchten, wer das Spiel Vikings-Lions gewinnen würde. Mein Kopf rollte auf Mads' Schulter herum, während ich gegen ein Nickerchen kämpfte. Die Töne eines Pokémon Spiels auf dem Handy tanzten in meine müden Ohren.

„Ryker, was bedeutet es, wenn das passiert?", hörte ich Mads flüstern.

Ich rollte meinen Kopf nach links, und sah, wie Mads seinem Sohn seine sich verwandelnde Pokémon Kreatur zeigte.

„*Mann*, kommt dein Charmander auf die nächste Stufe?!", fragte ich, alle Müdigkeit verbrannte. Jamie schnarchte im Sessel.

„Vielleicht", gab Mads zurück, ein schelmisches Lächeln spielte um seinen zum Küssen einladenden Mund.

„Okay, ich liebe dich mehr als Kürbis-Pie. Ich will ein Baby von dir." Ich packte sein Gesicht und küsste ihn laut. „Jungs, wir werden ein Baby machen. Sind in zwanzig Minuten zurück", erklärte ich meinen Brüdern, meinem Vater und dem Hund. Bourque bellte faul.

„Gebt uns besser dreißig", warf Mads ein, konnte sich aber nicht bewegen, aufgrund des übermäßigen Verzehrs von Truthahn, Füllung, grüne Bohnenauflauf und Kartoffelpüree mit Soße.

„Du kannst eines von meinen haben. Lisa hat eines zu viel gemacht", bemerkte Brady um ein Gähnen herum.

„Vielleicht sollten wir ein wenig mehr verdauen, bevor wir versuchen, ein Baby zu machen", schlug Mads vor und gähnte ebenfalls.

„Guter Vorschlag." Ich kuschelte mich an seine Seite, seufzte wie eine Katze, die mit Sahne gesättigt war und schlief auf der Stelle ein.

Es war beschissen, dass wir an diesem Abend gehen mussten, aber wir alle hatten Spiele entweder am nächsten Tag oder am Samstag. Ryker döste auf dem Rückflug, sein Kopf lehnte am Fenster, die Railers Coach-Jacke seines Vaters diente ihm als Kissen. Jared saß zwischen seinem Sohn und mir, las ein Buch, sein starkes, männliches Profil hörte nicht auf, mich zu faszinieren. Als er bemerkte, dass ich starrte, schaute er von seinem Buch auf – irgendein altes Ding mit einem Ritter vorne drauf – und warf mir einen fragenden

Blick zu, während er sein offenes Buch auf seine Oberschenkel legte.

„Du bist wirklich gut aussehend", sagte ich lächelnd.

Sein Blick huschte zu den Leuten, die vor uns saßen, als ob er sich Sorgen machte, dass sie mich das sagen hörten. Da die Liebe einer guten Familie und dieses Mannes in mir hochsprudelte, legte ich meine Hand über seine und sein Buch.

„Ten, bist du sicher, dass du eine so öffentliche Geste machen willst?", fragte er leise.

Ich flocht meine Finger in seine. „Ich war mir in meinem ganzen Leben noch nie so sicher."

Er hob meine Fingerknöchel an seine Lippen. „Ich werde direkt neben dir sein."

Ich lehnte mich in meinem Sitz zurück, meine Finger mit seinen verwoben und ließ meine Augen zufallen. Wenn ich Mads an meiner Seite hatte, konnte ich mich allem stellen, was mein öffentliches Coming-out mit sich bringen würde. Das musste ich. Auf gar keinen Fall wollte ich uns wieder vor der Welt verstecken. Vielleicht konnte ich, nachdem ich es verkündet hatte, einfach wieder nur Hockey spielen und Jared Madsen lieben. Ihr wisst schon... die wichtigen Dinge im Leben.

Epilog

MADS

TEN KONNTE NICHT STILLSITZEN. Er rutschte herum und fummelte am Saum seines Jerseys und obwohl ich eine Hand beruhigend auf sein Knie legte, konnte er nicht aufhören. Nicht, dass es mir besser ging. Das hier war eine große, enorme, das Leben verändernde Angelegenheit und alles hing von einem Ja von uns beiden ab.

„Das Konzept, der erste geoutete Hockeyspieler zu sein, ist keine Kleinigkeit", sagte Ten und legte eine Hand über meine, packte sie fest.

„Was der Grund ist, warum wir einen Experten für das Managen von Krisen hinzuziehen. Das steht nicht zur Debatte, Ten. Wie wir hiermit als Team umgehen, wird eine ganze Lawine zukünftiger Entscheidungen beeinflussen. Für das Team und für Hockey."

Ich konnte nur an den Jungen da draußen auf dem Eis denken, irgendwo im hintersten Kanada, der sich Sorgen darüber machte, sich selbst und allen anderen gegenüber ehrlich zu sein, weil er Angst hatte, dann nicht spielen zu können. Mir war das egal, ich war geoutet, aber ich konnte geoutet sein, ich war ein *ehemaliger Spieler*. Zudem bedeutete die Sache mit dem bi, dass das Schwulen-Label nicht benutzt wurde, um mich zu beschreiben.

Aber Ten? Er würde Tennant Rowe sein, ein offen schwuler Spieler für die Railers…

Wenn man spielte, hörte man den Scheiß, den das gegnerische Team einem zurief, nicht, aber was, wenn dieser Scheiß von den Unterstützern deines Teams kam? Was, wenn Tens Coming-out die Zuschauer vergraulte oder zum Ziel von Hassverbrechen wurde? Er hatte letzte Nacht gesagt, dass er sich nicht sicher war, ob er bereit war, die Person zu sein, der Millionen hasserfüllter Worte zugerufen wurden. Ich hätte sagen können, dass es keine Rolle spielte, aber wir beide wussten, dass es das tat.

Die Woche seit Thanksgiving war stressig gewesen, aber seltsamerweise auch ruhig. Ten fraß eine Menge davon in sich hinein und ich musste nicht in Therapie gewesen sein, um das zu wissen.

„Ten?", fragte ich.

Ten sah mich an und packte meine Hand. „In Ordnung", sagte er. „Lass es uns durchziehen."

Coach öffnete die Tür und ein Mann in einem Anzug kam herein. Er strahlte Selbstbewusstsein und Ehrlichkeit gleichermaßen aus. Er schien ein Mann zu sein, der sich in seiner eigenen Haut wohlfühlte, ziemlich so, wie ich es tat. Wir mussten nur Ten auch an diesen Punkt bringen.

Er streckte uns seine Hand hin. „Layton Foxx", sagte

er und lächelte beim Reden. „Es freut mich so sehr, Sie kennenzulernen, Mr. Rowe, Mr. Madsen."

„Mads", korrigierte ich.

„Ten", sagte Ten im gleichen Moment.

Wir tauschten ein Lächeln. Mads und Ten konnten es mit der Welt aufnehmen. Zusammen.

Layton setzte sich. „In Ordnung", fing er an. „Wir schlagen Folgendes vor."

Ich lauschte seinen Worten, hörte jedes Einzelne, glaube ich.

Aber alles, auf das ich mich wirklich konzentrieren konnte, war Tens Hand in meiner und ich genoss die Tatsache, dass ich geliebt wurde und verliebt war und dass wir zusammen alles besiegen konnten, was sich uns entgegenstellte.

Alles.

Erste Saison (Railers Hockey #2)

Layton will Erfolg, Adler will eine Familie. Wie kann die Liebe diese beiden Dinge möglich machen?

Layton Foxx hat hart für das gearbeitet, was er erreicht hat. Sein Apartment, seine Karriere, die Chance, den Dingen seinen Stempel aufzudrücken... all das kommt von den Opfern, die er gebracht hat. Wegen einer Tragödie in seiner Vergangenheit will und braucht er keine Liebe. Dann lernt er Adler Lockhart kennen, den extrovertierten, sexy Flügelspieler der Harrisburg Railers und mit einem Mal kann er die Liebe nicht meiden, sogar wenn er das wollte.

Adler Lockhart hat sein ganzes Leben lang alles auf dem Silbertablett serviert bekommen. Autos, Villas, Geld, der Besuch der besten Ivy-League-Universitäten. Das Einzige, was er nicht hat, sind Eltern, denen etwas an ihm liegt oder die Liebe eines guten Mannes. Dann tritt Layton in sein privilegiertes Leben und zeigt ihm, wie echte Liebe aussehen kann.

Blockwechsel (Harrisburg Railers Buch 1)

Kann Tennant Jared zeigen, dass Alter nur eine Zahl ist und dass nur die Liebe zählt?

Die Rowe Brüder sind berühmte Hockey Teufelskerle, aber als jüngster des Trios musste Tennant immer gegen den Ruf seiner Brüder anspielen. Um aus ihrem Schatten zu treten, und gegen ihren Rat, nimmt er einen Wechsel zu den Harrisburg Railers an, wo er Jared Madsen trifft. Mads ist ein alter Freund der Familie und der ehemalige Teamkollege seines Bruders. Mads ist Tennants neuer Coach. Und Mads ist der attraktivste Mann, den er je gesehen hat.

Jared Madsens Hockey-Karriere wurde von einem Herzfehler

frühzeitig beendet, aber durch die Arbeit als Coach bleibt er nahe am Spiel. Als Ten ins Team wechselt, wird seine akribisch geordnete Welt ins Chaos geworfen. Weil er neun Jahre jünger und der Bruder seines besten Freundes ist, weiß Mads, dass er unbedingt die Finger von Ten lassen muss, aber sobald er Tens Bewegungen sieht, auf dem Eis und im richtigen Leben, weiß er, dass sein Herz ihn wieder in Schwierigkeiten bringen könnte.

Harrisburg Railers Hockey

1. Blockwechsel
2. Erste Saison
3. Am tiefen Ende
4. Poke Check (Deutsche Ausgabe)
5. Letzte Verteidigung
6. Torlinie
7. Neutrale Zone
8. Hat Trick (Deutsche Ausgabe)
9. Save the Date (Deutsche Ausgabe)
10. Mit Baby sind es drei
11. *Rivalen*
12. *Perfekte Geschenke*

Owatonna U. Hockey

Ryker (Deutsche Ausgabe) (Owatonna U. Buch 1)

Lernt in dieser fesselnden Romanze die Männer des Hockeyteams der Owatonna University kennen!

Hockey liegt dem reichen Ryker im Blut – während der Junge vom Land, Jacob, nur versucht, durchs College zu kommen. Dennoch haben diese beiden absoluten Gegensätze bald Schwierigkeiten, an etwas anderes als einander zu denken.

Ryker ist Hockey-Adel, Jacob ist ein armer Junge vom Land. Können zwei vollkommen unterschiedliche Menschen eine gemeinsame Basis finden und zu den Männern werden, die sie sein möchten?

Ryker entstammt einer langen Reihe Championship-gewinnender Hockeyspieler. College-Hockey zu spielen, um sein Spiel zu entwickeln, ist sein einziger Fokus und nichts wird sich ihm in den Weg stellen, daran zu arbeiten, der beste Spieler zu werden, der er sein kann. Er hat keinen Platz für Beziehungen, Menschen, die seine Fehler sehen oder irgendjemanden, der ihn wegen seiner Träume anspricht. Er hat ganz sicher keinen Platz für die Liebe und Jacob kennenzulernen ist nichts als eine nützliche Ablenkung nebenher. Schließlich ist der Versuch, seinen Teamkollegen von den Owatonna Eagles ins Bett zu bekommen weniger Arbeit und mehr Spaß. Als seine Familie von einer Tragödie erschüttert wird, zerbricht sein zauberhaftes Leben und die einzige Person, an die er sich wenden kann, ist der Mann, der behauptet, ihn zu hassen.

Jacob Benson hat sein ganzes Leben lang nur harte Arbeit und erstickende konservative Werte gekannt. Geboren und aufgewachsen in der kleinen ländlichen Gemeinde Eden Crossing, Minnesota, ist er der einzige Sohn einer hart arbeitenden, aber in Geldnöten steckenden Familie, die eine Milchwirtschaft betreibt. Jacob nutzt sein Können im Hockey, um seinen Abschluss in Agrarwissenschaften zu finanzieren. Diese vier Jahre an der Owatonna U. werden wahrscheinlich die einzige Zeit sein, die er haben wird, um das Leben zu genießen, seine sexuelle Orientierung akzeptiert zu sehen und offen zu leben, ehe er unausweichlich auf die Farm zurückkehrt. Einen reichen hübschen Jungen wie Ryker Madsen zu treffen, dämpft seinen Genuss des Lebens weit weg von zu Hause. Rykers leichtfertige, sorgenfreie Einstellung geht Jacob auf die Nerven. Wenn Ryker also alles ist, was er nicht mag, warum will er dann nichts mehr, als die sündigen

Träume zu erkunden, in denen sein nerviger Teamkollege jede Nacht die Hauptrolle spielt?

Owatonna U. Hockey

1. Ryker
2. Scott
3. Benoit

Von Küste zu Küste (Arizona Raptors, Buch 1)

- *Gegensätze ziehen sich an*
- *Ein bissiger Team-Eigentümer, der von seiner Familie enterbt wurde*
- *Gefangen in einer Klausel in einem Testament*
- *Ein Coach, der sich nicht fürchtet, Dinge zu ändern*
- *Geheimer Motel-Sex*
- *Leidenschaftliche Diskussionen und sture Hitzköpfe*

Als Gegensätze sich anziehen, wird dieses Team von ganz unten in der Liga nie wieder so sein wie zuvor.

Eine Bedingung im Testament seines Vaters zwingt Mark zurück in die Arme einer Familie, die ihn verstoßen hat und macht ihn zu einem Drittel zum Eigentümer eines Hockeyteams, das kurz vor dem finanziellen Ruin steht. Er schaut sich Hockey nicht einmal an, mag es auch nicht und will nichts mehr, als wieder zurück nach New York zu gehen. Dann ist da noch der neue Coach, ein sturer, eigensinniger, irritierender Mann mit einem Überlegenheitskomplex und fragwürdigem Musikgeschmack. Sich mit Rowen anzulegen, wird zur neuen Normalität, aber dazu kommen auch leidenschaftliche Diskussionen und eine alles verschlingende Lust.

Als ihm angeboten wird, eines der schlechtesten Teams der Liga zu einem zukünftigen Mitbewerber um den Cup umzubauen, kann Rowen sich diese Gelegenheit nicht entgehen lassen. Noch nie in seinen zwanzig Jahren Hockey hat er ein Team gesehen, das so schlecht geführt wurde oder Spieler, die so voller Feindseligkeit und Engstirnigkeit sind. Aber etwas an diesem Team und dieser Stadt überzeugt ihn, seine Ärmel hochzukrempeln und anzufangen, alles auseinanderzunehmen. Wenn nur Mark, einer der drei Geschwister, denen die Raptors jetzt gehören, nicht so verdammt stur und doch so verdammt reizvoll wäre, könnte sein Job leichter sein. Es sieht nicht so aus, als ob einer von beiden nachgeben möchte, aber eine Nacht in einem dunklen, abseits gelegenen Hotel verändert alles.

Da viele LeserInnen wohl keine eingefleischten Hockey-Fans sind, habe ich hier eine kleine Sammlung der Hockey-Begriffe, die in diesem Buch vorkommen. Eventuelle Fehler oder Ungenauigkeiten bitte ich zu entschuldigen.

1. Von Küste zu Küste
2. *Über den Großen Teich*

Chesterford Coyotes YA Hockey

Abseits des Eises (Chesterford Coyotes Buch 1)

Eine Coming of Age Liebesgeschichte mit High School, Hockey-Rivalitäten, Freundschaft, Familie und Coming out.

Sorens Welt verändert sich auf einen Schlag, als er und sein jüngerer Bruder von Hockey-Adel adoptiert werden. Sein neues Leben zu begreifen, ist schwer genug, doch als er in einer Privatschule angemeldet wird, bedeutet das, dass er sich einer ganzen Reihe neuer Probleme stellen muss. Durch Freundschaften, Familie und Hockey zu navigieren ist eine Sache, aber sich zu dem Jungen hingezogen zu fühlen, der ihm auf die Nerven geht, ist eine ganz andere.

Felix muss einen Ruf schützen. Er ist der Junge, der alles zu haben scheint, aber Äußerlichkeiten können täuschen. Mit seinen Lügen über sein perfektes Leben hat er eine Fantasiewelt geschaffen, an die er mittlerweile sogar selbst glaubt. Nur, dass es nicht lange dauert, bis alles in sich zusammenfällt, all seine hübschen Lügen kommen ans Licht und nur sein größter Rivale sieht durch seinen Schmerz hindurch und steht zu ihm.

Kämpfen ist einfach, Freundschaft ist schwierig, aber Liebe ist alles.

Eine Coming of Age Liebesgeschichte mit High School, Hockey-Rivalitäten, Freundschaft, Familie und Coming out.

Sorens Welt verändert sich auf einen Schlag, als er und sein jüngerer Bruder von Hockey-Adel adoptiert werden. Sein neues Leben zu begreifen, ist schwer genug, doch als er in einer Privatschule angemeldet wird, bedeutet das, dass er sich einer ganzen Reihe neuer Probleme stellen muss. Durch Freundschaften, Familie und Hockey zu navigieren ist eine Sache, aber sich zu dem Jungen hingezogen zu fühlen, der ihm auf die Nerven geht, ist eine ganz andere.

Felix muss einen Ruf schützen. Er ist der Junge, der alles zu haben scheint, aber Äußerlichkeiten können täuschen. Mit seinen Lügen über sein perfektes Leben hat er eine Fantasiewelt geschaffen, an die er mittlerweile sogar selbst glaubt. Nur, dass es nicht lange dauert, bis alles in sich zusammenfällt, all seine hübschen Lügen kommen ans Licht und nur sein größter Rivale sieht durch seinen Schmerz hindurch und steht zu ihm.

Kämpfen ist einfach, Freundschaft ist schwierig, aber Liebe ist alles.

Weitere Bücher von RJ Scott

Für eine vollständige Liste der Ebooks und Links scanne bitte
den Code oben oder besuche rjscott.co.uk/buchliste

Weitere Bücher von V.L. Locey

Für eine vollständige Liste der Ebooks und Links scanne bitte
den Code oben oder besuche vllocey.com/deutsche

Lernt RJ Scott kennen

RJ Scott ist die Bestsellerautorin von über hundert Gay Romance Büchern. Sie schreibt emotionale Geschichten mit komplizierten Charakteren, Cowboys, alleinerziehenden Vätern, Hockeyspielern, Millionären, Prinzen und den Männern, die sie lieben.

Sie lebt etwas außerhalb von London und verbringt jede wache Minute, die sie nicht mit ihrer Familie zusammen ist, damit, zu lesen oder zu schreiben. Das letzte Mal, als sie eine Woche Pause vom Schreiben hatte, hat es ihr gar nicht gefallen. Und sie ist bis heute auf der Suche nach der Tafel Schokolade, der sie nicht gewachsen ist.

www.rjscott.co.uk / rj@rjscott.co.uk

Newsletter - rjscott.co.uk/de

instagram.com/rjscott_author

amazon.com/author/rj-scott

bookbub.com/authors/rj-scott

patreon.com/RJScott

Lernt V.L. Locey kennen

V.L. Locey liebt abgetragene Jeans, Yoga, aus vollem Herzen zu lachen, spazieren zu gehen, lesen und Geschichten voller Lust zu schreiben, griechische Mythologie, die New York Rangers, Comicbücher und Kaffee. (Nicht unbedingt in dieser Reihenfolge.) Sie lebt mit ihrem Ehemann, ihrer Tochter, einem Hund, zwei Katzen, einer Gruppe Hühner und zwei Jersey-Rindern zusammen.

Wenn sie keine peppigen Geschichten schreibt, genießt sie es, den Tag mit ihren Tieren in den sanft abfallenden Hügeln von Pennsylvania zu verbringen, mit einer frischen Tasse Kaffee in der Hand. Sie kann auch online auf Facebook, Twitter, Pinterest und Goodreads gefunden werden.

Webseite: vlloceyauthor.com

facebook.com/124405447678452

x.com/vllocey

instagram.com/vl_locey

bookbub.com/authors/v-l-locey

goodreads.com/vllocey

pinterest.com/vllocey

amazon.com/author/vllocey